佳窈送上門 2

風文創 891

春水煎茶 著

目錄

第二十六章

姜舒窈坐下，看著徐氏不緊不慢地為她斟滿一杯茶，終於忍不住問道：「大嫂叫我來，是有什麼事嗎？」

徐氏溫柔的笑臉頓時有些不自然，吐出一口氣，道：「弟妹快人快語，我也不繞彎子了。實不相瞞，我有事想請弟妹解惑。但……在這之前，我應當要先對弟妹道歉。」

「啊？」姜舒窈正盯著桌上各式各樣的糕點嘴饞，聽了這話一愣，把目光從糕點上拔走。「大嫂這是何意？」

無緣無故對她道歉，讓她有一種徐氏要她辦一件大事的感覺，頓時緊張了。

徐氏臉皮有些臊得慌。「我曾對弟妹持有偏見，有意疏遠，甚至管著兩個孩子讓他們少去弟妹院中，後來漸漸明白是自己心胸狹窄、眼界狹隘。」

當初襄陽伯府不知怎麼說動了皇后，有意讓她賜婚姜舒窈和謝珣，若是讓皇后賜婚，想要和離可不那麼簡單了。所以謝家不得不硬著頭皮搶在賜婚前向姜舒窈提親，徐氏作為長嫂，對姜舒窈這個名聲極差的弟媳不免挑剔。

但姜舒窈嫁入府中後並不如傳聞那般荒唐，與謝珣相處也十分和睦，她的疏遠挑剔便顯得刻薄，再加上姜舒窈對兩個孩子十分寵溺，並未因為她的行事而對謝昭、謝曜不滿，兩相對比，她才是那個性子不好的人。

「大嫂何出此言？」姜舒窈在人際交往方面有些遲鈍，並未察覺徐氏那些疏遠。

徐氏聞言更加羞愧，再次真心實意剖明心思，向姜舒窈道歉。

姜舒窈實在是沒弄懂，她悄悄轉頭看白芍，卻見白芍臉上露出揚眉吐氣的神情。

難道徐氏所言是真，但只有她一個人沒什麼感覺嗎？

姜舒窈見徐氏越說越悔恨，愧疚的溫婉模樣讓她十分不自在，打斷道：「大嫂有事就直說吧。」

徐氏將手帕拽得更緊，略顯急切地解釋道：「弟妹誤會了，若是我無事求妳，我還是會向妳道歉。」

「我不是那個意思……」姜舒窈話還沒說完，一顆小肉球從遠處飛來，撞到她身上。

「三嬸！」謝昭抱著她的手臂，驚喜道：「妳怎麼來了？」

「阿昭！」徐氏肅容呵斥道。

在徐氏面前，謝昭還是不敢太過活潑，委屈地放開姜舒窈的手臂，恭恭敬敬行禮。「母親，三嬸。」

他行完禮，謝曜才將將趕過來，走得太急以至於有些氣喘吁吁，也不忘行禮。

徐氏點頭，問旁邊的嬤嬤。「他們怎麼過來了？」

「回夫人的話，夫子家中有急事，剛剛遞了信來告假。」

徐氏道：「夫子不在你們就自己溫書，不要貪玩。」

「我聽丫鬟說三嬸來了，才帶著四弟過來的。」謝昭扯扯姜舒窈的袖子。

姜舒窈略微尷尬地開口。「那個……不知大嫂剛才想說什麼？」

徐氏這才想起正事，把管教兒子的事放在一邊，對嬤嬤道：「先把他們領下去擦把臉。」

打發走兩個小傢伙後，徐氏開口道：「我所求之事便與阿曜有關。想必弟妹也有所耳聞，阿曜自小體弱多病，胃口極差，我費盡心思也難讓他多吃一口飯，而我聽下人說，他很喜歡弟妹做的飯食，所以我便覥著臉來向弟妹求些食譜。」

姜舒窈沈默。

徐氏知道自己的話聽起來有些厚顏，語氣越發羞愧。「弟妹介意的話我也理解，弟妹若是有什麼要求請儘管提出來，我自當竭力滿足。」

姜舒窈無奈。「不是，我只是覺得我的食譜並沒有什麼特殊之處。」

她仔細回憶了一下謝曜愛吃的飯菜，發現他好像並不挑食。況且這時代的菜式雖是寡淡、花樣不多，可身在高門大戶，料理也難吃不到哪裡，都是精細好吃的。

「大嫂這麼多年在阿曜的飯食上費盡心思，想必並不差好的廚娘，我想我未必能給出讓大嫂滿意的食譜。」

徐氏見她語氣認真，不由得愕然，半晌緩過神來，失落地垂頭。「是我欠考慮了，望弟妹不要介意。」

「不過我大約有些想法，現在離晌午還早，不如大嫂借我廚房一用？」

徐氏猛地抬頭，眼裡是掩不住的驚喜。「好，好，多謝。」

她跟著姜舒窈踏進廚房。

姜舒窈往廚房裡掃了一圈，拿起一塊後腿肉。「今天中午吃餃子吧。」

「餃子？」謝國公府並不常吃餃子，這往往是過年的時候充當眾多年節料理之一。

「嗯，雖然時節不合，但美味的食物什麼時候吃都可以呀。」姜舒窈將袖口紮起。「最重要的是，做餃子很有趣。」

徐氏從未下過廚，最多煲湯的時候來廚房攪兩下就當作親自下廚了，一見姜舒窈這陣仗，不由得被震住。

姜舒窈不管她在想什麼，反正到了廚房就是她的主場。

她淨手後開始和麵，做得熟練了，手上速度也快，不一會兒就揉出了軟硬適中的麵團，蓋上濕紗布餳麵。

徐氏在旁邊乾看著，等到姜舒窈拿起兩把菜刀開始剁餡時，總算找到時機開口。「弟妹，這種事情讓下人來就好了。」

姜舒窈把菜刀插在砧板上，問：「大嫂以為我為什麼喜歡做飯？」

「嗯……」徐氏看著那兩把刀鋒銳利的菜刀，皺著眉，絞盡腦汁想要接話。

姜舒窈又不是考她，看她那副如臨大敵的模樣十分無奈。「因為我認為親手做飯是一件很幸福的事。

「此事聽起來很玄妙，但從食材的處理到調料的配比，每一個步驟經由自己的拿捏，做出來的食材也會帶上自己心意，這或許正是『自己做的飯就是香』吧。」

徐氏從小到大都嚴苛要求自己大方得體，很少將想法表露在臉上，但今日她臉上卻時不時露出愣怔的神情。

「這麼說吧，妳可有自己做過飯？」

徐氏搖頭。

「那妳母親可有為妳做過飯？」

徐氏再次搖頭。

姜舒窈無語，問：「那嬤嬤呢？」

徐氏仔細回憶著，答道：「有過，在我兒時生病時，嬤嬤為我熬過粥。」

時間太久遠，姜舒窈也問不出什麼，便放棄了，直接道：「我幼時生病時母親會為我下廚做飯，不過她不會做什麼精細的美食，大多只是簡簡單單的白米粥或者蒸蛋。蒸蛋只需要攪散加鹽上鍋蒸，白米粥就更簡單了，擱點碎菜葉，加點鹽，滴幾滴香油就行，可對我來說這些就是世界上最美味的食物。

「後來長大了，總惦記著生病時吃過的飯食，但自己怎麼做都差了那種味道，哪怕是去最好的粥店也吃不到合心意的。只有回家時，母親親自熬的那碗粥才能給我安心。」

徐氏安安靜靜地聽著，似懂非懂，也沒思考一個貴女上粥店吃粥的合理性。

「所以我做的粥並非是什麼人間美味，大概是阿曜看著我做飯，見到了我的心意，所以吃到了那份安心吧。」

她說完，不留給徐氏反應時間，猛地落刀開始剁肉。

徐氏嚇了一跳，默默往後退了半步。

餃子餡肉要選用肥肉相間的五花肉，將嫩白的肥肉和鮮紅的瘦肉剁碎，慢慢剁勻，做出來的肉餡肉香醇厚，嫩而不柴。剁餡的過程可以把豬肉中的血水一點點剁出去，提高了鮮味又保留了豬肉本身的口感，不會像機器絞出來那般糜爛。

姜舒窈挑了個廚房角落裡失了水分的白菜，取菜心剁碎，擠掉水分以避免肉餡太水，影響口感。

剁肉餡掌握好技巧就不會手疼，而且剁的過程十分舒壓，就是有點吵。

這聲音引來了在書房溫書的謝昭、謝曜，他們在廚房門口偷瞄，見到徐氏站在裡面，十分失望，給對方使眼色打算撤退。

姜舒窈剛好剁完餡，正在給肉餡調料，取麻油罐子的時候眼角瞟到兩個小不點的身影，連忙把他們叫住。

謝昭聽到姜舒窈喊他的名字，身形一頓，轉過身小心翼翼地看徐氏。

出乎意料地，徐氏並沒有怪罪他們貪玩，只是對他們笑了笑。

謝昭膽大，見狀就跑進了廚房，謝曜在後邊沒能拉住他，無奈地抿嘴。

「三嬸，妳在做什麼好吃的？」

「餃子。」姜舒窈道：「快去洗手，咱們一起包餃子。」

謝昭聞言一樂，跑去洗手，留下謝曜站在廚房門旁邊，進也不是、退也不是。

「阿曜也去。」姜舒窈道。

謝曜沒有立刻離開，而是先看徐氏的臉色。

「去吧。」徐氏點了頭，謝曜這才慢吞吞地離開了。

他們回來時，姜舒窈已經俐落地把餃子皮做好了，擀麵杖在手上玩出了花，一按一轉，餃子皮便變成了薄薄的圓形，一張接一張從手下飛出。

姜舒窈做好餃子皮後，就只剩包餃子了。

她讓丫鬟取來凳子，幾人直接在廚房裡坐下包起了餃子。

姜舒窈把餃子皮攤在手心裡，挾起一坨肉餡放在中心，手指蘸水在餃子皮邊上畫一圈，然後一捏，手指翻飛，一顆肥鼓鼓的餃子就包好了。

徐氏學著她的動作包了一個，手上生疏，包出來的餃子和謝昭差不多。她有些尷尬，但姜舒窈當然不會笑話她，耐心地放慢速度重新教了一遍。

謝昭是人生中第一次包餃子，簡直像發現了新大陸，恨不得把餃子包出包子樣。

謝曜安安靜靜地坐在姜舒窈旁邊，眼睛眨也不眨仔細地學著，學習成果頗佳，包出來的餃子規規矩矩，沒包幾個便像模像樣了。

剛開始徐氏還有點不適應，到後來聽到謝昭和姜舒窈嘻嘻哈哈地談話，身體漸漸放鬆，手上的餃子也越來越漂亮，到後來不必刻意捏形也能包出好看的餃子。

謝昭還想糟蹋餃子，被姜舒窈按住。「自己包的自己吃。」

謝昭看看自己的餃子，又看看姜舒窈的，放棄了。

謝曜包得慢，光是舀餡也要仔仔細細舀半天，多了不行、少了也不行，一臉嚴肅。

聽到姜舒窈這句話，他數了數自己包的數量，害怕包多了吃不完。數出來的個數不多，他明亮的雙眸露出笑意，可以再多玩一會兒了。

謝昭不能禍害餃子了，便來糾纏姜舒窈，又撒嬌又伸手搗亂，最後被姜舒窈以在臉上抹麵粉為威脅成功制服。

嬉鬧間包完了餃子，廚娘連忙上前收拾好眼前的一團亂。

餃子蘸料分口味各有不同，有些人喜歡光蘸醋吃，有些人喜歡加醬油、香油、蒜泥、薑汁，若是口味重的，還要加一勺油辣子。

她做了幾種口味的蘸料，待餃子出鍋後，丫鬟將這些全部端上桌時，正好是晌午飯點。

出鍋的餃子白白胖胖的，皮薄餡多肉厚，一碗裝六、七個便滿了，表皮滑溜溜的，冒著熱氣，撲鼻而來一股鹹香味。

姜舒窈將下水餃的湯稍微調味、打顆蛋、撒上蔥花，讓丫鬟盛了上來，一人一碗。

「開吃吧。」姜舒窈道：「看看哪種口味的調料合心意，自己舀一小碗出來。」

徐氏一開始還有些彆扭，不好意思動筷，但看到兩個兒子開動後，也放鬆下來。

她挾起一個餃子，餃子皮水滑，差點從筷間溜走，幸而餃子餡鼓鼓的，連忙收緊力道就陷下去，生生卡住。

她從沒吃過這麼實在的餃子，現在看著筷間白皙的大餃子，聞著面前調料的蒜香鮮味，突然有些餓了。盛一碗調料，餃子滾入其中，表皮裹上一層淺淺的棕色醬汁，沾上麻油，瞬間泛起點點光澤。

徐氏挾起餃子，吹散了熱氣，稍微張大點嘴咬下半口餃子，熱氣在口中散開，鮮香滿口，既有豬肉的鮮香，也有白菜的清香。剁出的肉餡口感厚實，細膩而有嚼勁，稍微咀嚼，熱燙鮮香的汁水便在嘴中迸濺開來，也不知是白菜汁還是肉汁。

料汁鹹香，醬油鹹香中帶著醇厚的鮮甜，蒜泥辛辣卻不刺激，麻油味淡，極大的提升了肉餡的鮮味。咽下餃子後，嘴裡那股鮮味久久不散，舌尖微麻，不知是被熱氣燙的還是麻油的作用。

因為是看著姜舒窈做的，自己也有參與包餡，徐氏越發覺得這餃子美味至極，不待再次吹散熱氣，就迫不及待地將剩下的半塊餃子吞嚥入腹。

謝曜他吃什麼都是小口小口的，姜舒窈包的白胖大餃子對他來說實在是有點大。

他只蘸了一點點醋就收回，更喜歡餃子原汁原味的鮮香。停在嘴邊時，他多吹一會兒，一口咬開餃子，熱氣還是橫衝直撞闖了出來。

蘸了醋的餃子鮮味被襯托得更濃郁，比起其他蘸料複雜的口味，餃子只帶著一股淡淡醋香，咽下那口柔嫩的餡，好似渾身都被暖水浸透一般。

他小口小口地品著，吃下一個大餃子後臉上露出勝利的笑容，毫不猶豫地挾住另一個大胖餃子，吃得是慢了些，可一點兒也不像厭食的小孩。

謝昭吃得香，一口塞進大餃子，臉頰鼓出好大一團，一邊嚼一邊幸福地瞇眼。

不待細細地咀嚼就將餃子咽下，滑嫩的餃子順著喉管溜走，吃得是一個痛快。

咽下餃子，再來一口帶著蔥香味的清爽蛋花湯，那叫一個滿足。

徐氏很少與兩個孩子同桌吃飯，見到他們這樣，自己胃口也好了很多，嘴上不停嚼著光滑水嫩的餃子，眼睛一直看著他們進食。

直到看到謝曜吃到第六個時，她眼睛微微瞪圓，詫異地看向姜舒窈。

姜舒窈卻不以為奇，疑惑地看向徐氏，一副「有什麼不對的嗎」的樣子。

徐氏對她笑了笑，收回目光，總算明白了姜舒窈那些話的意思。

飯食除了吃滋味，原來也要吃心意。

今日頭回參與其中，她總算明白了謝曜為何如此喜歡姜舒窈了，這種渾身帶著溫暖安心的人，誰能不喜歡呢？

從徐氏那邊回來後，姜舒窈又百無聊賴地窩回了自己院中躺椅上。

姜舒窈想出的食譜已全部遞交給林氏，她傳信過來通知過幾日食肆便要開張了。可惜這裡不是現代，姜舒窈想體驗一回大老闆視察開工的夢終究是太難實現。

她不愛看書習字，唯一的愛好只有下廚，在搖椅上歇了一會兒，又起身往小廚房走。

晌午吃了熱的、鹹的，現在嘴饞，又想吃些涼的、甜的。

小廚房旁前不久搬來一塊精緻的小石磨，配著牆邊那一溜的醬缸罈子，風雅冷清的聽竹院瞬間十分有生活感，不知道的還以為是哪兒的農家大院。

姜舒窈取了大米磨粉，丫鬟們自然不敢在一邊看著，紛紛上前幫忙。

於是謝珣回來的時候便看見丫鬟們推著石磨繞圈，姜舒窈面無表情地往石磨裡扔大米。

他走過去，丫鬟們出聲行禮，正在走神兒的姜舒窈被嚇了一跳，瞪大眼看他。

謝珣尷尬地摸摸鼻頭，問：「在做什麼？」

「磨粉。」

顯而易見的事，謝珣點點頭，背著手，身形挺拔如松地……看丫鬟們磨粉。

姜舒窈在他身上彷彿看見了那些喜歡在公園裡看人下棋的大爺的影子。

謝國公府沒有下人不怕這位冷面孤傲的三爺，丫鬟們被他的視線盯得手軟、腿軟，額角冷汗都要冒出來了。

她們越推越忐忑，手臂顫抖到無力時，謝珣突然開口道：「推不動？」

聽到這句話丫鬟差點被嚇哭了，還未跪下請罪，就聽到謝珣用他那平靜無波的冰冷聲線道：「那我來吧。」

說罷，挽起袖口，搶了丫鬟的活計。

聽竹院出現了這樣的場景——謝國公府三爺謝珣冷著臉推石磨，三夫人木著臉丟大米。

白芍在遠處看著，一時不知道做何感想。

偌大的京城裡，能找到愛好奇特的貴人可真不多，兩人這般竟是詭異地般配。

磨好粉後，姜舒窈將粉裝入瓷罈中，謝珣跟著她進入小廚房。

天漸漸熱起來了，姜舒窈把小廚房的窗戶全部換成了紗窗，雖說這「紗」窗不似現代那樣通透，不過還是隱約看得見，如今窗外對著一片清幽的綠藤，做飯時便不會煩躁悶熱。

起鍋燒小火，將磨細的大米和糯米粉加水混合均勻，一邊用大勺攪拌鍋中溫水，一邊慢慢倒入混合好的漿。

熬涼糕時手不能停，要不斷地攪拌防止鍋中結塊。

等到鍋中的白水逐漸凝固，關火，將濃稠的白漿倒入碗裡，擱置在一旁放涼，再小火熬化黑糖，待黑糖熬好、放涼，涼糕也徹底凝固了。

用小碗將涼糕翻轉，舀幾勺黑糖水往涼糕上一澆，撒上白芝麻，黑糖涼糕便做好了。

黑糖涼糕是消暑良品，涼糕色如白玉，光滑亮澤，黑糖泛著微棕，襯得涼糕越發白皙。

第二十七章

姜舒窈與謝珣一人一碗，坐於院中大樹下享用。

涼糕徹底轉涼後，內裡也透著綿柔的涼意，口感軟嫩爽滑，有點像果凍，嚼起來比果凍更韌。彈牙卻不黏牙，黑糖水甜意濃厚，透著微微的焦香苦味，隨著彈彈軟軟的涼糕在嘴裡蕩來蕩去，甘甜不散，清甜涼爽。

謝珣看著她吃了半碗就不用了，問道：「做了這麼多就只吃半碗？」

「半碗已經飽了。」姜舒窈這才想起來什麼，喚來白芍。「給大房送幾碗去。」

白芍應了，順手遞來書信。「夫人，這是葛家小姐送來的信。」

姜舒窈接過，拆開書信慢慢讀了起來。

書信開頭自然是文謅謅的問候，葛清書似乎也明白姜舒窈不是個什麼有才學的人，頗為匆忙地收住，轉而閒話了幾句，便進入正題——「上次妳曾說的林家食肆何時開業？可選好了位置？」

謝珣聽見葛清書的名字就不太舒服，把碗裡最後一勺涼糕吃完，放下調羹，嘀咕道：「她還真與妳往來書信呀？」

「是的。」姜舒窈讀著信，沒空理他。

「說了什麼？」

「隨便閒話了些。」

「閒話，什麼閒話？」想起上次葛清書對他的針對，他立刻警覺。

姜舒窈讀完信，將信摺起來，皺著眉看謝珣。「你怎麼奇奇怪怪的？」他不像是個八卦的人啊。

謝珣不自在地咳了咳。

「也沒什麼正事，她問我食肆何時開業。」

謝珣點頭。「食肆開在碼頭，也不是賣給貴人的，她想要捧場怕是沒機會。」

「也是，不過倒也有心了。」姜舒窈道，喚下人取筆墨紙硯，準備回信。

謝珣不了解葛清書，不懂她這樣上趕著接近姜舒窈有何目的，畢竟兩人性子完全不同，不像是做好友的料子。他胡思亂想著，姜舒窈已寫完回信，忽地嘆了口氣。

「怎麼了？」

姜舒窈撐著下巴，幽怨道：「沒什麼，只是想著葛小姐不能去捧場，我何嘗不是一樣呢？人生裡頭一回參與開店，我卻不能去瞧一瞧。」

謝珣疑惑。「為何不能？」

姜舒窈眨眼。「啊，我可以去嗎？」

「妳想去當然可以。」謝珣算了下日子。「食肆開業時我正好休沐，陪妳一起去。」

「真的?!」姜舒窈瞪大雙眼，激動地傾身，像個孩子。

「當然做不得假。」謝珣有些明白襄陽伯夫人為何喜歡寵溺這個女兒了。見她歡欣雀躍，自己也開心不少，恨不得這麼一直哄她歡喜才好。

「可是……」姜舒窈猶豫道：「這樣怕是不太好吧？畢竟我是謝國公府的三夫人，行事總要規矩端方點。」

她總算開始適應古代人的思想，審視起自己的行事來了。不過這苗頭剛剛冒出，還未成形就被謝珣一巴掌按下了。

「有什麼不好的？妳是我的妻子，我不介意，管別人多嘴什麼。」謝珣伸伸手，讓丫鬟再給他盛一碗涼糕。

姜舒窈心頭的鬱悶頓時散去，感嘆道：「謝伯淵，你真是個好人。」

這誇獎聽起來怪怪的。

謝珣「嗯」了一聲。雖然並不是盼著這句誇獎，但他還是抿著嘴偷樂了一會兒。

翌日上值，藺成正在籌劃與友人們休沐日出城跑馬，問到謝珣時，謝珣搖頭拒絕。

「伯淵，你變了。」藺成痛心疾首。「你娶妻之後就像變了一個人一般。下值跑得最快，休沐也不出來玩，我們都生分了。」

謝珣冷漠道：「不要胡鬧。」

藺成哼唧一聲，道：「我覺得近日來我們越發生分了，不如休沐日去你家聚一聚，你看可好？」

在一旁默默看著的友人們你看我、我看你，一個叫做「蹭飯」的念頭在一那瞬間對上了，紛紛出聲附和。「正是如此，正是如此。」

「我覺得文饒的提議甚好。」

「是啊是啊。」

謝珣視線在他們身上繞了一圈，總覺得有哪裡不對勁的地方。以前這些人畏懼他家威嚴的大哥，從不愛去他家作客的。

他道：「下次吧，這次休沐日我有事。」

眾人輕嘆一聲，遺憾地散開。

看他們這樣，謝珣的心微微揪了一下。

想來文饒所言不假，自己確實是與友人生分了。他們想與自己多往來，自己卻一口回絕了，他們如此失落也是情理之中，以後一定要多注意。

藺成走過去挨著謝珣，悄聲問：「你要忙什麼事？」

謝珣道：「我要陪夫人去看看食肆開業。」

藺成呼吸頓了半拍，漫不經心地，似乎只是隨口問了一句。「在哪兒呢？」

「在林氏的碼頭處。」

藺成點頭，背著手搖搖晃晃地走了，神情有些得意。

他以為這件事只有自己聽到了，卻不知道本來在埋頭做事的同僚們放下支起的耳朵，悄聲嘀咕道：「林家碼頭，可是京郊外西邊那處碼頭？」

「你難道要去碼頭買吃食？不至於吧？」

「呵呵，我休沐日去城郊跑馬，順道路過不行嗎？」

「我倒是覺得沒必要，伯淵的飯食自然是他家夫人日日精心準備的，能和賣給碼頭那群做夥計的糙漢是一個味道嗎？」

「也是。」

眾人商議著，最後紛紛表示去碼頭吃飯實在是太掉價了，自己絕對不會去！

不一會兒，一個接一個找到藺成，都說突然有事，休沐日不能一起跑馬了。

這正合藺成的心意，臉上裝作遺憾，心裡偷樂。他滿腦子都是上次去謝珣家吃到的鴨血粉絲湯，不知道會不會在食肆賣啊！期待期待。

休沐日那天正是好天氣，陽光燦爛，碧空如洗。

說好要一個人孤獨去城郊跑馬的藺成，穿著一身棉布衣裳，按時出現在了城郊碼頭。

他怕遇見來這裡的謝珣所以刻意裝扮過，此刻混在人群中只像個生得好看的白面書生。

「聽賣餅的娘子說食肆就在今日開業吧？」

「是呀，自從燉肉的阿婆收攤以後，我都好幾日未曾吃燉肉了，怪想那滋味的，也不知道新開的食肆味道如何。」

「不過既然他們去食肆做活，想必味道不會比原來差吧。」

藺成跟在兩個做工的漢子後面，隨著人流往碼頭不遠處的一條小街走。

襄陽伯夫人出手，即使是個試點，場面也不小。

一條街足足取了四個店面，一口氣打通，店面前擺滿了桌椅板凳，一張寫著「林」的酒旗迎風飛舞。

蘭成走近，一股撲鼻的香氣迎面而來。

林家酒肆和一般酒肆不同，出菜講究一個「快」字，與食攤類似，在店門口架起一串鍋和桌案，邊做邊賣。

門口有聲音洪亮的小二高聲喊著價，痲利地報著菜名，吆喝著食客入座。

林家的夥計做什麼都是井井有條的，不一會兒就讓吵鬧的漢子們全部點菜入座了，蘭成到了跟前，被小二噼哩啪啦介紹一頓，懵懵地不知道該吃什麼。

小二抬手一指。「您看來碗打滷麵如何？」看這位不像是能吃太多的，就不介紹他吃蓋飯或者夾饃就湯了。

蘭成點頭，跟著小二來到打滷麵攤前。

做麵的是之前附近食肆賣麵的老闆娘，一看蘭成斯文的臉，語氣頓時好了不少，笑著問道：「您澆什麼滷？」

蘭成隨便選了一個，老闆娘應了聲，接過後方活計端來的麵碗，往白水麵條上澆上一大勺熱氣騰騰的滷，遞給蘭成。

麵碗還是燙的，蘭成小心翼翼地接過。

此時人還不是很多，蘭成尋了個空桌，聞著噴香的打滷麵，迫不及待地動筷。

打滷麵滷色棕紅，鮮亮潤澤，麵白滷厚，黃色的雞蛋皮、黑色的木耳香菇、紅色的胡蘿蔔、嫩白的豆腐丁，混雜在一起顏色豐富。用筷子攪拌均勻，滷汁依舊稠而不散，緊緊裹著粗細均勻的麵條。

一入口便明白稠滷的妙來，滷子鮮香，配上麵條鹹淡適宜，鮮香渾厚，醇而不膩。打滷講究好湯，慢熬雞湯配上豆腐丁，灑上點白胡椒，再滴幾滴香醋，鮮辣得讓人恨不得吞下舌頭。

蛋花散落在滷中，薄而柔韌，蛋香醇厚，在棕紅色的滷汁中格外顯眼，因為蛋花薄才足夠入味，一嚼，鹹香的滷湯從蛋花中溢出，配著勁道爽口的麵條越嚼越有味。

也不知道這麵條是怎麼揉的，明明沒有湯汁，卻毫不沾黏，柔韌滑爽，根根分明。這種麵條在前，很難有人做到優雅地食用，藺成剛開始還在克制，到了後頭直接挾起一大筷子入口。

藺成吃得開心，渾然未察覺對面坐下了一人。

對面那人邊吃邊自言自語。「這麵條上澆的湯汁可真是妙，香菇鮮香、雞蛋皮醇香、鮮筍木耳清香，又隱隱有肉湯的葷香，明明是平常的食材卻做出了不平常的味道，看來民間的智慧是無窮的。」

這聲音，這語氣，這熟悉的嘮叨……

藺成抬頭，就見明明說了要去書肆搶孤本的同僚李復坐在自己的對面，沈浸地品嚐著打滷麵。

他的眼神在李復身上掃一眼，深色棉衫，再看看自己穿的……這也太像了吧！

對面的人還在張口大吃順道念念叨叨地吃麵，藺成受不了了，敲敲桌面。

李復莫名其妙地抬頭，然後就僵住了。

兩人大眼對小眼，半晌乾澀地吐出四個字。「好巧、好巧。」

他們假笑了幾下，然後不約而同地低頭吃麵，李復總算收斂了嘮叨。

吃了沒幾口，側面來了一人，大口地吃起麵，藺成本不在意，但餘光瞟到那熟悉的深色衣袍，總覺得有種莫名的怪異。

他側頭一看，果然和自己身上這件無甚區別。再細看穿這衣裳的人，可不就是說要與同窗聚會作詩，不能去跑馬了的同僚闞映嗎？

藺成停了，對面的李復覺得奇怪，跟著抬頭瞧向旁邊的人。

桌上一時安靜，闞映也頓住了，一抬頭，三個人大眼瞪小眼。

一片沈默中，三人不約而同地想：他們明明吩咐的是讓下人「找件普通百姓穿的不起眼的衣裳」，為何此時此刻三人身上衣裳竟然是一樣的？難道各府下人眼裡的不起眼，都是這款式的？

今日，謝珣和姜舒窈好生打扮了一番，畢竟到碼頭還穿著綾羅綢緞，並不合適。

姜舒窈特地讓白芍找出麻布做了一身顏色黯淡的衣裳，頭髮用布巾一裹，素面朝天，不加妝點，活似個農家新婦。

謝珣也穿得簡單，兩人並肩行走，一眼看過去就像是村裡最俊秀的書生娶了村長家嬌養大的閨女。

天氣太熱，日頭曬在身上火辣辣。碼頭做工的糙漢也不講究了，上衫一脫，光著膀子大刺刺地在道上行走。

謝珣來之前沒料到這點，直到看到了一批剛剛下工滿身是汗的赤膊漢子從面前經過，才陡然警覺。

不是他不信任自家的媳婦，實在是姜舒窈此前的傳聞做不得假，她確實是在男色面前不怎麼能把控得住自己。

謝珣為了不顯得太過多疑，只能悄悄地斜一下眼，用餘光盯著姜舒窈。

這不看還好，一看就委屈了——姜舒窈的眼神正好落在人家漢子身上。

這可就冤枉姜舒窈了，這隊赤膊精壯漢子從她面前走過，好大一片古銅色，她上輩子罕得現場看到這畫面，下意識就看過去了，真和好色沒關係。

謝珣咳了一聲。

姜舒窈轉頭看向他。這下謝珣舒坦了。他知道自己生得俊朗，以前不曾在意京中關於他容貌的讚美，此時此刻卻把那當作了底氣。

不要看他們，要看就看我好啦！

他這麼想著，臉繃得很緊，不像是來看食肆開業的，更像是來討債的。

姜舒窈見他這樣，正想問他怎麼了，眼前又路過一堆光膀子漢子，她的眼神再次下意識跟著飄走了……

「咳！咳！」他握拳大聲咳嗽。

姜舒窈嚇了一跳。「沒事吧？怎麼咳成這樣？」

謝珣放下手，強作淡定。「無事。」

話音剛落，又有一堆光膀子漢子路過。

他心頭的火氣冒了出來。這群人怎麼回事？有這麼熱嗎？還沒有入夏呢！

他渾身冒著嗖嗖的冷氣，姜舒窈未曾注意，倒是一旁賣餅的老嫂子笑了出聲。

姜舒窈聽到笑聲，不解地看向餅攤的婦人。

婦人對她使使眼色，看看謝珣，又看看那對光膀子漢子。

姜舒窈愣了半拍，後知後覺地反應過來，謝珣大概是在生氣？難道他覺得這群漢子有傷風化？還是在嫌棄平民百姓的不講究？但不像啊……總之得哄哄。

「謝伯淵。」

自從她放棄討好謝珣後，就一直喚他的表字，卻不知這樣在謝珣耳裡聽起來更為親暱。表字是親近的友人和長輩才會喚的，她每次一喊，就會讓謝珣覺得兩人之間有一層朦朧細膩的親近。

「嗯？」他收斂神色，轉頭看她。

「謝謝你。」姜舒窈真誠道：「一般高門大戶的男人，哪會願意讓自己明媒正娶的夫人來這些地方，你卻親自帶我來這裡。」

她妝扮樸素土氣，可是那雙眼眸卻越發的奪目靚麗。謝珣忽然對剛才那群漢子生出理解，這可真是夠熱的，熱得他渾身冒汗，臉都要熱紅了。

此時此刻一群小孩從街尾跑來，手上提著魚簍，你追我趕，像一陣急驚風。路上行人躲避不及，被撞了一下，嘴裡笑罵道：「黑魚，你又搶大山的簍子，看你爹怎麼收拾你！」

他們習慣了磕磕碰碰，姜舒窈可不一樣。

謝珣想都沒想，立刻伸手抓住姜舒窈的手腕，把她往自己身邊一帶。

姜舒窈猝不及防地被他一拉，沒站穩，額頭撞到他的肩膀，痛得倒吸氣。

謝珣嚇了一跳，怕她生氣，連忙問：「磕痛了？」

姜舒窈額頭還抵著他的肩膀，沒有立刻回話，謝珣心下忐忑，正待道歉時，肩膀突然傳來一陣顫意。

笑聲漸漸放大，姜舒窈笑得直發抖。「至於嗎？我又不是瓷器做的，嚇成這樣。」

「大驚小怪。」她抬頭，嗔道。

謝珣這才察覺不對勁，往四周一看，發現所有人都直勾勾看著他倆，連剛才上躥下跳橫衝直撞的小童也停下了腳步盯著他們。

他面上發燙，扯著姜舒窈趕緊走遠。走了一會兒才發現，自己好像扯著什麼，纖細、柔軟、溫涼如玉……

姜氏的手腕！

謝珣手掌頓時燙得發疼，想要放開又覺得右手僵住了，合攏的手指怎麼都打不開。

姜舒窈也詫異謝珣拉著她的手腕走了一路，想要提醒，又怎麼都開不了口，怕提醒顯得太過刻意。

她抬頭悄悄看著謝珣的背影，總覺得他似乎長高了一些，從少年長成了男人。牽著自己手腕的右手溫暖有力，似乎讓他這樣一直牽著也挺好的。

兩人找到林氏酒肆時正是放工的時候，酒肆這條街人山人海，有漢子不喜歡坐下吃飯，乾脆要了一碗麵蹲在街邊地吃了起來，更顯擁擠。

作為一個小娘子，出現在這裡還是很奇怪的。

有人眼神落在姜舒窈身上，謝珣右手收緊，把姜舒窈牢牢拽著，左手一伸，將她頭巾往前扯，遮住別人的視線。一連串動作做得自然而然，行雲流水。

「生意紅火，這下放心了吧。」謝珣道。

姜舒窈點頭。「看他們吃得歡欣，我也歡喜。」

謝珣輕笑，拉著她往陰涼處走。「要嚐嚐味道嗎？」

「當然，我看看他們做的怎麼樣，有沒有浪費我的食譜。」

兩人來到麵攤前，姜舒窈掃了一眼，自己在信上描述的規劃林氏全數照做了，不僅如此，還加以改進，改進後的法子更加適合古代的食肆。

她隨手要了兩碗熱乾麵，把謝珣那份也決定了。

熱乾麵和普通的炸醬麵不同，麵條用的是鹼麵。桂皮燒灰，放在松毛上，用開水多次過濾便得到了天然的鹼水，以此製作的鹼麵更利於保存。

麵條過水過油後放在一旁，客人來了以後廚娘將麵條在開水裡迅速燙一下，手腕幾抖，瀝乾水後裝入碗內，淋上辣油、香醋、醬油、蒜汁等多種配料，澆上瀣好的芝麻醬，舀上酸豆角、蘿蔔丁、蔥花等等，看似簡單實則複雜的熱乾麵便做好了。

因為調料成本稍高，所以熱乾麵賣出了葷臊子麵的價格，不過碼頭做工的漢子工錢不低，也不吝嗇晌午的一頓飯錢，聞著醬香撲鼻的熱乾麵，掏錢喊著來一碗的人不在少數。

第二十八章

謝珣端上兩人的碗，選了角落裡正巧只夠兩人坐下的半張小桌子。

熱乾麵麵條纖細，黃澄澄的，芝麻醬光澤如油，蘿蔔丁橙紅鮮亮，蔥花翠綠，稍作攪拌，芝麻醬融入麵條中，熱騰騰的芝麻醬醇香味漸漸溢散出來。

麵條過了涼水，爽滑油潤，十分筋道，芝麻醬包裹著麵條，一口下去滿嘴的芝麻香，醇厚香濃，微苦的熟芝麻味被熱乾麵澆的醬汁取代，鮮香微辣，回甘香甜。

熱乾麵不能吃得太急，就得等那股綿綿的醇香味在口中久留不散。但這碗麵又太過美味，鮮辣味美，鹹香清爽，每一口都能吃到實在的芝麻醬汁，醇厚的香味讓人有種簡單的踏實感，十分滿足，只想狼吞虎嚥。

謝珣很快吃完了一碗熱乾麵，姜舒窈和他點的同等分量，實在吃不完，見狀問：「可以分你一半嗎？」說完又怕謝珣嫌棄她吃剩的，畢竟這裡平日慣用公筷，謝珣更是光風霽月的貴公子。

在碼頭暴風吸入麵條的貴公子本人謝珣聞言反應極其迅速，「嘩」地把碗推到她面前。

姜舒窈愣了愣，給謝珣分去半碗，謝珣繼續低頭狂吃。

引得在一旁歇息的廚娘偷笑。「這小書生真好養活。」看這食量，小娘子家裡得是鎮上的大戶人家才行吧，不過這書生生得如此好看，多花錢供著他也值得。

富甲天下的林氏一族嫡女姜舒窈撐著下巴，看謝珣把麵吃得乾乾淨淨，心滿意足。

謝珣很想把筷子上和碗邊的芝麻醬刮乾淨，礙於姜舒窈在場，硬生生忍住了。

吃飽了他又莫名的幽怨，道：「妳以前都沒在府裡做過這種麵。」平淡無波的語氣彷彿只是隨口閒聊。

「我沒做過的可多了，以後慢慢再做。」姜舒窈回道。

好吧，他可是要跟著姜氏過一輩子的人，何必計較這些有的沒的？

謝珣頓時被安慰了。

兩人正要起身離開，突然聽見人群傳來一陣喧鬧。姜舒窈定睛一看，那明豔奪目、儀態大方的人不是林氏是誰。

自從穿越過來後，姜舒窈所看到的林氏一直是個表面躁怒氣盛、內裡空虛無助的女人，從沒見過現在這般模樣的她，眉飛色舞、生機勃勃。

她風風火火地走進食肆，捧著孕肚，笑聲響亮，對著管事道：「不錯、不錯，我閨女就是能幹，這種食肆，天下只有我林家一家能開出來。」

管事自當奉承一番。

「行啦，我只是來看一看，今兒是第一天開業，大家都幹得不錯，不過可不能就此鬆懈。」林氏噼哩啪啦說了一堆規矩，又挨個兒檢查食攤。

姜舒窈被這個全然陌生的林氏驚到了，待到她越走越近，才猛然醒神，把銀子「啪」地往桌上一拍，扯著謝珣火速躲開。

她光是提出個開店的想法就惹得林氏傷心惱怒，若是被她看到自己混進了臭漢子堆裡吃飯，還帶著謝珣，林氏豈不是要提刀追殺她？

謝珣也想到了這層，生怕岳母動怒，兩個人配合默契地悄悄撤離，剛剛走出林氏的視線，就撞到一堆同樣鬼鬼祟祟的人。

已經集齊六位同僚，正小心翼翼躲著謝珣的藺成心裡一抖。

謝珣沒想著會在這看見他們，疑惑地問：「你們不是去城郊跑馬了嗎？怎麼全到碼頭來了？」

「嗯……」眾人啞然。

「還有，你們這一身衣裳是怎麼回事？」七個人居然穿著同式樣的棉布長衫，連顏色都一樣，本身毫不起眼的顏色湊了一群，活像七胞胎上街，再不顯眼也得顯眼了。

藺成咽下喉間一口老血，僵硬地撒謊道：「呵呵，這是我們為跑馬專做的衣裳，就像蹴鞠要穿一個色那樣，是隊服。」

謝珣看著藺成身上醜而低調的衣裳，默然一刻，無比嚴肅地說：「以前我答應和你跑馬組隊的話，就此忘了吧。」

姜舒窈本以為這一次出去逛了一圈又得在謝國公府窩上好一陣子，沒想到沒過幾天在壽寧堂請安的時候，老夫人忽然提起過幾日端午節的事。

端午節傳承上古時期的吉日祭龍，京城裡會舉辦賽龍舟競渡，這日百姓都會跑來江邊看熱鬧，就連天子也會出宮觀看賽事，勝者有賞。

姜舒窈聽得兩眼發光，連平常最愛陰陽怪氣的周氏也露出了發自內心的笑容，感嘆道歲月如梭，眨眼又是一年。

謝國公府自然不會和百姓們在岸邊擠著看熱鬧，挑酒樓位置也得挑頂好的那種。老夫人和徐氏商議起相關事宜，徐氏一一應下。

周氏在一旁認真地聽著，而姜舒窈聽到這些枯燥的安排就坐不住，一靜一動，對比明顯，老夫人很快就把眼神落到了她身上。

姜舒窈隨即低頭裝乖順。

老夫人一向嚴格，姜舒窈本以為她又要開口訓斥自己，卻不想她開口道：「老三媳婦最近都幹了些什麼？」

姜舒窈窩在自己院子裡倒騰吃食，老夫人自是不會過多管教，而她和謝珣出門的事，徐氏隨手幫忙掩飾掩飾，老夫人這邊便聽不到什麼風言風語。

所以在老夫人看來，姜舒窈嫁過來以後十分乖覺，並不似以前那樣愛出門玩耍胡鬧，一直老老實實地待在院子裡，確實是像收斂了性子。

姜舒窈硬著頭皮答道：「平日就在屋內看看書、繡繡花，偶爾琢磨一些吃食。」

老夫人滿意地點頭。「不錯，正是要多看書，靜心養性。」

這算是被誇了一句，姜舒窈稀裡糊塗的，剛出壽寧堂沒幾步，周氏就追上了她。

她皮笑肉不笑道：「弟妹，前幾日妳不是還和三弟出去遊玩了一番嗎？」

「啊？」姜舒窈愣住，看向周氏。

周氏總想跟徐氏搶權，沒少安排自己的眼線，徐氏幫姜舒窈隱瞞的事她自是清楚。而周氏這個人，任誰來評價都會說一句性子不好，就從和徐氏別了這麼多年苗頭的事也能看出一二。

姜舒窈聽她陰陽怪氣的語氣，以為她要告密或者威脅，沒想到她只是問了一句。「是三弟主動帶妳出去的？」

姜舒窈摸不清她想做什麼，沒有回答。

周氏看了她兩眼，微微蹙了下眉頭，語氣不似常日的尖銳，自言自語道：「原來，還真是啊……」

她說完這句，對著姜舒窈冷哼了一聲，風風火火地走了。

姜舒窈一頭霧水，正巧徐氏也出來了，便把剛才那事講給徐氏聽。

徐氏有點驚訝。「她沒有說要告訴老夫人？」

「沒有。」

徐氏沈吟片刻，道：「那應該無事，其實她這個人只是脾氣壞，本性不壞。」

姜舒窈放心了，與徐氏同路，問了一些端午節的事情便回了聽竹院。

古代沒有日曆，她日子過得隨意，一時也忘了端午節的到來。

她感懷了一會兒，拋開雜亂的思緒，一掃傷感，紮起袖子準備幹活。

無論如何，端午節粽子是不能少的。

不僅僅是豆花有甜鹹之分，粽子也有。甜味的粽子有豆沙粽、蜜棗粽、玫瑰粽、瓜仁粽等等；鹹味的有豬肉粽、火腿粽、蛋黃肉粽等等，各地口味不同，種類繁多。

不管什麼口味，製作步驟都是差不離的，浸糯米、洗粽葉、包粽子這些流程少不了，過程不算繁瑣，但耗時略長。

離端午節還有幾日，姜舒窈不著急，慢慢準備著好幾樣粽餡的食材。等到端午節前一天，將粽葉煮過，等到粽葉顏色變深後再用涼水洗淨，最後包上粽餡裹緊。這些步驟看著新奇，院子裡的小丫鬟們全跑來打下手。

包粽子不難，手掌托著兩、三張理順展平的粽葉，放入浸泡好的糯米，嵌上兩、三枚蜜棗，然後將長葉子慢慢包裹起來，嚴嚴實實地用馬蓮草捆結實，一個粽子就做成了。

她包了豆沙餡的，蛋黃餡的，豬肉餡的還有蜜棗餡的，都是最常見的那幾種口味。

包完一大堆有稜有角的粽子之後，分批放進鍋裡小火慢煮，不一會兒，粽葉的清香就飄滿整個院子。

姜舒窈試驗的甜粽剛剛出鍋，大房的兩個小傢伙就跑來了。

待到粽子稍涼，姜舒窈給他們一人遞了一個，叮囑道：「糯米難消化，不能吃太多。」

謝昭頗為遺憾，但見粽子個頭大，足夠他吃了，又露出笑意來。

粽葉外皮稍涼，內裡還是燙手的，層層剝開粽葉，裡面有些黏糊，撕開最後一層緊緊黏連著糯米的粽葉，夾雜著清甜香味的熱氣猛地湧了出來。

糯米晶瑩白潤，呈緊致的角狀，清香撲鼻。

謝昭咬了一大口，糯米有些黏牙，咬下去內裡的溫度稍微燙口。飽滿的糯米既有米的香味，也有粽葉的清香，內裡的豆沙極為甜軟，細膩綿密，入口即化，甜味濃厚，融入黏黏糊糊的糯米之間，嚼起來有種清新的香甜。

剛出鍋的粽子最是美味，謝昭哈著氣，兩、三口下去一小半。

姜舒窈連忙讓他嚼細了再吞。

謝昭表面上應著，速度不減，肉臉上沾上了顆顆糯米，極為滑稽可愛。

謝曜比其他來就要文靜優雅多了，不知從哪兒找來的高凳，往上一坐，小口小口地品著粽子。

姜舒窈看著狼吞虎嚥的謝昭，又看看優雅的謝曜，總覺得把他們的吃相揉合一下，就成了他們的三叔謝珣。

想曹操曹操到，這會兒，謝珣就出現在了廚房門口。

「你今日怎麼下值這麼早？」

謝珣走進來，隨口回道：「明日不是端午嗎？今日也無事，大家就提早散了。」

他掃了一眼盤裡的粽子，然後迫不及待地問：「做了什麼？」

姜舒窈一邊幫謝昭擦掉臉龐上黏著的糯米，一邊道：「粽子。」

「嗯。」謝珣點頭，礙於兩個姪子在場，沒好意思主動提出要嚐一嚐。

他背著手站在一旁，等著姜舒窈邀他吃粽子，誰知她只顧著幫謝昭擦臉。

謝珣安安靜靜地站在原地等，等到姜舒窈擦完了謝昭的臉，他想著她總該想起他這號人了吧？沒想到她又轉過身關心謝曜。

「味道還可以嗎？別著急，還有蜜棗餡的，你們吃兩口，嚐個味就好。」

她轉身拿了一顆蜜棗粽拆開，先挾起一筷子連著蜜棗的糯米餵謝曜，他甜甜地道謝。

謝珣被無視了，看著這一副溫馨的畫面，打斷也不是，乾站著也不是。

姜舒窈餵了謝曜，又餵一口給謝昭，轉過身看見謝珣杵在這兒，疑惑極了。「你站在這兒幹麼，有事嗎？」

這種心酸的感覺是怎麼回事？

謝珣目光掃過兩個往日最為疼愛的姪子，默默地想著，他以後一定要遲些再要孩子……不對，要孩子？要什麼孩子，和姜氏要孩子？等等，和姜氏要、要孩子……他怎麼想到這些事情上頭去了！

他的臉「唰」地紅了，熱氣竄上頭頂，也不嘴饞了，挪動腳步打算落荒而逃。不料姜舒窈這個時候想起了他，把他叫住。「嚐嚐粽子嗎？」

謝珣頓住，糾結幾秒，還是拐了彎走回來，假裝平靜地道：「嗯，那就嚐嚐吧。」

姜舒窈問：「甜的還是鹹的？」

謝珣想說「都來」，但兩個姪子在場，他不想表現得急切，只能含糊道：「隨便吧。」

唉！真不自在，還是和姜氏單獨相處時最好了。

姜舒窈為他一樣挑了一個口味，道：「看看喜歡哪個口味的。」

謝珣接過盤子，跟著兩個小不點在長條木桌前站成一排。

優雅地剝開粽葉後，香氣四溢。謝珣看著兩個姪子的吃相，覺得抱著粽子啃實在是幼稚，於是選擇用筷子吃。

這個是蛋黃肉粽，筷尖分開軟糯滑膩的潔白糯米，裡面的餡便露了出來，蛋黃紅潤厚實，黃澄澄的，似乎有一層清透濃香的紅油被蒸了出來，浸透到了雪白的糯米裡。蛋黃周圍是軟嫩的五花肉，聞著鹹香鮮甜。

五花肉彷彿被煮化了，肥油全數浸潤到了糯米中，香氣被外層的糯米牢牢鎖住。肉香和米香夾雜在一起，肥而不膩，香糯清新。蛋黃口感綿密，鹹香醇厚，與粽葉的清香一起蓋過了油味，更顯鮮鹹味美。

吃完一個粽子以後，謝珣就放棄優雅與矜持，跟著小姪子們一起直接用手捧著粽子吃。

姜舒窈叮囑過謝昭、謝曜要慢慢嚼、慢慢咽，而且只能吃一個，不能貪多。

謝珣就不一樣了，他想吃多少吃多少。

咬開豆沙粽，豆沙甜而細膩，又有紅豆淡淡的清甜豆香，吃完以後滿口留香。

再吃蜜棗粽，外層的糯米較為寡淡，只有淡淡的清香味，直到咬到了內裡包著的蜜棗。蜜棗極為軟爛，皮輕輕一碰就碎，然後蜜棗香頓時在口中炸開，一舉取代了先前寡淡的清香味。

粽葉太長，謝珣怕沾到衣裳上面，伸長了脖子小心吃，一個接一個，完全停不下來。

「行了，吃多了積食。」姜舒窈管了小的，又來管大的。

謝珣聽話地停下，放下粽子時粽葉掃過臉頰，癢癢的，他本想用手指蹭蹭，可手卻黏糊糊的，只能在空中頓住。

他正想用袖子擦，突然臉上傳來溫柔的觸感。

姜舒窈用帕子擦擦他的臉，無奈道：「多大的人了，怎麼還和阿昭一樣吃到臉上了。」

謝珣僵直不敢動，任由她擦臉，弱弱解釋。「不是吃上去的，是不小心蹭到的。」

姜舒窈收回帕子，轉回爐灶旁撈粽子。

謝珣傻乎乎的站在原地，被她擦過的地方又燙又麻，讓他手足無措，一時不知如何反應。紅暈慢慢爬上他白玉般的臉頰，顏色漸漸轉濃，最後紅得像是快要滴血了。

謝昭顧不得手上黏糊，嚇得大力扯住他的衣角，語帶驚恐。「三叔，你這是怎麼啦？臉被燙著了？」

端午節當日，謝國公府眾人到達江畔時，百姓已經將岸邊裡三層、外三層地圍了起來。

姜舒窈隨著徐氏下馬車進酒樓，剛邁進酒樓沒幾步，就被人給叫住了，回頭一看竟是謝珣。

謝珣要參與競渡，早早地就來此準備，並未與他們同行。

此時他忽然跑到離起點稍遠的酒樓，姜舒窈以為有什麼要事，忙問：「怎麼了？」

謝珣和往常不一樣，今日收拾得十分精神，賽服鮮豔，襯得他臉如白玉，神采奕奕，連往日疏遠冰冷的面容也染上朝氣活潑，看上去像是哪家不愛詩書只愛縱馬馳騁的少年郎。

「我一會兒要參與競渡。」

姜舒窈點頭，等著聽他下文。

誰知謝珣專門跑這麼遠，就只為了說這個，他補充道：「記住我的賽服顏色。」

時間快要來不及了，他撂下這句話，轉身就沒入人群中。

「喂！」姜舒窈一頭霧水，連忙叫住他，謝珣卻像一隻魚入水般，眨眼就沒了蹤影，她只能看到他那鮮豔奪目的身影在人海中越來越遠。

姜舒窈無奈，嘀咕道：「就為了說這麼兩句話呀。」

徐氏的身影從二樓階梯上響起。「三弟妹，怎麼了？」她走到二樓回頭才發現姜舒窈不見蹤影，退了幾步喊人。

「沒事。」姜舒窈連忙拎著裙角追上。

剛上樓，轉角又有人叫她。「謝夫人。」

她回頭，見葛清書驚喜地看著自己。

「妳們也在這兒啊。」她落落大方地走過來給徐氏見禮，然後抓著姜舒窈的手腕。「太巧了！」似乎有很多話要對她說。

徐氏見狀便道：「妳們倆聊著，我先進去了。」

她走後，葛清書迫不及待地道：「前幾天林氏食肆開業，我叫下人去看，他們回稟說食肆人山人海，生意紅火，隔著老遠就能聞見香味。」

姜舒窈笑道：「妳叫下人去捧場了？」

葛清書坦然直言。「算不得捧場，我是饞嘴，刻意去讓下人替我買些回來。」她語氣平淡，細聽有一絲絲幽怨。「可是食肆卻沒有賣漢堡。」

姜舒窈解釋道：「我想著漢堡還是不太合適，便換了些吃食販售，不過以後總會賣的。當然，還是要看我娘是怎麼安排的，經商這些事我也不明白。」

葛清書遺憾地嘆口氣，再次鼓吹道：「不知何時能在京城裡開一家呢？上次下人替我買回來的肉夾饃，拿回府時已經涼透了。當然，還是好吃。」

第二十九章

姜舒窈看葛清書頂著那張超凡脫俗、仙氣飄飄的臉抱怨，覺得她這模樣頗像上次醉後的謝珣，饞貓一隻，忍不住笑了出來，便對她道：「我今日帶了些粽子來，妳要吃點嗎？」

葛清書毫不猶豫地點頭。

姜舒窈伸手，白芍立刻把食盒遞過來。

今日要在外遊玩一天，姜舒窈便想著帶上幾顆粽子，用膳時讓酒樓的夥計蒸熱，她覺得少了粽子的端午節午飯是不完整的。

葛清書的丫鬟正巧帶著裝糕點的盒子，姜舒窈便直接往裡放了幾個粽子。「口味有鹹、有甜，蒸熱後就可以直接吃了。」

葛清書道謝，這才想起邀姜舒窈進房敘話，畢竟兩人站在外頭總是不太妥當。

葛清書長得漂亮、愛美食，姜舒窈和她也有話聊，正想點頭同意，遠方突然傳來一陣激揚的鼓聲。

姜舒窈嚇了一跳，面帶疑惑，葛清書為她解釋道：「賽龍舟要開始了。」

話音剛落，姜舒窈便急忙道：「抱歉，我一會兒再來找妳，我得去看賽龍舟了。」說完急急忙忙地跑遠了。

葛清書站在原地，嘆了口氣，冷道：「賽龍舟有什麼好看的？吵死了。」

「小姐，謝夫人的夫君要賽龍舟，她應當趕著去看吧。」

葛清書幽怨地嘆氣。「罷了，罷了。」

姜舒窈趕回房裡時，謝珮已經站在窗前吆喝了，她趕忙跑過去，就見龍舟本來還整齊地排在起點上，眨眼間便在江面上滑出一大截。

因著上次慘痛的經歷，藺成看到暗色衣裳就頭疼，這次隊服做得無比鮮豔，紅得刺眼，在江面上格外顯眼。

姜舒窈一眼就認出了謝珣所在的龍舟，一舟豔紅甩了別人一大截，遠遠地衝在了前頭。

「三哥他們隊伍看來會拔得頭籌！」謝珮激動道。

「得勝有獎嗎？」姜舒窈問。

「當然，聖人親賞，有時候皇后娘娘和貴妃娘娘也會賞呢。」她眉飛色舞地說道，說完才意識到自己是在和姜舒窈說話，聲音一頓，彆扭地別過頭去。

姜舒窈並沒有在意她的反應，全神貫注地觀看完比賽，然後又看著謝珣的隊伍閃亮亮地登臺面聖。

藺成還是第一次划龍舟獲勝，登臺時緊張地同手同腳，看看旁邊的人，基本都和他一樣，除了謝珣。

眼見謝珣不停側頭往遠處看去，他疑惑道：「在看什麼？」

謝珣「嗯」了一聲，並未回答。

他眼神落到在酒樓窗前一個小點，抿了抿嘴角，不知道她有沒有看見自己。

皇帝年歲漸大，最愛看朝氣蓬勃的少年郎了，見他們上來，賞賜毫不吝嗇。藺成激動得要命，謝珣倒是沒太大感覺，在一行人中沈著得搶眼。

林貴妃的目光落在他身上，忽然開口道：「今兒臣妾看得真是痛快，雖然皇上已經賞了，但臣妾也想跟著賞一點。

「皇上賞你們，那本宮就賞賜你們的家眷好了。」她揮揮手，太監連忙上前遞交賞賜。貴妃的賞賜不會太貴重，也就是助助興，謝珣接過賞賜，同眾人一同謝恩。

下了高臺，大家整齊劃一地迫不及待看賞賜，每個人的都不同，但謝珣那份格外搶眼。做工華麗的並蒂蓮金釵躺在首飾盒裡，熠熠生輝。大家這才想起謝珣娶的是林貴妃的外甥女，見到那釵上的並蒂蓮，無不發出怪叫起鬨。

謝珣面無表情地把盒子蓋上，耳朵悄悄爬上紅暈。

本來還想將得到的賞賜贈予姜氏，如今瞧這釵上的並蒂蓮，叫他怎麼能送出手呢？

大家看謝珣沒什麼反應，頗覺無趣，四下散去，只剩下藺成一個人還在旁邊。他咳了聲，假裝無意提起。「既然今日各府都來了，我正巧去拜見一下老夫人吧。」

上次雖然去林家食肆吃痛快了，但撞見眾多同僚，還被謝珣逮住了，他臉皮再厚也掛不住，所以只去了那一回，便沒再去了。

現在想到姜舒窈也在，他不禁蠢蠢欲動。一是想和嫂子套套近乎，問看看她是否有意在京城內開店，或者打好關係，以便下次再去謝國公府蹭飯；二是他總覺得姜氏那般精於吃食的人，今日應當不會像各府那般去街上買糕點，說不定有什麼新鮮的吃食呢。

這麼一想，頓覺剛才拚命划龍舟，耗了一大把力氣，現下腹中空空，餓得緊。

謝珣沒多想，領著藺成往謝國公府在的酒樓走去。

姜舒窈給了葛清書粽子以後，餘下的粽子便不多了，喚下人借酒樓的灶蒸熱，正巧和午膳一起送上來。

小二剛剛退下，謝珣就回來了，後頭還跟著個藺成。他進來後恭恭敬敬地給老夫人行禮，眼神直往桌上瞟。不過他慣會哄老人開心，老夫人見到他就歡喜。

藺成一邊回老夫人話，一邊一盤盤篩選桌上的吃食，這個不是、這個不是……他的眼神停在粽子上。

這個看著新鮮！

謝珣眼神靈敏，很快注意到藺成心不在焉的敷衍模樣，順著他的眼神往粽子上看去。

好哇，他就知道藺成哪會那麼惦記他娘？趕著飯點不回去吃飯，跑這兒來拜見。

他走過去，問姜舒窈。「這是給我的嗎？」

「嗯。」姜舒窈應道：「留一個給我，其餘四個都是你的。本來還有多的，但我給了葛小姐幾個，便只剩這些了。」

粽子是姜舒窈帶來的吃食，還是幫謝珣備的，謝國公府的人即使好奇嘴饞也不好意思拿，白瓷盤上擺著五個熱氣騰騰的粽子，十分稀奇。

謝珣點頭，拿著四顆燙手的粽子扯著藺成出房。

藺成眼睛都在發光，一出房就盯著粽子道：「什麼味呀？好不好吃？」

謝珣平淡道：「不知道，我嚐嚐。」俐落地拆開粽子，甜香的熱氣瞬間溢出。

糯米被捏成角狀，晶瑩白皙，裡頭有紅棕色的細膩豆沙隱隱從糯米中透出來，粽葉清香，豆沙濃甜，藺成聞著就饞得流口水。

謝珣不慌不忙地咬了一口，軟軟糯糯的糯米拉出幾條黏乎乎的甜絲，咀嚼時發出黏連的輕響。

「嗯，甜的，好吃。」謝珣吃完一個，小廝連忙接過粽葉，他又開始剝下一個。「這個是鹹的，蛋黃鹹香細膩，紅油浸入米中，肉質嫩滑，化在米間。好吃。」

見他三兩口，又下去一個。

藺成著急，正想著怎麼暗示謝珣給自己一個時，謝珣突然道：「可惜太少了不夠我吃，本來應當有給你的份，只是你也聽到了，我家夫人贈人了。」

藺成腦海中瞬間浮現了自己嚼著粽子的畫面，十分心痛。他完全被謝珣一本正經的模樣忽悠了，沒想到謝珣手上有四個粽子，再怎麼不夠吃也該給自己分一個啊。

他眼巴巴地看著謝珣吃著粽子，鼻尖忽然聞到一股清香，轉頭一看，小二捧著一盤粽子從身邊走過，敲開不遠處的一間房門。

「我的粽子！」藺成痛心呼喊。

剛拜見完外祖母回房的葛清書路過，恰巧聽到這句，看看遠處小二手上的粽子，又看看藺成，惜字如金的她忽然出聲。「是我的。」

藺成沒想到旁邊飄出一個人，嚇一跳。

他眨巴眨巴眼看著葛清書，葛清書眉目間都是冷意，斜眼看他，語氣森冷強調。「是我的粽子。」

然後裙襬不動，儀態大方地走了。

被莫名其妙恐嚇了的藺成滿臉疑惑，心裡太委屈了。

夕陽西下，眾人陸陸續續散去，熱鬧的一天才勉強結束。

姜舒窈和徐氏、謝珮同乘一輛馬車回府，車裡一如既往地安靜，無人說話。

行至一半，馬車突然一晃，車輪不知道被什麼卡住了，無法再動彈。

馬車壞了的事不罕見，車內三人依次下馬車，等待車伕檢查車輪。

謝珣騎著馬跟在馬車旁，見狀也翻身下馬跟著她們一起等待。

此時風景正好，霞光似火燃遍天際，湖畔偶有清風吹過，帶來一陣清爽的水氣。

姜舒窈站在湖畔等待，身形窈窕，與晚霞形成一幅豔麗柔美的畫。

謝珣記掛著送出金釵，想上前，又不知為何膽怯。

袖裡揣著的並蒂蓮金釵燙得慌，姜舒窈轉頭時眼神和他撞上，他隨即撇開頭躲避。

姜舒窈並沒在意謝珣的反應，繼續看著周圍的風景。

她在看風景，也有人在看她。

謝珣一番掙扎，正待上前時，姜舒窈旁邊忽然走來一風度翩翩的俊朗男子，張口喚了姜舒窈一句。她回頭，兩人不知聊了些什麼，姜舒窈忽然展顏一笑。

謝珣僵在原地，手猛地收緊成拳。

謝珮從馬車那邊過來，看到這幕，想到姜舒窈往日名聲，震驚地看看她，又看看自家三哥。「三哥，你就這樣看著？」

謝珣這才陡然回神，然而姜舒窈已經和對方聊完了，兩人似乎不太熟稔，只是打過招呼後那男子就離開了。

他把剛剛拿出來的釵盒收回，大步上前。

謝珣一向愛冷著臉，姜舒窈並未發現有什麼不對。

看著剛才那幕，任誰都會不太舒服，謝珣悶不吭聲地站在旁邊等解釋，姜舒窈卻一點反應也沒有，正開心著呢。

剛才那人是林家隔房的小表舅，和林氏關係不錯，見著姜舒窈了便上前打招呼寒暄了幾句，順嘴提到林氏最近心情大好，整日忙著食肆的生意，準備做大、做好，瞧那架勢，好像回到了當年掌權時震住各方的林家二小姐的模樣。

姜舒窈最記掛的還是林氏，聽他這麼說，自然無比歡喜。

謝珣瞧到她臉上的喜悅，心頭更不是滋味了。近來相處，他當然相信姜舒窈不是那種拈花惹草的女人，但往日的胡鬧也做不得假，誰知這是不是以前外頭野花之一。

他和姜舒窈的相處從一開端就錯了，如今夫妻不似夫妻、朋友也不似朋友，頂了天也只能算他自己一頭熱，連夫妻名頭也是個空架子。

他心頭又酸又緊，若是當初她一過門他就好生對她，肯定不至於落得這般模樣。

馬車修好了，姜舒窈連招呼也沒對他打，擦肩而過，徑直往馬車那邊走去。

謝珣心頭越發酸澀，拿出釵盒一看，感覺釵盒的雕花變化浮動湊出「自作多情」四個大字來。

他想著剛才那人的模樣，身形頎長，生得俊美風流——糟糕，會不會比他俊？

謝珣氣悶地將釵盒收回去，迷茫中突然頓悟。

對啊，姜氏不通文采，自不會仰慕他的文采；襄陽伯府權勢不比謝國公府，但差不了太多，她是金窩裡嬌養大的姑娘，也不會貪慕他的地位；性情更不必多說，兩人成婚前，她根本不了解他的性子……所以只剩他的皮相了？

可從她嫁過來以後，她並未流露出絲毫對自己皮相看重的意思，往日她可做出調戲男子致人落水的舉動過，但對著自己竟毫無波瀾！

「啪」一聲，釵盒落地，金釵碰壁，發出結實的脆響。

謝珣早不開竅、晚不開竅，偏偏意識到了自己的心意後，還未來得及細想，又被頓悟出的現實砸了個滿頭包。

姜舒窈聽了隔房小舅說起林氏做生意勁頭十足後，自己也歡欣鼓舞，恨不得立刻把腦子裡能想到的食譜全倒出來，一回院中就鑽進廚房做菜。

雖說姜舒窈被人點醒不必刻意選用低廉食材做菜，但她還是對充分利用食材這點有執念。

比如豬，人們一般就是吃個豬肉，但其實豬渾身都是寶。除了常見的豬蹄，還有肥腸、腰花等豬下水也能做出佳餚。生猛一點的，腦花也能烤出來吃，撒上調料蔥花，又辣又鮮，軟軟嫩嫩，入口即化。

謝珣心中鬱卒，跟著馬車回府後並未立刻回聽竹院，而是在外院繞了一圈。

但再怎麼散心，也解決不了他的困擾，他內心一團亂麻，五味雜陳，想不清楚也理不出頭緒，最後還是磨磨蹭蹭回了聽竹院。

一踏入院內，滿院的香氣。

越是這樣，他心頭的苦悶就越甚。往日裡不曾細品的美好溫暖，到了患得患失的當頭才覺得無比珍貴。他習慣性地聞著香味往小廚房走，走到門口才猛地頓住。

沒理清思緒前，他總覺得沒膽子見姜舒窈。

門外蹲守的小橘貓忽然被龐然大物擋著光線，抬頭看看謝珣，「喵」地叫了一聲以示威脅。

謝珣蹲下來，點點小貓的頭，嘆氣道：「你也不敢見她嗎？」

「喵～～」

「我到底該如何做呢，想不懂、理不清，心頭又苦澀泛酸，患得患失之中卻明白自己這般實屬活該。」

「喵！」小橘貓一溜煙跑走了。

姜舒窈從小廚房出來，見著謝珣蹲在門口嚇了一跳。「幹麼呢你！」

謝珣站起來給她讓路，姜舒窈一句話也沒多說就走了。

看著她的背影，謝珣忽然想到謝珮當時看到姜舒窈同男人敘話時的震驚生氣模樣，活像他應該對姜舒窈發火才對。

他應該發火嗎？按理來說正當如此吧……無論姜氏是否對他有情，他都是自己明媒正娶的妻子。

謝珣聞著飯菜的香氣，嗯，發火的事先放一邊，還是用膳比較重要不是嗎？

追上去，丫鬟已將飯菜擺好。謝珣撩袍坐下，乖巧地坐正身子準備開動。

「這是什麼？」他瞧著盤中的食材，疑惑地問。

姜舒窈介紹道：「腰花，爆炒腰花。」

菜如其名，豬腰切片後確實像朵花，與木耳、蔥段、筍片一同炒，勾上一層辣油，色澤鮮紅，賣相討巧。

「你試試味道怎麼樣，我想著不能光炒豬肉，豬其他部位也得用上，這樣才不浪費。」

謝珣挾起一片腰花，表面看似嫩滑，但並不是很軟的嫩。剛出鍋的腰花還有點燙，入口先品到表面那層鮮香微辣的芡汁，口感鮮嫩，又有一種微脆的嚼勁，味道醇厚，滑潤不膩。

她把食材處理得很好，豬腰本身的臊味全無，只有一股鮮香，這是屬於豬腰獨特的滋味，吞咽入腹後那股葷菜的醇香仍在，十分下飯。

謝珣吃了幾口白米飯，又挾上幾口配菜吃，就連木耳和筍片也染上了那股獨特的肉香，裹著薄薄的芡汁，連白米也顯得鮮香可口。

「好吃。」

謝珣的評價越來越簡單粗暴了，以前的他還會細細品鑒滋味，自從去食肆看到那些人大口狂吃後，他明白了美味就是美味，就這麼簡簡單單，直白明了。

話音才落，白芍又端來一盤菜，謝珣本以為又炒了一盤腰花，準備再添一碗白米飯時，往盤裡一看，卻發現盤中擺了好幾根竹籤。

古代做飯都是用的柴火，烤串就十分方便了。

姜舒窈將雞胗切塊後醃製，用竹籤串起來，架在柴火上烤，一邊烤一邊刷油，撒上孜然、花椒、辣椒粉，再小火烤一下，等乾料烤香後就可以吃了。

烤串不愧是烤串，香氣四溢，炒腰花瞬間淪為陪襯。

雞胗表面裹足了孜然辣椒，呈現褐紅色，還灑了芝麻、蔥花，熱度未散，表面的油正輕輕響動，使得香味更甚。

烤串當然要趁熱吃，姜舒窈拿起一根竹籤，往嘴前一橫，牙齒咬住雞胗，用力一扯，將鹹香麻辣的雞胗送入嘴裡。

早在商、周時，炙烤這種烹飪技巧就已經十分常用，但無論是烤乳豬抑或是炙鵝鴨，都講究整隻炙烤，重在突出食材的鮮。

燒烤就不一樣了，更多的在調料上，食材要狠狠地烤，肥肉要烤出油，無油的要刷油，烤透、烤焦，調料得給足，層層乾料滿滿地撒在烤串上。若是北方的燒烤，那就得厚厚刷一層醬，直把醬汁的香味全部烤進食材裡才行。

就比如現在的烤雞胗，連雞胗之間的竹籤縫隙也裹上了一層調料。

謝珣學著姜舒窈的姿勢把竹籤往嘴前一橫，咬住雞胗一扯，雞胗表面那層辣椒粉立刻喚醒了味蕾，香辣味從舌尖一路蔓延，瞬間在口中四溢。

雞胗極其耐嚼，雞胗的葷香味伴隨著香料越嚼越有味，邊緣烤得有點過，但口感又脆又韌，嚼起來很上癮。

謝珣一口氣吃了好幾顆仍覺不過癮，咬著最後一顆雞胗，從尾拖到頭，直把竹籤上的調料全部用雞胗拖拽乾淨才爽快。最後一顆雞胗伴隨著竹籤殘留的濃重調料味入口，雖然味道有些重，但這樣才是烤串的美味所在。

謝珣的手正待探向下一串時，姜舒窈突然道：「也不知其他人能不能接受。」

謝珣吃什麼都香是個優點，但放在試菜上來說就是缺點了。

她招手喚來白芍。「把腰花分一半拿到大房去，再拿點烤串讓大夫人試試，有些辣，如果她不能接受就不必勉強。唉！熟人還是不夠多，試菜的都找不了幾個。」

謝珣坐在她對面，整個人都石化了。剛才壓下去的一腔愁緒苦惱再次湧上，酸澀難忍。

他落寞地垂眸，自己已經淪落到如此地步了嗎？

皮相不吸引她就罷了，連試菜這事，也不是獨一份了。

第三十章

謝珣在生氣。

準確來說，是姜舒窈覺得謝珣在生氣。

謝珣這個人雖然慣常板著一張棺材臉，但是相處久了，姜舒窈逐漸能看出他隱藏在面癱臉下的情緒了。

而且他這個慣常蹭吃蹭喝的人刻意躲著自己，姜舒窈就算心再大也能感受出來。

她把鐵勺往鐵鍋裡一扔，轉頭看向空盪盪的身側。以往謝珣總是不言不語地站在一旁看她做飯，習慣成自然，現在他不在一旁看著，她竟然連做菜也不順手了。

「喵～～」小橘貓在門檻處探頭，蹭來蹭去，眼巴巴地望著姜舒窈討食。

姜舒窈悚然一驚。

太可怕了！她怎麼會從這麼可愛、這麼萌的一張貓臉上看出謝珣的影子啊？

但想著謝珣躲著她，姜舒窈就很不爽，至於為什麼不爽，她也沒有細細想過。

她把丫鬟們喚進來，吩咐她們把準備好的食材全部拿出去放在院子裡的桌子上。

桌上墊了厚厚一層木板，放上才打好的專用烤肉炭火爐，架上淺口平底鍋，烤肉行動準備就緒。

姜舒窈抬頭看看天色，計算著謝珣該回來了。

前一段時間謝珣每天能早回來就早回來，絕不放過任何一個蹭晚飯的機會，幸運的話，還能鑽進小廚房看姜舒窈做飯，可這幾天他回來得越來越晚，連晚飯也不過來蹭了。

倒不是說姜舒窈很缺這個打掃飯桌的飯友，只是突然少了個人，總覺得怪怪的。

夕陽漸落，姜舒窈吩咐丫鬟往爐內擱上木炭。

鐵鍋慢慢升溫，她挾起一片醃製好的五花肉往鐵板上一放。

沾著醬汁的五花肉接觸到鐵板，瞬間冒起油煙，幾秒過後，肉香四溢。

事先醃肉這一步很重要，辣椒醬、黃豆醬、糖醋醬等必不可少。喜歡蒜香味的，便多加些蒜泥；喜歡甜辣味的，糖和甜麵醬可以多放一點；喜歡醬香的，便多放幾勺黃豆醬和醬油。

白瓷盤整齊地擺放於桌上，上面排放著深紅、紅棕、醬色等顏色不一的五花肉，旁邊則放著裝茄片的大碗，明明只備有肉和茄子兩種食材，但就是給人一種極其豐盛的錯覺。

烤肉蘸料分醬料和粉料，醬料吃起來鮮鹹微甜，而粉料更注重一個香字，主要是芝麻粒、花生碎。

姜舒窈用筷靈活迅速，三下五除二就把鐵板上擺滿了五花肉。

五花肉在高溫的煎烤下顫動著，肥肉化油，肉香味飄得滿院都是。

「喵～～」小橘貓聞了味，直接湊近了撒嬌討吃。

姜舒窈的目光落在牠身上，稍微一頓，下意識往月洞門處望去。

香，太香了。

謝珣聞著味道，本來準備直接進書房的路線拐了個彎，不受控制地往月洞門走去。

怎麼這麼香呢？上次姜氏做滷味也只是小廚房外面有香味，還不至於跨了大半個院子依舊香味濃郁。

謝珣忽然覺得餓得難受，忍不住在原地開始打轉。

這幾日他沒有理清自己的心思，不知道如何面對姜舒窈，就刻意避著她。

他既氣自己以前薄待、疏忽了作為新嫁娘的她，又氣自己如今連個彌補的法子都想不出來。往日再怎麼從容聰慧，撞上了情關，也是抓瞎。

謝珣恨不得把京城裡講風月的雜書都翻遍，每日下值都去書肆流連，嚇得藺成以為他魔怔了，往他茶杯裡擱了點從自家修仙問道的外祖手裡摳出來的符灰，最後被謝珣追著繞東宮跑了三圈。

謝珣強烈告誡自己：沒想通怎麼面對她的時候不要老去她面前蹭吃討嫌！

可惜這強烈的告誡沒強過食慾，謝珣悄悄地在月洞門處探頭，想暗中觀察，未料姜舒窈早就盯著月洞門看，一眼就逮住了他。

四目相對，空氣中一片沈默，謝珣頓時僵住了。

「喵！」吃飽後的小橘貓從月洞門路過，耳朵壓了壓，尾巴翹得老高。

姜舒窈似笑非笑地看著謝珣，謝珣背在身後的手攥緊，假裝自然地朝她走來。

「下值啦？」姜舒窈問。

「嗯。」謝珣點頭，努力克制不把眼神往烤肉上掃。

「用晚膳了嗎？」姜舒窈道：「最近你很忙嗎，每次都沒趕上用晚膳。」

哪裡是沒趕上，明明是謝珣刻意躲著她沒來蹭飯而已。

「沒有。」

「那快去淨手，一塊兒吃吧。」

謝珣放棄掙扎，淨手後在她對面坐下，支吾著道：「以後估計不會這麼忙了。」

「正好，晚膳一個人吃有點無趣。」她給烤肉翻著面。

剛才放上的烤肉已經烤好了，切得薄的邊緣有些微焦，切得厚的也烤出了大量的油。

姜舒窈把料碟推到謝珣面前。「看看喜歡這些口味嗎？」

謝珣喉結滾動，挑起一塊烤肉蘸上乾料放入嘴裡。

烤肉醃製得比較淡，主要是起去腥增鮮的作用，油汁從肉片中滲溢出來，焦香撲鼻。

肥肉部分表面焦脆，入口即化，瘦肉部分外面油香，內裡鮮嫩，加上烤肉表面的芝麻粒、花生碎，吃起來滿口鮮香。

又取一片蘸醬料，醬料微鹹，掩蓋了五花肉的油氣，鹹香甜辣，咀嚼五花肉的時候，肉汁和油水也被染上了醬香。

如果不蘸料吃，則是吃原汁原味的肉香，熱燙的五花肉邊緣焦香，嚼起來油汁四濺，瘦肉的鮮嫩和肥肉的油香在嘴裡久久不散。

姜舒窈適時放上一層茄片，茄片吸油、易熟，三下五除二就把油吸乾淨了，軟軟糯糯的，內裡似水一般，一咬就化，既有茄子的清香，也有五花肉的油香味。連吃幾口烤肉過癮後，再喝下一口涼涼的酸梅湯，清甜微酸，解膩消暑。

謝珣吃得痛快，自從姜舒窈嫁過來以後，他徹底明白了豬肉的魅力。只可惜姜舒窈準備的五花肉不多，謝珣剛剛過了嘴癮，肚子還沒飽，盤子就空了。

姜舒窈解釋道：「吃太油膩了不好。」

謝珣很想反駁，但最後也只是乖乖「嗯」了一聲。

姜舒窈喚下人收拾，捧著裝著酸梅湯的茶杯走了，她滿身油味，準備回屋換衣沐浴。

謝珣看看她的背影，再看看滿目狼藉的餐桌，懊悔地皺眉。

吃過癮了，勇氣也上來了。

謝珣一鼓作氣衝回書房，取了釵盒飛快地跑到東廂房。

快到東廂房門口了，又刹住。

站在大開著的雕窗處，他正巧能看到屋內姜舒窈在走動著找東西。

謝珣忽然腦子一熱，站在雕窗外面，喚了一聲姜舒窈。

姜舒窈抬頭，往門口看，沒找見人，正疑惑著，謝珣又說：「妳過來一下。」

她朝聲音傳來的地方看去，就見謝珣繃著臉站在雕窗外面，不知道在想什麼。

「有事嗎？」姜舒窈一頭霧水，走過去道：「有事的話進來說唄。」

「不用了。」謝珣聲音緊繃。他沒敢看姜舒窈的臉，眼神落在她頭頂。「那日端午節划龍舟我們得勝後，得聖上賞賜，妳記得嗎？」

姜舒窈點點頭。

「當時林貴妃也賞了一些。」

這個姜舒窈不知道，她問：「所以呢？」

「嗯。」謝珣抿抿嘴。「那個，她說聖上賞了我們，她就賞賜我們的家眷。」謝珣力爭實事求是，不放過任何一個細節。

姜舒窈聽半天等不到重點，不耐煩了，柳眉倒豎。「然後？」

「然後就是她賞了我一根金釵，不對，應該是賞了妳金釵，是以賞賜我夫人的名頭賞賜妳的，而且她是妳姨母，賜妳首飾並不是看在我的面子上，準確來說和我無關，只不過因為我是勝者——」

「說、重、點！」姜舒窈咬牙，忍無可忍打斷他。

說好的高嶺之花呢？說好的冷清寡言呢？面前這個婆婆媽媽的是誰？

謝珣被她打斷，面上更加緊繃，本就清冷的五官更加疏離，好像在發火。

窗前擺了一個半人高的花架，上面放著精巧秀麗的花瓶，謝珣忽然把手伸進來，飛快地往花架上放了個東西。

姜舒窈更加迷惑了，朝花架看去，看到一個精緻的釵盒。

她雖然不懂謝珣發什麼瘋，但還是知道這是林貴妃賞賜的金釵。

拿起來沉甸甸的，拉開釵盒，只見裡面躺著一根華麗繁複的並蒂蓮金釵，做工精巧，熠熠生輝。

她抬頭看謝珣，還未看到他的臉，謝珣就「啪」一聲猛然關上了窗戶。

姜舒窈一臉呆滯。

夕陽光線柔和，把謝珣的身影照在窗紙上，勾出一抹暖色的暗影。

「就是這個了。」隔著窗戶，他的聲音沒有剛才的清晰。

姜舒窈拾起金釵，盯著釵頭的並蒂蓮看了兩秒，後知後覺明白過來並蒂蓮的涵義。

等等……所以謝珣是在害羞？

她走到雕窗面前，試圖推開窗戶，卻發現謝珣正死命地壓緊著窗戶不讓她打開。

「你——」姜舒窈使勁推，可敵不過謝珣。

莫名其妙！

她又氣又迷惑又好笑。「謝伯淵！你幹麼！」

「沒什麼。」謝珣的聲音甕聲甕氣的。「就是把釵子給妳。」

末了僵硬地補了一句。「是林貴妃給妳的。」

話音落，壓著雕窗的力道消失。

姜舒窈一下子把窗戶推開，窗外的人早逃了個沒影。

她無語地站在窗戶前，手裡捧著釵盒，半晌哭笑不得地吐槽了一句。「至於嗎？」

她低頭看著金釵，並蒂蓮啊，夫妻恩愛，百年好合，永結同心。

心尖莫名地癢麻，她猛地回神，臉頰陡然發燙，連忙把窗戶關上。

早晨，姜舒窈愣愣地看看手裡的金釵，神遊天外。

白芍從身後走來，她立刻回神，將金釵塞進首飾盒裡合上。

此刻差不多該是請安的時辰了，姜舒窈收斂心神，起身前往壽寧堂。

不知為何，謝珣給她那支金釵總是惹得她心神不寧。明明知道是林貴妃賞的，但想到是經由謝珣的手送給自己，他還那般害羞，姜舒窈腦子裡就亂糟糟的。

剛剛走到壽寧堂門口，耳邊忽然傳來一陣喧譁。

老夫人喜靜，壽寧堂一向安靜，今天這般倒是稀奇。

丫鬟面色古怪，見姜舒窈來了，為她打簾。她心下疑惑，走進去後便看到一片混亂。

二夫人周氏哭哭啼啼地站在下方，旁邊跪著一個柔弱文靜的女人，她們身後跪著一排瑟瑟發抖的丫鬟，老夫人滿臉怒容，連慣常維持著溫婉大方笑容的徐氏也表情僵硬，遠遠地站在一旁。

場面太混亂，並未有人在意姜舒窈進來了。老夫人捂著胸口斥責周氏。

「成何體統！成何體統！」

周氏擦著淚，語帶哀怨。「母親，您這是要偏幫一個外人嗎？」

「外人？」老夫人指著那弱不禁風的女子道：「她肚子裡可懷著老二的孩子。」

姜舒窈一下子清醒了，偷偷摸摸地往徐氏那邊走去，小聲問：「大嫂，怎麼回事？」

周氏突然帶著一群人風風火火地闖進來讓老夫人主持公道，徐氏走也不是，留也不是，也不好非議二房的私事，只是道：「妳在屋外沒聽見聲響嗎，怎麼還進來？」

「那又如何？沒名沒分的，這孩子就不該留！還想收買丫鬟瞞著我，當我是傻子嗎？」周氏放下手帕，姜舒窈這才發現她剛剛只是乾嚎，一滴眼淚沒掉，可氣倒是真氣著了，滿臉怒色。

「留不留的還輪不到妳做主！」老夫人很久沒有這麼大嗓門說過話了，氣都喘不勻。「沒有名分便給她名分，周氏，老二待妳不薄，沒想到妳竟如此善妒。」

周氏沈著臉不吭聲，正當老夫人以為她無話可說之時，她突然開口，語調再也不像先前故作的柔弱哀怨，滿臉嘲諷。「我善妒？這謝國公府，除了二房以外，哪一房有妾室？」

老夫人許久不曾見到周氏這般模樣，恍惚中似乎回到了周氏才嫁進謝國公府的時候，也是這般的張揚不遜，渾身上下沒有一處合自己的心意。

「妳還說自己不善妒？為丈夫開枝散葉是妻子的本分，芸娘有孕是好事，妳年紀也不小了，居然還在這兒爭風吃醋，胡鬧生事。」

周氏眼神落到芸娘身上，凌厲的眼神惹得芸娘渾身一顫，顯得更加楚楚可憐。

姜舒窈看得尷尬，扯扯徐氏的袖子，想和她一起偷偷溜走。

此時插嘴告退不太合適，徐氏正糾結著，忽然聽得屋外丫鬟行禮，謝琅來了。

周氏身子一僵，轉身看向謝琅。

謝琅一如既往地風姿出塵，俊逸瀟灑，面對眼前的混亂鬧劇，他面色不變，依舊溫潤從容。

他先走過來扶起芸娘，溫言道：「地上涼，妳懷有身孕，快起來。」然後又對周氏道：

「怎麼鬧到母親這兒來了？」

周氏在謝琅面前一向是沒有火氣的，但今日卻一反常態，語帶冷意。「我同你商議過無數次，可你卻執意要納她為妾，所以我才來找母親主持公道。」

謝琅面上露出無奈的神情，嘆道：「她懷了我的孩子。」

周氏最看不得他這樣的神情，彷彿對她無比失望，若是往日她一定會惴惴不安，立刻收斂，但今日，她多年積壓的哀怨憤怒全部爆發了出來。

「所以呢？二房的子嗣還不夠多嗎？你不知道從哪兒領回來這個女人，整日同她彈琴作曲，吟詩作對，一副情投意合的模樣。若是曾經的我，必定會告誡自己為妻當賢，忍下心頭酸澀為你納了她，但後院的妾室，哪個不是和你情投意合的？一個接一個，這種日子什麼時候才是個頭！」

謝琅還未答話，老夫人就已經怒拍桌案，厲聲呵斥道：「這裡是京城，是謝國公府，不是在漠北，容不得妳放肆！」

周氏被她吼得一愣，半晌冷漠開口道：「這麼多年了，我比誰都更清楚這裡不是漠北。」她沒再看謝琅，也沒有理會老夫人的怒火，理理髮髻，轉身離開。

老夫人難以置信地看著她的背影，拍著胸口道：「你看看她，你看看她，當初我就說過不能娶她，這麼多年過去了，脾性竟一點也沒變，還是那個漠北來的野丫頭，爹是將軍又如何？武夫之女就是上不得檯面。」

謝琅垂眸不語。

喚作芸娘的女人楚楚可憐地望著謝琅，感受到視線，他回頭對她做出一個安撫的笑容。

這個笑一如往常的溫柔，卻刺得姜舒窈渾身難受。

比起嚴肅古板的大哥，姜舒窈一直更喜歡溫潤如玉的二哥。那晚被謝理勸誡，她出聲頂撞時，謝琅出聲化解的模樣就像一個無比溫柔的大哥哥，對她來說是在謝國公府第一次感受到陌生人的善意。

可現在看著謝琅俊逸風流的面容，她卻如同吃了蒼蠅般噁心。即使她不喜歡周氏，也不得不生出幾分同情。

徐氏找到機會，鬆了口氣，連忙扯著姜舒窈上前告退。

姜舒窈跟著徐氏出屋，丫鬟打簾時她回頭看了一眼，謝琅身形如竹，氣質風雅，隱隱約約和謝珣有幾分重合。

她陡然清醒，拋開腦子裡亂七八糟的想法，迅速出了屋。

經歷了這麼一場鬧劇，哪怕端莊優雅如徐氏，也不得不嘆了一口氣。「真是的……」

姜舒窈以為她在嘆周氏生事，不吭聲。

徐氏盯著姜舒窈的面容看了幾眼，忽然開口道：「這事應該沒完，最近妳少來壽寧堂吧，萬一觸了老夫人的霉頭就不好了。」

姜舒窈不解地抬頭，眨眨眼，嬌豔的面容顯得更加明豔勾人了。

徐氏無奈地笑道：「妳倒是個心大的，若是她當年同妳一般……罷了。」

兩人分別後，姜舒窈回到東廂房，從首飾盒裡拿出那支金釵，無端生起一股煩悶。

謝琅這種溫潤如玉的謙謙君子，結果是個她最討厭的多情郎。

唉！真是難以捉摸，太奇怪了。

她止住愁緒。放在剛嫁那會兒，別說見到和謝珣有幾分相似的謝琅處處留情了，就算是謝珣本人大開後宮，她也能內心毫無波瀾地在旁邊嗑瓜子看戲。

還有這金釵，明明是林貴妃賞給她的，她在心亂如麻個什麼呀？

姜舒窈把金釵拿出來，置氣似地往髮髻上一插，華麗的金釵襯得她眉目靈動，透著張揚的豔麗。

對嘛！這才是她，胡思亂想幹麼，是下廚沒趣？還是美食不好吃？

她把林氏遞來的信拿出來看，都說字如人，透過這薄薄的一封信，她似乎能看到林氏幹勁十足、眉飛色舞的模樣。

林氏全身心的投入了美食行業，洋洋灑灑寫了一大篇，話到激動時字跡潦草大氣，絲毫不見往日克制的規矩沈悶。

「娘，您可要一直開開心心啊！」姜舒窈看著林氏末尾用長篇大論誇獎寶貝女兒，忍不住笑了出來。

女人，可千萬不能為情所困。

她重新恢復活力，收拾收拾，研究新一天的菜譜。

第三十一章

謝珣從懷裡掏出未成形的木釵。

前些天他送了姜舒窈金釵後，後知後覺發現問題，林貴妃賞的東西根本算不上他送的啊。他翻遍話本，總結了重點，定情時，才子一般送玉珮，佳人往往送親手繡的手帕。玉珮這種東西，姜舒窈隨便買什麼樣的買不到？於是謝珣打算自己雕一根木釵送給她。

可是與木頭有關的事情，謝珣只清楚卯榫，雕刻還真是難住了他。

少男動心的模樣讓藺成看得很不順眼，嘟囔道：「別摸了，有事沒事就拿出來嘆嘆氣，我看再過不久都得包漿了。」

「呵。」謝珣把木釵揣回去，瞥了藺成一眼。「你不懂。」

上次和姜舒窈「和好」後，謝珣又恢復了往常習慣，一下值就匆匆回府趕飯點。

今日回到院裡見還沒開飯，便興致勃勃地往小廚房鑽。

姜舒窈見他進來了，並未言語，安安靜靜地切著蛋餅。

謝珣沒有察覺她的異樣，正想每日一問「今天吃什麼」，晃眼間看到她髮髻上簪的金釵，頓時將話卡在了喉嚨裡。

他心跳如鼓，腦子裡亂成一團，連自己也沒弄明白自己在緊張個什麼。

「唰」一聲，姜舒窈往鍋裡丟入薑蒜，香味讓謝珣回神。

姜舒窈又放入菜心炒至變色，再放入綠豆芽、河粉翻炒。

炒河粉很適合心情不好的時候吃，最好是在夏夜裡去小吃攤前坐著來一份，配著涼爽的飲料，什麼煩惱都會消失在這一碗滑爽鮮香的炒河粉裡面。

河粉是用大米做成的，將大米磨粉，加水調成糊狀，上籠蒸熟，冷卻後劃成條狀即可。翻炒後，再加入雞蛋絲、鹽、醬油調味，最後放入蔥花就完成了。

河粉白而透，炒過後染上一層淺淺的醬色，白的豆芽、綠的蔥花菜心、嫩黃的蛋餅絲點綴其間，看著就叫人食指大動。

謝珣跟在姜舒窈後頭往外走，看著那一大碗炒河粉垂涎欲滴。等走到了飯桌前才發現不對勁，怎麼沒有他的碗和筷子呢？

姜舒窈看著習慣性坐她對面等飯吃的謝珣，一句話也不說，拾起筷子開始吃河粉。

剛出鍋的河粉還冒著熱氣，口感爽滑，比麵少了筋道，多了點嫩。挾起一大筷子入口慢慢嚼，軟彈滑爽，帶著淡淡的米香味。豆芽清脆爽口，蛋餅鮮鹹醇香，菜心微苦，去油清新，混著河粉入口，十分有滿足感。

她嘴裡塞了一大口，嚼起來有點費勁。

謝珣眼巴巴地看著，一會兒看看姜舒窈髮髻上的金釵，一會兒又看看那碗鮮香撲鼻的河粉，摸不清姜舒窈是什麼意思。

難道生氣了？

謝珣仔細細觀察她的神情，好像還真是。他瞬間回憶起了自己做錯的數十件事，從她嫁過來時冷待她，到剛才進廚房沒有主動跟她打招呼，樁樁件件、大大小小，沒有狡辯的餘地。

他飛快地思索著自己該從哪件事開始道歉。

姜舒窈吃了幾口後心情好多了，心情一好，再面對謝珣時，就不太自在了。

自己這是在幹麼？無緣無故地置氣……

都說無理取鬧的做作是心動的開始。

姜舒窈渾身一僵，「啪」一聲放下筷子。

謝珣嚇了一跳，正打算從送金釵時扣著窗戶不讓她打開的事開始道歉，姜舒窈忽然道：「來人，添一副碗筷。」

謝珣頓時有種劫後餘生的感覺。原來只是忘了他的碗筷啊！還以為她不高興呢。

姜舒窈看著自己面前已經吃過的一大碗炒河粉，覺得謝珣這般聰慧的人，肯定能猜出她剛才在無理取鬧的心思。

她弱弱地道：「抱歉，我已經用過幾筷子了……」

謝珣毫不在意，把自己的碗推到她面前。「沒事沒事。」有得吃就好啦，再說了，他打掃剩菜、剩飯已經習慣了。

若是旁人來看，定會覺得謝珣正冷著臉生氣，但姜舒窈卻能從他那張面癱臉上看出幾分喜悅。

她頓時沒氣了，抬手給謝珣分了大半碗炒河粉。

看他一樣吃那麼多，這一刻她忽然覺得，與其擔心謝珣走他二哥的老路處處留情，還不如擔心他哪天過了少年階段忽然發福。

姜舒窈已經幾日沒有見到周氏了，往日她可是日日都要來壽寧堂請安的。

周氏不像徐氏那般將賢慧孝順刻在骨子裡，學起徐氏的溫婉端莊來也不倫不類，但在努力學作大氣端莊上面可謂是盡心盡力。

姜舒窈是不怎麼喜歡周氏的，畢竟從她嫁過來以後，周氏就沒給她好臉色看過，但想想，周氏是對誰都沒有好臉色。

雖然她對周氏不太了解，但從隻言片語中也能大致拼湊出周氏的經歷。若說對周氏的經歷感到憤慨，未免顯得有些誇張，但想著林氏的遭遇，姜舒窈難免會對周氏產生幾分同情。

徐氏見她面色不好，猜她還在為那天的事介懷，勸慰道：「別多想，三弟和二弟不一樣。」

一向內斂的徐氏這般說話，姜舒窈有些驚訝。「不是的，我不是在憂心謝……我夫君某天會納妾，只是為二嫂感到難受罷了。」

聽到這話，徐氏眉眼瞬間柔和了不少。她握住姜舒窈的手給她安慰，不再多勸。

兩人分別後，姜舒窈往聽竹院走，路過二房的院子時遠遠地眺望，輕輕嘆了口氣。

「妳看什麼？」身後突然冒出個聲音。

姜舒窈嚇了一跳，轉身一看，周氏不知何時站在她的身後，眉目淩厲。

她以往學著徐氏的打扮，壓住身上的英氣故作謙卑端莊，不免顯得有些滑稽。今日她沒有刻意打扮，姜舒窈這才發現原來周氏和自己有幾分相似，都是同樣的明豔嬌麗的類型。

「我……路過。」還能看什麼，當然是看二房了。

周氏當然想到了這點。那天她大鬧了一通，被全府的人看了笑話，此時遇到姜舒窈這個當時在場的人，怎麼都有些狼狽。

但她這麼多年了始終憋著一股戾氣，自然不會因為狼狽而軟了氣性，反倒更加尖銳，語氣煩躁。「那妳趕快過，別在這兒站著。」

姜舒窈「哦」了一聲，沒有回嘴，轉身走了。

周氏渾身都是刺，看誰都不爽，沒有人想去觸她的霉頭，但有些事情不是想躲就能躲開的。

老夫人信佛，每過一段日子就會出門上香，謝國公府女眷自然是要陪同的。

姜舒窈鑽進馬車，第一眼就看到了坐在角落裡滿身戾氣的周氏，再轉頭，旁邊還坐了個一直不喜歡她的謝珮。

本來謝珮是要和老夫人同乘一輛馬車的，但她嫌老夫人馬車裡太悶，又不願意和小輩同乘一輛，最後只能坐姜舒窈這一輛馬車了。

姜舒窈默默嘆了口氣。但想想要留在老夫人身邊侍奉一路的徐氏，姜舒窈看著馬車裡沈著臉的兩個人，頓時覺得也不是不能忍受了。

馬車行駛得穩而緩慢，沒過一會兒，姜舒窈就坐不住了。

撩起車簾看外面，景色挺好的，但是看久了依舊枯燥無趣。

她放下車簾，提起剛才拎進來的食盒。

無聊的時候幹麼？當然是吃啊！

姜舒窈拿出水囊，拔掉，濃郁綿長的香甜氣息瞬間瀰漫在整個車廂裡。

說到喝，怎麼能少了奶茶呢？

想著要在馬車上坐幾個時辰，她特意多做了些，反正現在天熱，喝涼涼的奶茶正合適。

聞著甜味，周氏和謝珮不約而同地皺眉朝她看過來。

姜舒窈一向是怎麼開心怎麼來，並不介意兩人的目光，先仰頭喝下一口奶茶。

甜而不膩的奶香味帶著紅茶的清爽香氣在口裡散開，涼意一路滑入胃裡，煩躁的心情頓時被安撫了。

覺得光喝奶茶有些單調，於是她又準備了一些豬肉乾。

豬肉乾被切成了四四方方的薄片，色澤棕紅，由於刷了一層蜂蜜，表面帶著蜜汁的亮澤感，配著上面的芝麻，看上去就很美味。

姜舒窈做了好幾種口味的豬肉乾，甜鹹的是原味，色澤稍深的是麻辣味，還有泛著褐色的孜然味，齊齊整整排在食盒裡。

擦擦手，拈起一塊豬肉乾放入口中。豬肉乾厚薄適中，剛好把豬肉多餘的濕氣烤出，吃起來乾而不柴，值得慢慢地咀嚼，鹹中帶甜。

吃幾片豬肉乾，再喝一口奶茶，行路再枯燥也能忍了。

謝珮正是嘴饞的年紀，看姜舒窈吃得香，頓覺腹中空空。車裡備有糕點，但她不能拿出來吃，因為這樣不就表示自己嘴饞了嗎？

姜舒窈吃得歡快，一片接一片，時不時還要咬住豬肉乾一頭，用牙齒慢慢撕開一小條，再放入口中細細咀嚼，看得謝珮抓耳撓腮地想知道豬肉乾的味道。

食盒蓋子敞開著，豬肉乾鮮美的香氣久久不散，謝珮的目光落在整齊晶瑩的豬肉乾上，偷偷咽了咽口水，怒而抱怨。

「妳吃夠了沒，車裡全是味道。」

姜舒窈根本不接招，把車簾掀開。「這樣總行了吧？」

謝珮感覺一拳打在了棉花上，莫名地憋屈。

姜舒窈喝奶茶的儀式感還挺足，除了剛開始仰頭喝一口，後來她放入了專門帶的葦管，於是滿車廂都是她喝奶茶的聲音。

「嘶——嘶——嘶——」

謝珮忽然有些口渴。

「嘶——嘶——嘶——」

謝珮端起茶杯灌了一杯茶，鼻尖是奶茶香濃的甜味，嘴裡的茶對比顯得寡淡又苦澀。

眼見著姜舒窈又要發出喝水聲，謝珮忍不住道：「喝這麼多，妳不怕等會兒找不到地如廁嗎？」

這倒提醒姜舒窈了，古代又沒有公廁，喝多了上廁所是個問題。

她低頭看看準備的好幾個水囊，沈默了幾秒，忽然道：「妳喝嗎？」不能她一個人憋尿，能拖一個下水是一個。

謝珮沒想到她會主動邀請自己喝，聞言一愣，有些不自在，表情更加彆扭了。

她咕噥道：「我才不喝呢！」

「嘶——嘶——嘶——」

周氏看著車裡瘋狂喝奶茶的兩個人，太陽穴跳動了幾下。

她曾經一直被詬病不夠端莊淑女，結果現在車裡的兩個人是怎麼回事？哪怕是她，喝水也不會發出這種聲音，這算哪門子的京城貴女啊？

「我說妳們——」她本就心情煩躁，現在更煩躁了。

姜舒窈打斷她。「二嫂，來一點？」

看著遞到面前的食盒，周氏一愣。

她脾氣不好、性格拗是真的，嫁到京城後就沒有感受到別人的善意也是真的。說白了，她就是太過敏感才會變成現在這模樣。

對於姜舒窈來說，就是習慣性一問，畢竟以前大家有吃的都會隨口問問身邊的人吃不吃。但對周氏來說卻不一樣，她可是在姜舒窈嫁進來後就沒有對她有過好臉色，甚至還嫌棄她的名聲，不願和她多接觸。

她攥緊拳頭，面色難堪。

曾經她初到京城，所有人都嫌棄她粗魯沒規矩，宴會間更是頻頻鬧笑話，為此她哭了多少回，苦下功夫，總算學了個京城貴女的形。可她卻活成了自己曾經最為厭惡的刻薄挑剔模樣，因為姜舒窈名聲不好，她一直都不喜歡她，刻意和她劃清界線，彷彿這樣就能徹底拋開自己粗鄙的過去。

她垂眸，猶豫地抬手拈起一塊豬肉乾，聲音乾澀。「謝謝。」

聲音太小，完全被車輪行駛的聲音蓋住。

姜舒窈沒有聽見，繼續喝著奶茶看窗外。

周氏的難堪無處遁形，慚愧自責到快要將手裡的帕子捏爛了，猶豫好一陣，終於把豬肉乾放入口中。

嘴裡的苦澀被甜鹹味取代，豬肉乾表面有一層薄薄的蜜汁，讓豬肉的鮮味充分發揮了出來，肉質被烘烤得乾韌，越嚼越香，甜中透著微微的辣，回味無窮。

明明極為好吃，她卻不想再吃第二片了，側頭面向車壁，心頭酸苦難忍。

謝珮對奶茶的喜愛程度遠超姜舒窈的想像，沒過一會兒就喝完了一袋水囊。

她喝得太急，過一會兒尿意就上來了。憋了幾刻實在忍不住了，滿臉脹紅問姜舒窈想不想如廁。

姜舒窈被她一說也有點想了，兩個人尷尬地叫停了馬車。

謝珮還是第一次在野外如廁，恨不得一頭鑽進老鼠洞裡，領著姜舒窈不斷往樹林裡走。

丫鬟們遠遠地跟著，不敢惹這位正在害臊的大小姐。

「行了吧，就這裡。」姜舒窈不想往裡走了。

謝珮確定沒有丫鬟能看見她們後，點頭同意。

兩人解決完內急往回走，卻發現守在遠處的丫鬟們不見了。

「難道走錯方向了？」姜舒窈疑惑道。

謝珮也不懂方向，只是道：「可能吧。」

於是兩個人又換了個方向走，但還是沒見著丫鬟。

姜舒窈很無語。「不至於吧……上個廁所還能迷路？」

謝珮更臊了，癟癟嘴。

兩人再次調轉方向，一回頭就愣住了。

面前黑鴉鴉的，一群身形如山，臉上帶疤的壯漢們擋住了她們的去路。

為首那個身上還帶著傷，不等姜舒窈反應過來就吩咐道：「敲暈了帶走。」

事情發生得太突然，謝珮還沒來得及尖叫就被敲暈了，姜舒窈身體比腦子反應地快，轉頭就跑。

匪徒咬牙，立刻追了上來。

姜舒窈終究是女子，哪比得過身高體壯的匪徒，沒跑幾步就被扯住了頭髮。

就在此時，不遠處傳來喊聲。「妳們怎麼這麼久了還沒完？」

是周氏！

姜舒窈心臟猛縮，情況特殊，周氏過來絕不會帶上護衛，現在過來不正撞在槍口上嗎？

她那句到了嘴邊的求救立刻換成了。「快跑！」

匪徒狠狠地扯了下她的頭髮，低聲道：「追！」

姜舒窈心裡著急，祈禱著周氏一定要快跑。

然而不等匪徒邁步追趕，面前的樹林卻走出一個熟悉的身影。

周氏看著面前的一幕，雖有驚愕，卻並未流露一絲一毫的畏懼，沈聲道：「放開她們，護衛在我後面，馬上就到。」

姜舒窈聽著身後的匪徒呼吸滯了半拍。

就當她以為匪徒要放了她們的時候，帶頭的那個卻忽然笑出聲來。「那我們就更不能放了，妳們可是籌碼。」

話音落，有人朝周氏跑去。

周氏緊繃著臉，絲毫沒有逃走的意思。就當匪徒要碰到她的時候，她忽然拎起裙襬，身形如電抬腿踹向他的腹部。

匪徒渾身一縮，她就勢側身，「唰——」地拔出他的刀。

眨眼間鮮血噴灑，壯漢雙目圓睜，轟然倒地。

刀光如霜，映得周氏滿臉寒光。她隨意地用袖子抹抹臉上黏稠的血跡，重複道：「放了她們。」

姜舒窈聽見身後的人呼哧呼哧喘著粗氣，顯然是憤怒至極。

四周陷入一片濃稠不安的死寂，一觸即發。

隨著一聲暴喝，身後的匪徒紛紛拔刀衝向周氏。

姜舒窈死死地盯著前方這一幕，後脖頸突然傳來一陣劇痛，眼前一黑，軟倒在地上。

姜舒窈是被搖醒的。意識回籠的一瞬間，後頸的傷痛得她倒抽一口氣。

她摸摸後頸，看著出現在視野中的謝珮的臉，猛地坐起。

「這是哪兒？」她警惕地觀察四周。

謝珮泫然欲泣。「土匪窩子。」

姜舒窈看看身處的屋子，不由得迷惑，這不像土匪窩，分明就是間簡陋的小佛堂。

謝珮為姜舒窈解答了這個疑惑。饒是她再天不怕、地不怕，此等處境下也被嚇得聲音顫抖。「我看到他們殺人，然、然後把頭髮剃了，換上了死人的僧袍。」

姜舒窈沈默了幾秒，突然伸手把謝珮的髮髻搓亂，順手摸了她一臉黑灰。

謝珮一愣，本來就想哭了，被姜舒窈這麼一搓，差點沒嚎出來，強忍著怒氣道：「妳幹麼！」

姜舒窈又往她臉上抹了一下，謝珮更氣了。「我會還手的！」

話音剛落，門鎖傳來響動，謝珮渾身一僵，立刻偃旗息鼓。

木門打開，換上僧人衣袍的匪徒走進來，除了為首的那個，其他的都眼帶凶意，渾身戾氣。

「妳們是哪家的女眷？」

謝珮下意識想抬出謝國公府的大名，話到嘴邊，看到匪徒滿身的殺意，頓時沒了底氣。

「謝國公府。」她正猶豫著，耳邊傳來姜舒窈的聲音。

謝珮連忙扯扯她的衣袖。

對面為首的匪徒沈默了一下，旁邊的人隨即出聲道：「大哥，管她什麼府的？那個女的殺了咱們三個弟兄，不能放過她們。」

聽到了有關周氏的信息，姜舒窈心裡一緊，屏住呼吸。

為首的匪徒並未同他們一般憤怒，反而沈了臉。「連一個女人都打不過，還有臉說？打不過？看來周氏是性命無憂了。

第三十二章

姜舒窈鬆了一口氣。

「大哥，那你說她倆怎麼辦，我們可不能再引人注意了。」

姜舒窈感覺到殺意，渾身繃緊，突然開口。「其實，我們也算不得謝國公府的女眷。」

男子抬頭看向她，目光沈沈。

姜舒窈瑟縮著，聲音顫抖。「我、我只是一個通房罷了。」

謝珮沒反應過來，瞪大眼睛看她。

姜舒窈這突如其來的一句，莫名地打散了空氣中的殺意，眾人皆是愣住了。

姜舒窈抬袖擦掉眼角邊不存在的淚水，面容苦澀，似嘆息、似自嘲。「您看我這副模樣，怎會是個正妻，左不過玩物罷了。」

若不是此刻的處境太糟糕，謝珮一定會為姜舒窈信手拈來的謊話倒抽一口氣。

為首的男子和其他粗魯的匪徒不同，他落難前也是貴人的幕僚，見過世面。

姜舒窈髮髻散亂，半抬著頭，即使臉上髒污也掩不住那張揚的妖嬈，垂眸時眼尾飛揚、靈動嬌豔，和高門主母的長相毫不沾邊。

姜舒窈豁出去了，跪坐在地上，顫顫巍巍地道：「若不是長兄重病要喝藥，我也不會自甘下賤去做通房，今日這一遭，是劫也是運，求大哥留我一條賤命，家裡父兄還等著我拿銀兩回家救命。」

剛才這群人進來，唯有為首的男子眼中沒有邪念，姜舒窈觀他姿態神情似乎是不屑與這群粗人為伍，反正下場不是受辱就是死，何不豁出去了試一試？

她嗚咽著道：「那謝國公府的二爺就是個禽獸，養了一院子女人全拿來作踐取樂，高興了打一頓，不高興了也打一頓，打完了還要讓大夫開傷藥養著以供下次再打，連上香也要帶上我們以虐打取樂。」

她說得情真意摯，悲憤痛楚，連謝珮都差點要信了。她開始懷疑自己的認知……這、這說的是她的二哥吧？

男人最貪戀權與色，也最容易被權與色拿捏。

見到美人落淚，哪怕是剛才起了殺心和邪念的匪徒也心一軟。

「那些高門大戶從不把我們平民百姓當人看。」姜舒窈憤恨道。

她這麼哭訴，把匪徒們凌辱的念頭徹底哭沒了。大家都是貧苦出身的，聽她這麼一說，再想想自身遭遇，竟有種同仇敵愾的感覺。但這只是對大腦一根筋的匪徒有用，為首的男子面色不變，目光在她臉上掃了掃，顯然並未消除某些心思。

「妳說妳家中貧苦，怎麼會養出這般皮肉？」

謝珮在一旁聽著，瞬間冒起了冷汗。

姜舒窈卻又開始哭起來，道：「若不是生得與富貴人家的小姐差不多，我哪能被賣進謝國公府呢？得虧這般，兄長的病才有救。」

「行了行了，哭哭啼啼的，爺的腦仁都被哭疼了。」旁邊一匪徒打斷道。

姜舒窈收了聲，小心翼翼的模樣確實像個乖順卑微的女人。

「大哥，要不等會兒再想想怎麼解決她們吧。餓了一天了，咱們先找點東西墊墊肚子。」

謝珮抓著姜舒窈袖口的手鬆了鬆，有種劫後餘生的慶幸。

本以為這事就到這兒了，姜舒窈突然開口道：「各位大哥，你們若是不嫌棄，就讓我為你們做頓飯菜吧。」

這話一出口，為首的男子總算信了她的身分。因為無論是高門主母還是富家小姐，都是不會親自下廚的，只有平民女子才會出入廚房。

他落在姜舒窈身上的目光少了幾分殺意，道：「我隨妳去。」

姜舒窈諾諾點頭，扯著渾身僵硬的謝珮，跟著男子出了屋。

他在旁邊盯著，姜舒窈想做些小動作也難。

寺廟裡的僧人吃得簡單，每日就是饅頭配點燙青菜，姜舒窈再有本事也沒法做出花來。

把容易露餡的謝珮打發去洗菜，她揭開籠屜看了眼，裡面還剩有幾個饅頭。

燒柴、熱饅頭，再把青菜燙熟，勉勉強強湊夠一頓飯。

她手上動作麻利，一看就是常年下廚的人，饒是匪徒頭子再多疑，也信了她的話，以為她真的是個平民女子。

飯做好後，兩人又被關進了先前的屋子。

謝珮剛才吊著的一口氣散了，艱難地開口道：「他們還會殺我們嗎？」

姜舒窈嘆氣。「最怕的不是這個。」

謝珮知道她說的什麼意思，臉色煞白，半晌似勸慰自己一般，問道：「匪徒不就是要贖金嗎？」

姜舒窈搖頭。「聽他們的口氣像是東躲西藏的亡命之徒，帶我們回來估計也是因為當時不便於掃尾。」

謝珮沈默。過了片刻，她突然握住姜舒窈的手。「以前的事是我不對……」

姜舒窈拍拍她的手背。

謝珮忽然掉下淚來，不敢看姜舒窈的眼睛，袖子一抹臉，吸吸鼻子，開口道：「我聽人說，曾經有貴女被土匪擄走，救回來後，全都削了頭髮做姑子去了。」

姜舒窈側頭看她。

謝珮情緒崩潰，哭得鼻頭通紅。「我怕。我怕逃不走，更怕逃走了家裡人不要我了。」

「老夫人如此寵妳，不會的。」

謝珮抽噎了幾下，哭得說話也說不清楚了。「那妳呢？妳怎麼辦？」

這個問題讓姜舒窈愣住了。

她只關注著該怎麼逃跑，怎麼活命，怎麼減少被侵犯的可能，卻忘了這裡不是現代。在她眼裡，無論是她還是那些曾經被擄走的貴女，大家都是受害者，但顯然對古人來說，比起同情憐惜，更可能是給她們套上名叫「不潔」的枷鎖，事實上，在現代也未能根除這些想法。

這種觀念早就刻在了古人的骨子裡，如今就連趾高氣揚、嬌寵長大的謝珮也會擔心被厭棄，遑論她……

謝珮還在哭，她似乎已經想到了悲慘的以後，難免害怕，卻想寬慰姜舒窈。「妳不要怕，三哥、三哥……說不定不會介意。」她想斬釘截鐵地說謝珣不會介意，但是怎麼都說不出口。

姜舒窈一激靈，短短的幾個字對她猶如當頭棒喝。

曾經她見謝二哥謝琅清朗溫雅，體貼溫柔，以為他必定是萬裡挑一的良人，結果他也只是封建男人中的一員，因此極為失望悲哀。

在此之前，她以為自己憐惜周氏和林氏是從旁觀者的角度出發的，直到現在突然清醒想到了謝珣，她才意識到，自己未必沒有幾分物傷其類的念頭。

她心神恍惚間，木門「吱呀」一聲被推開了，謝珮哭聲頓歇。

姜舒窈立刻回神，迅速摘下頭上金釵握在掌心，拋開雜念，集中精神應付來人。

這次只有為首的男子一人前來，他的眼神落在謝珮身上。「妳出去。」

謝珮渾身一震，恐慌地看向姜舒窈。

姜舒窈依舊一副謙卑可憐的模樣。「大哥，我妹子還小，禁不起嚇。」

男子不言語，姜舒窈顫巍巍地垂首。

男子這麼多年跟著貴人辦事，美人見過不少，但能比面前這個女人還美的，是屈指可數。對他們這些人來說，大美人永遠是可望不可碰的。

但現在不一樣了，這個女人極美，出身貧苦，沒有危險，謙卑溫順，實乃可遇不可求。若是簡單地殺了她，或是和那群粗人一起享受，都太暴殄天物。

他走過去，軟下聲音。「妳想回謝國公府嗎？」

姜舒窈含淚抬頭，美目裡全是驚懼。「不要，我不要回去！」

「那妳願意跟我過日子嗎？」他等的就是這個答案。

姜舒窈並未立刻回答，猶豫一番後，試探道：「那我妹子怎麼辦？」不待男子回答，她端直上身，情真意摯地道：「大哥，我就實話實說了，我們平民女子所求簡單，不過是想好好地活著罷了。若是大哥能護我們姊妹，我定當做牛做馬，結草銜環。」

聽到這些話，謝珮嚇得氣都喘不過來了，她太明白接下來要發生什麼了。

「好。」男子暢快一笑，轉頭對謝珮道：「妳出去，有我的吩咐，他們不敢碰妳。」

姜舒窈握著釵子的掌心收緊，渾身緊繃。

謝珮哭著不願走，男子沒了耐心。但記著給美人面子，他忍著沒有動手，高聲喊人進來把謝珮拖走。

謝珮被拖走後，木門直接關上落鎖。

姜舒窈再也不能冷靜了，心中緊繃的那根弦忽地斷開，走到這一步，她已經用盡了全力。

她猛地推開朝她靠近的男子，轉身間卻被拽住了衣袖，「嗤」一聲，一邊袖子被扯落。

似乎美人驚懼的時候格外動人，男子一邊解袍一邊朝她慢慢走過去，笑道：「怎麼想躲？反悔了？」

姜舒窈徹底崩潰，掌心全是汗，死命地捏住釵子。

男子走過來，俯身靠近的瞬間，她憑著本能地朝他脖頸揮去。

或許刺中了，或許沒有，姜舒窈腦子裡亂成一片，恐懼到極點後，視線已經變得模糊，耳鳴陣陣。她聽到了男子的慘叫聲，感受到他翻身倒在自己身旁，沒有斷氣，抽搐著痛嚎。

刺中了嗎？姜舒窈愣愣地看著手中的金釵——並未染血。

她抬頭，模糊的視線裡那逆著光的身影逐漸清晰。

滴血的劍尖，鮮豔的官服……最後是謝珣的臉。

別人都很怕謝珣，因為他總是冷著臉，但姜舒窈知道他那冷面下，其實沒有多少情緒。直到此時此刻，她才見識到了謝珣真正冷臉起來是什麼樣子。

面容凝霜，滿眸戾氣，四周的空氣凝固而壓抑，他如一把淬過的冷劍，滿身都是銳氣，讓姜舒窈本能地畏懼後退。

他的眼神落在解去外袍的男子身上，又轉回到她被扯掉袖子後露出的手臂。

男子還在掙扎，剛剛跪著爬起來，謝珣眼也不眨，一劍削了他的腦袋。

似乎有血濺出的聲音，姜舒窈聞到了空氣中的血腥味，模糊的視野只聚焦在了謝珣滿是戾氣的臉上，不禁顫抖。她恨自己沒出息，待謝珣的目光再一次落到她手臂上時，第一反應竟是將手臂藏在身後。

謝珣突然大步上前，就當她下意識後退時，他猛地一拉，單手擁她入懷。

他的語氣再也不像往常那般平淡無波，嗓音顫抖。「沒事吧？」

眼前是一片鮮豔的官服色，耳旁是他胸腔裡急劇跳動的心臟聲。

姜舒窈理智尚未回籠，下意識想要解釋自己並未被玷污，又深怕謝珣是那種妻子只是被擄走都會嫌她不夠清白的封建男人。

她剛開口說了一個「我」字，積壓已久的恐懼突然將她擊潰，淚珠不斷滾落，抽噎哭泣起來。

鐵器落地，發出脆響。

謝珣毫不猶豫地丟了劍，只為將她更深地攬入懷中。

一會兒，謝珣放開姜舒窈，擔憂地捧起她的臉，見她哭得厲害，心裡揪得慌。他的視線和姜舒窈對上，在他安撫心疼的目光中，她慢慢平靜下來。

謝珣為她擦去淚珠，力道極輕，但是姜舒窈仍能感覺到他的顫抖。

兩人對視著，空氣中明明還瀰漫著血腥味，但卻有種詭異的安心感。

姜舒窈止了哭，按理說謝珣應該把他的手從她臉上拿走，但他就像忘了這事，依舊捧著她的臉。他的掌心溫暖乾燥，燙得姜舒窈臉頰微熱。兩人還處在相擁的姿勢，姜舒窈意識到這點，尷尬地收回環著他腰的手。

謝珣還未做出反應，謝珮已從門口衝進來，大喊著。「三嫂！三嫂——」

她突然一啞，焦急的神情僵在臉上。

從這個角度看去，姜舒窈正柔柔弱弱地依偎著謝珣，而謝珣捧著她的臉，像是她打斷了什麼即將要發生的大事。

護衛比謝珮來得遲，跟著謝珮進來，看見眼前的畫面同樣地僵在原地。

謝珮回頭見一群漢子瞪大了眼，一副稀奇古怪的模樣，惡狠狠地道：「看什麼看？都給我閉眼！」然後轉頭對依偎著的兩人弱弱地道：「我、我們先出去……」

她剛抬腳就被謝珣叫住了。

「等等，拿件衣裳進來。」

謝珮嚇了一跳，往姜舒窈身上細看去，見她只是被扯爛了袖子後鬆了口氣。

謝國公府的馬車過了一會兒便趕來，謝珮從車上取衣裳回來後，兩人早就分開了，但謝珣怕姜舒窈見著屍體害怕，一直擋在她面前沒挪位。

謝珮走過去把外袍遞給謝珣，謝珣把姜舒窈裹住，扶著她往外走。

姜舒窈沒有受傷，只是被嚇著了，但謝珣依舊以手護著她，生怕她摔倒似的。

他小心翼翼地護著姜舒窈上馬車，正要鑽上去時忽然被謝珮叫住。

謝珣回頭，示意她有話就說。

謝珮欲言又止，把他拖到一邊，小聲道：「三哥，我這條命是三嫂救回來的。」

謝珣聞言點頭，不敢想像姜舒窈當時該有多害怕，壓下心頭的澀意道：「我明白，她對謝國公府有恩。」

謝珮見他蹙眉，心頭不安，扯住他的袖子。「三哥，你不要因此介意三嫂好不好？我知道，你們認為像我們這樣的女子都是壞了名聲的，但憑什麼呀？我們清清白白的，該死、該受難的是那些匪賊才對。三嫂若不是為了我也不會走到最後那一步，就算同處一室還被看了臂膀，那也是清清白白的。」

謝珣沒反應，依舊是剛才那個表情。

謝珮更著急了，脫口而出道：「你如果負了三嫂那我、我……」頓了下，她沒想到威脅的話，只能氣鼓鼓地瞪著謝珣道：「我一定會找你算帳的！」

過了一秒後，謝珣總算變了表情。

他慢慢地抬眉，然後眼睛微微瞪大，最後那副慣常冷冰冰的臉終於慢吞吞地轉成了驚愕。

「妳在說什麼？」他道。

明明剛才謝珮還在心急如火，可此刻竟不合時宜地生出感慨：三哥不冷臉的時候原來長這樣的，所以一直冷臉是因為懶得做表情嗎？

謝珮一時不知道怎麼接話。「你不介意？」

「我介意什麼？」

「三嫂她、她被擄走，還和匪徒共處一室——」

謝珣後知後覺地反應過來她所謂何意，打斷謝珮的話。「我為何會介意？」說完又換上了那副冷臉，咬牙道：「此事是我疏忽，明明知道最近京郊不安寧，還讓妳們女眷出來上香。」

他壓下怒火，稍微冷靜了一下，道：「所以這事不能讓其他人知道，我會處理乾淨的。」說完見謝珮愣愣地看著他，想起剛才謝珮為了姜舒窈威脅他，軟下語氣與她解釋。「我這樣做並不是嫌她污了名聲，而是不想她被人嚼舌根，妳不必擔心。」

謝珮從沒見過自家三哥如此多話過，傻乎乎地點點頭。

謝珣轉身，大步朝馬車走去。

謝珮看他走遠，視線落在他身上沒來得及換下的官服，半晌習慣性地抬槓般自語道：「你最好是，否則……哼！」

姜舒窈窩在馬車上歇息，謝珣上來後帶來一陣涼風。他揮手讓伺候姜舒窈的丫鬟下去，猶豫了一下，還是悄悄地坐在她身邊。

姜舒窈正在閉目養神，感覺到了響動，睜眼看他。

謝珣便問：「怎麼了，哪裡難受？」

姜舒窈搖頭。

他伸手拿水壺。「喝點熱茶？」

姜舒窈還是搖頭。謝珣見她這般有氣無力的樣子，心頭越發難受，緊抿著嘴。

姜舒窈感受到了他身上散發出的不悅，想起謝珮擔憂的事，心中不免有些難受。她勸慰自己不必在意謝珣的看法，可越這麼勸越氣悶，最後乾脆往角落一縮，遠離謝珣。

謝珣見狀，語氣輕柔，生怕驚了她。「沒事了，別怕了。」

姜舒窈不理他。

謝珣不敢靠近她，沈默地坐在一旁。但他終究是個少年郎，難受極了也是憋不住話的，過了一會兒，突然開口，悶聲道：「抱歉。」

這沒頭沒腦的一句道歉，讓姜舒窈抬頭朝他看去。

「我說過會護妳，結果還是讓妳遭了這種事。」他垂著腦袋不敢看姜舒窈。

姜舒窈看著他黑漆漆的髮頂，過了幾秒才明白他這話是什麼意思。

依稀記得當時也是在馬車上，她因林氏的事而滿心酸楚憋悶，倒完苦水後，謝珣就說了那麼一句話──「我會護妳的。」

她當時煩悶無比，並未放在心上，自己都已經忘記了謝珣曾說過這句話。

所以對於謝珣來說，這不是句隨口的安慰，而是句承諾嗎？

她忽然感覺心尖一酸，麻麻的，帶點癢意，像是有綠芽破土而出。

壓下那股奇怪的感受，姜舒窈告誡自己別多想。

周氏、林氏的遭遇還不夠慘嗎？女之耽兮，不可說也，千萬要守住自己的心。

謝珣說完那句話後就沒再說話了，兩人沈默地回到謝國公府，姜舒窈沐浴換衣後，回房沈沈地睡去。

一覺醒來已是傍晚，因她還在休息，丫鬟們並未點燈。

她開口喚人，白芍從外間進來，繫上床帳，在她身後塞下靠墊，伺候她坐起。

白芍最為忠心，若是知道她碰上這種事一定會擔憂焦心，可姜舒窈卻並未在她臉上看到憂慮，想來是被壓下了詳情吧。

白芍見她盯著自己的臉看，忍不住用手蹭了蹭。「小姐，奴婢臉上沾了什麼嗎？」

姜舒窈搖搖頭，猶豫地問：「妳知道……」說了一半又忍住。

白芍並未察覺她的不對勁，從進來後臉上的笑意就沒散過，眼睛彎成月牙，語氣歡快地問：「小姐可餓了？」

姜舒窈確實是有點餓了，點頭道：「我想喝粥。」

聽了這話，白芍臉上的笑意更深了。「好，喝粥好。」說完後就行禮告退，出了房門。

第三十三章

姜舒窈渾身痠疼，又因為今天受了驚嚇失了力，乾脆倚在靠墊上不想起床了。

沒過一會兒外間就傳來腳步聲。

白芍這麼快就回來，看來廚房是早就溫了粥。

姜舒窈這樣想著，抬頭看去，卻只看到了端著粥進來的謝珣，愣住了。

謝珣把餐盤放在床頭的矮桌上，見姜舒窈臉色恢復了，總算鬆了口氣。

「怎麼是你，白芍呢？」姜舒窈驚訝地問。

謝珣支吾了一下，轉移話題。「要讓丫鬟進來餵妳喝粥嗎？」

「不用，我手又沒有受傷。」她突然拍了下額頭，後知後覺想起周氏被圍攻的事，一驚一乍問道：「二嫂呢？她怎麼樣，受傷了嗎？」

「二嫂受了刀傷，不過大夫說並無大礙。」見姜舒窈擔憂，他仔細地回答道：「說是傷了腿，但刀口不深。」

姜舒窈不放心。「我現在去看看她吧。」

謝珣按住她的肩膀。「二嫂正歇著呢，妳現在去幹麼？等明日再去吧。」

姜舒窈便歇了心思。

謝珣把餐盤端起來，捧到她面前。「用飯吧。」

他這個動作讓姜舒窈哭笑不得。「都說了我沒受傷，你至於——」

話說一半，剩下的全卡在嗓子裡。

她的目光落在餐盤上，只見上面放著一碗白米粥和一碗蒸蛋，熱氣騰騰，冒著溫暖的香氣。

見她愣住，謝珣有些緊張地問：「不合口味嗎？」

他去看望周氏時徐氏也在，徐氏問起姜舒窈的情況，謝珣便與她多說了幾句，然後徐氏就提到了姜舒窈曾說她生病時會想吃母親做的白米粥和蒸蛋。

徐氏說姜舒窈只有吃到母親親手做的才安心，謝珣自不可能去襄陽伯府讓林氏做了帶過來，乾脆自己鑽進廚房動手做了兩碗。

姜舒窈看著謝珣，能明顯在他那張面癱臉上感受到忐忑。

她端起粥碗，舀了一勺入口。

白米粥煮得軟爛，小火慢熬，直把米煮得快化掉了一般。裡面擱了點碎菜葉，調味料只有鹽和幾滴香油，卻有一種清淡的溫暖美味。

謝珣忍不住問：「怎麼樣？」

他這般緊張，姜舒窈奇奇怪怪地看了他幾眼，道：「還行吧。」

謝珣放心了，他熬糊了三鍋粥總算熬成功了。

姜舒窈又吃了幾口，這粥真是煮得軟爛，入口不用嚼就已經化了，軟軟稠稠的，帶著輕淺的米香味和一點點芝麻油香氣。

看來熬粥的人很上心，這種粥得一直站在灶邊攪拌才不會燒糊了。

謝珣一直坐在床邊看著她，見她捧著碗喝了小半碗粥後，道：「吃點蒸蛋吧，別涼了。」

姜舒窈抬頭，他已經再次把餐盤端了過來。

她只好把粥碗放到木盤上，端起蒸蛋的碗，賣相十分好看。

顏色嫩黃，表面光滑平整，灑了點翠綠的蔥花，少量的醬油混著表面的水變成了清透的淺棕色。調羹輕輕一碰蒸蛋就碎了，顫顫巍巍的，極嫩極滑。

內裡的蒸蛋有些燙，姜舒窈放在嘴邊輕輕吹了幾下才敢入口。

鮮嫩的蒸蛋在口中化開，純粹的蛋香味有一種微妙的安心味，配著淡淡的醬油香氣，鹹鮮嫩滑。蒸蛋雖然做法簡單，但要做得細緻，得多花一番心思。

她沒細嚼，讓蒸蛋半碎不碎的吞下，使那股暖意順著喉嚨一路滑至胃裡。

明明只是簡單的蒸蛋，姜舒窈卻吃得很認真，好像回到了幼時生病母親照顧自己的時候。

她吃完蒸蛋，將空碗遞給謝珣，問道：「是大嫂說的嗎？」

謝珣點頭，接過碗。

她看著謝珣清俊的側臉，雖早已猜到了答案，但還是問出口。「是你做的嗎？」

謝珣收碗的動作一頓，有些挫敗。「妳嚐出來了啊。」

平日看她做飯俐落簡單，真到了自己上手，一碗白粥就難倒了他，還以為熬成功了，看來還是和廚娘做的有差別。

姜舒窈見他悶悶不樂的，忍住笑。哪裡是嚐出來的啊？真以為她看不出他的緊張嗎？謝珣以為自己首次嘗試下廚就完完全全地失敗了，還讓姜舒窈吃完了一整碗口味不佳的蒸蛋，臉上有些臊，彆扭道：「我讓丫鬟進來伺候妳漱口。」然後端著餐盤，鬱悶地走了。

等他走後，姜舒窈忍不住笑了出來。想到他親手為她做飯，眼角眉梢爬上暖意。

「嗯，看來這些時日沒有白餵。」

夜深人靜，姜舒窈躺在床上翻來覆去地睡不著。雖然她清楚地知道自己身處謝國公府絕不會有危險，但閉上眼睛還是會不安到難以入眠。

她掀開薄被，趿著鞋往外間去。

白芍睡得很沈，均勻綿長的呼吸聲讓她心頭漸漸安定下來。

見白芍睡得香甜，姜舒窈不想叫醒她讓她去內間陪自己，便安靜地退走，重新回到內間。

剛進到內間，突然聽到雕窗處傳來微微響動，抬頭看去，隱約有一道黑影晃過。

她一驚，踉蹌著後退兩步撞到桌案上，引起瓷器叮噹脆響。

那黑影朝雕窗貼近幾分，忽又猶豫地頓住，似乎在垂頭思索。

姜舒窈徹底清醒了，往雕窗旁走去，開鎖後猛地推開。

「嘩」地一聲掀起一陣涼風，門外那人差點沒被磕著腦袋。

「你在這兒幹麼？」姜舒窈看著謝珣，驚訝中又有幾分果然如此的感覺。

大半夜來人家閨房門前晃，這事聽起來就很荒唐下流。

這樣想，謝珣臉一燙，連忙解釋道：「我是來看看妳。」

姜舒窈滿臉疑惑。

謝珣有些不自在，道：「阿珮那邊大嫂給設了護衛，晚上也有貼身丫鬟守著睡，我便想著妳也許會同她一樣懼怕，於是來看看。」

姜舒窈沒說話。

謝珣說完才徹底意識到自己的行事有多傻，暗罵夜間的自己腦子遲鈍。

「我沒嚇著妳吧？」他連忙問道。

「嚇著了。」姜舒窈答得直截了當。

「抱——」聞言他更加懊悔，抬頭看向姜舒窈，話還未說完就突然卡住。

她此刻散著髮髻只著裡衣，墨髮如緞，身形纖細婀娜，月華為她染上一層朦朧的光暈。

謝珣的目光像是被燙著了一般，猛地挪開視線。

姜舒窈只是實話實話，說完才意識到好像不太妥當，正想出口挽回，謝珣已搶先接過話頭。他出於禮節沒再看她，側著臉道：「抱歉，是我思慮不周。妳的丫鬟呢？她們陪著妳，妳也睡不著嗎？」

姜舒窈沒再糾結了，答道：「嗯，本想讓她進裡間陪我，想了想又算了，她在裡間睡著，對我來說其實也差不多。」

謝珣沈默了幾秒，忽然問：「那我呢？」

「嗯？」姜舒窈愣了一下。

「若是我守著妳，妳還會怕嗎？」

明明只是一句普普通通的問句，卻讓她心尖一顫，柔軟酥麻。

她壓下悸動，想著昨日他將她擁入懷中的那一刻，眼前是他威嚴正氣的官服，耳邊是他強有力的心跳，再多的驚恐和後怕也全在他溫暖的懷抱中消散。

她聲音變得輕柔。「不會。」

「那我守著妳睡吧。」

「嗯？」

「我可以進來嗎？」

姜舒窈沒想到他會這樣問，慢了半拍答道：「可以。」

她後退幾步，正想轉身去外間給他開房門時，謝珣忽然撐著窗臺跳了進來。

姜舒窈目瞪口呆。

謝珣道：「妳去睡吧，我在這兒守著妳，妳睜眼就能看到。」

姜舒窈莫名地心跳加速，傻愣愣地點了幾下頭。她走到床邊一股腦爬上床，放下床帳，那抹悸動才勉強被壓下。

隔著床幔，謝珣的身形有些模糊不清。姜舒窈見他在軟榻上坐下，朝這邊看了一眼，確定她能看見他後便轉過頭安安靜靜地坐著閉目養神。

確實是安心了。

姜舒窈側躺下，看著他就是閉目養神也要挺直背脊的坐姿，嘴角忍不住翹了翹。她盯著他看了一會兒，漸漸出了神，忍不住抬手用指尖在床幔上勾勒出他朦朧的輪廓。

……等等，有什麼不對的地方。

姜舒窈問：「你打算在那兒坐一晚上？」

謝珣應是。

「你明日不上值嗎？」

「只是一晚上不睡，無礙的。」他答。

姜舒窈自然不會讓他這樣乾坐一晚上，起床從櫃子裡拿出一床薄被抱到謝珣跟前。「蓋被子躺一會兒吧。」

謝珣點頭，接過薄被。

姜舒窈重新回到床上，看著謝珣展開被子，慢條斯理地躺下蓋上。他長得高、腿又長，勉強地縮在軟榻上睡著，顯得有點委屈。

隔著床幔，姜舒窈盯著他模糊的輪廓，心裡無比安寧，輕聲道：「謝伯淵，謝謝你。」

謝珣「嗯」了一聲，屋內便再次陷入安靜。

姜舒窈沒再多言，睡意襲來，她漸漸地陷入了夢鄉。

這一覺睡得香甜，等姜舒窈再次醒來後已日上三竿。

她伸著懶腰坐起來，軟榻上早沒了人影，連那床薄被也不在。

剛剛睡醒她還有點模糊，一時分不清昨晚是不是作夢。

白芍聽到響動過來伺候她起床更衣，表情一直古古怪怪的，在為姜舒窈梳頭的時候沒忍住，問道：「小姐，姑爺昨晚何時進來的？」

姜舒窈道：「記不清時辰了。」

白芍欲言又止。「昨晚姑爺怎麼睡軟榻呢？」來都來了，怎麼就只睡了個軟榻！

姜舒窈沒懂她的言下之意，回答。「他擔心我害怕，所以特地過來陪我。」

睡飽覺後姜舒窈恢復了精力，日頭正好，陽光溫暖，她的心情也好了不少。

「二嫂那邊怎麼樣了？」她問白芍。

白芍聽她的吩咐一直關注著二房，仔細地道：「二夫人又鬧了一回，怎麼都不想在床上躺著，嫌太憋悶，最後是大夫人去了一趟才把她壓住。」她說到這裡頓了一下，壓低聲音道：「而且二夫人好像和二爺鬧彆扭了，不讓二爺見她。」

「還有呢？」

白芍道：「就這些了，二夫人脾氣暴躁，沒有幾個丫鬟敢進屋裡觸她霉頭，但看這精神，應當是無甚大礙。小姐要去探望她嗎？」

姜舒窈看了眼日頭，算著時間。「去，但我不能空手去吧。」

「珍稀藥材，小姐的嫁妝裡有得是。」

「揀好的帶上。」姜舒窈吩咐道，然後轉身走進小廚房。

她打算為周氏做頓午飯。

現在時辰尚早，做完飯趕過去差不多趕上晌午的飯點。光是給周氏送藥材和口頭道謝什麼的，總顯不出心意，做飯就不一樣了，至少對姜舒窈來說，這是她能想到的最真誠的方式。

因為周氏受了傷，她便想著做點味道清淡鮮美的飯食，想來想去便挑中了雲吞麵。

雲吞麵講究雲吞、鮮湯、細麵三者融為一體，吃起來鮮香味美，滋味豐富。

雲吞的餡選用肥瘦相間的豬肉和鮮蝦，肉丸裡放入蝦球，關鍵是要用蛋黃漿住肉味，她用料足，直把雲吞撐得圓鼓鼓。

湯用比目魚、蝦仔、豬大骨小火熬煮，熬出來的湯鮮香撲鼻，湯清味濃。

麵則與傳統的麵條做法不一樣，不是揉出來，而是用竹竿打壓出來的竹昇麵。途中不能加水只用蛋，做出來的麵蛋香濃郁、韌性十足。

一碗小小的雲吞麵要耗費的精力可不小，姜舒窈把手巧的丫鬟全部叫來幫忙，等到雲吞麵出鍋時，恰好趕上飯點。

丫鬟端著盤隨她前往二房，到達周氏廂房時，丫鬟們正一個個膽戰心驚的，見姜舒窈來，竟無人敢進去通報。

因周氏救命的恩情，她單方面地跟周氏熟稔起來，見無人通報，乾脆直接走進屋內。

「都說了別來煩我！」周氏聽到腳步聲，在內間吼道，說完又補充。「我不想用飯。」

她吼完，發現腳步聲未停，煩躁地看過來想發火，結果看到來人不是丫鬟而是姜舒窈。

她神情一滯，有些尷尬。

姜舒窈從白芍手裡接過餐盤，讓她先出去，然後端著木盤走過來。「二嫂為何不想用飯？」

周氏不答反問道：「妳怎麼來了？」語氣極衝，十分不耐。

「我來看看妳。」

周氏別過頭。「行了，看完了吧？可以走了。」

姜舒窈把餐盤放下。「不行，沒有看完，要看著妳用飯才叫看完。」

周氏沒想到她這麼厚臉皮，還對自己巧笑嫣然，「哼」了一聲，倒是沒說話了。

姜舒窈往床邊坐下。「二嫂，這是我親手做的雲吞麵，妳嚐嚐？」

周氏轉過頭來，皺眉道：「妳親手做的？」

「這個做起來有點麻煩，丫鬟也有幫忙。」

這不是重點，周氏又問了一次。「妳下廚做的？」

「是。」

她突然沈默，不再那麼衝了，轉而變得有些幽怨。「妳真是……都怪妳。」

從嫁過來後就一直鑽廚房，似乎從未在意別人的眼光，和當初的自己完全是兩個極端。

姜舒窈知道周氏的脾性，並沒有在意她的態度，笑道：「怪我什麼？」

周氏沒想到她會這麼有耐心，有些驚訝。這麼多年下來，她早已習慣刻薄刁蠻，刀子嘴不饒人，一時半刻也沒改過來，因此對無緣無故挨她一頓氣的姜舒窈有些愧疚。

她不自在地撓撓掌心，咕噥道：「就怪妳。」

姜舒窈把盤捧到她跟前。「先吃吧。」

一股濃郁的鮮香鑽入鼻腔，周氏朝雲吞麵看去。肚圓皮薄的雲吞漂浮在清透的鮮湯中，粉紅色的肉餡若隱若現，鵝黃色的竹昇麵細如銀絲，如線纏繞，湯麵上浮著一層薄透淺金油花，青菜、蔥花嵌入其中，增添了一抹翠色。

觀這賣相，周氏有些明白她為何說做起來麻煩了。

她心頭不是滋味，又酸又亂，乾脆掀起薄被起床。「到桌上吃。」

不用人伺候，周氏自己披了外衫，單腳蹦蹦跳跳到了桌前坐下。

姜舒窈覺得周氏這一面活潑可愛極了，把盤放在桌上，期待地看著她。

周氏心情複雜，因著自己無緣無故朝她撒氣，所以便想著給她個面子吃一點，但是現在姜舒窈在她對面坐下，用一種期待的眼光看著她，她忽然不好意思動筷了。

若是難吃，她可不是那種會繼續吃下去還誇讚美味的人啊。

她挾起一坨鵝黃色的竹昇麵。這一瞬間，麵湯晃動，那股鮮甜甘美的香氣更重了。

聞著這味道，明明空腹一天仍舊沒胃口的她，突然就有些餓了。

麵條裹著鮮美熱燙的湯汁，入口滑爽、細如銀絲，因著做法講究而極為爽脆彈牙，韌勁十足，既有湯的甘美，又有雞蛋的醇香。

只是一口她就被驚豔了，杏眸微瞪，詫異地看向姜舒窈。

她聽說姜舒窈愛鼓搗美食整日鑽廚房時十分不理解，覺得她比當初的自己還不會遮掩收斂，現在吃到了她做的飯，頓時恍悟。姜舒窈廚藝如此精湛，若是沒有堅持才叫不應該。

她連吃幾口竹昇麵，又挾起青菜入口，清脆爽口，湯汁的鮮甜讓普通的青菜也變得鮮美了幾分。這下她連勺也不用了，直接用筷子挾起肥胖圓鼓的雲吞，吹吹氣，迫不及待地放進嘴裡。

雲吞餡含蝦肉、豬肉、韭黃，蛋黃漿住了肉味，香味濃郁。

雲吞皮很滑，肉餡細膩，最妙的是它的口感，爽滑彈牙，鮮脆無比。

若不是姜舒窈在場，她一定會端著碗把湯底喝乾淨，現在卻只能用調羹慢慢舀湯喝。湯底清透澄澈，避開朵朵碧綠的蔥花，舀起一勺，湯麵上還積攢著一點淺薄的油點。入口滾燙，熱度一路傳入胃裡，鮮得極其濃郁，卻又絲毫不膩，其中的胡椒粉又讓熱度更增了幾分，一碗雲吞麵吃乾淨後，全身上下沒有一處不爽利的。

她吃得投入，一時忘了度，把麵吃得太乾淨了，連一滴湯也不剩。

姜舒窈十分滿意。「看來還是挺合二嫂口味的。」

吃人嘴短，饒是周氏再刻薄，也說不出什麼重話。

面對姜舒窈，周氏很不自在。之前針對她，結果人家毫不在意，後來又因大鬧壽寧堂一事被她發現了自己的狼狽，這些也就算了，最讓周氏煩躁的是，她居然眼睜睜看著姜舒窈和謝珮被抱走沒能攔住，真是奇恥大辱！

她胡思亂想著，嘴硬道：「嗯，還可以……好吧好吧，是很合口味。」

說完彆扭地動了動，牽動腿上的傷痛得直咬牙。

還在忍痛時，耳邊忽然傳來姜舒窈的聲音。「二嫂若是覺得合口味，那我以後常給妳做點吃食怎麼樣？我也就在廚藝方面比較擅長了。」

她抬頭，見姜舒窈眉目如畫，笑得明媚爽朗，朝氣蓬勃，頓時忘了貴女、主母該如何婉約推讓，鬼使神差地吐出一個堅定的字。「好。」

第三十四章

在周氏看來，姜舒窈說要為她做飯這事應該只是嘴上說說而已，當不得真。因為她只是幫姜舒窈回去請了救兵，算不上是救命之恩，不用怎麼報答。

畢竟姜舒窈不是廚娘，下廚這事要麼為了長輩，要麼為了夫君，為她這麼一個隔房的二嫂下廚，實在欠妥。

然而出乎她意料的是，姜舒窈說話算話，翌日晌午，按時出現在了她房裡。

「妳怎麼來了？」她撐著坐起來，一時沒反應過來。

「我來為妳送飯呀！」姜舒窈揮揮手，身後兩個丫鬟把餐盤放下。

周氏啞然。

「二嫂是在床上吃還是來桌子這邊吃？」她態度熱情自然，完全以一個照顧生病朋友的心態對待周氏，周氏有些招架不住。

丫鬟們都躲著她，她今日還沒例行罵人呢。但見到姜舒窈這般，饒是她再煩躁也沒法口出惡言，她咕噥道：「又不是沒廚娘，妳親自下廚幹麼呀。」

她撐著要下床，姜舒窈趕忙過去扶她，溫軟的手臂碰到她，嚇得她隨即躲開了，差點沒一頭栽倒在地上加重傷勢。

「妳、妳幹麼！」她嫁過來多年，人際關係裡只有不愛搭理她的大嫂，古板嚴格的婆母，畏懼謙卑的丫鬟，從來沒有遇見過姜舒窈這種人。

周氏宅鬥智商有限，但性子天生敏感，能感覺到姜舒窈的真誠。熱情大方，包容她的冷臉，不計前嫌、軟和溫柔……

問題就在這兒，她為什麼要對自己那麼好啊?!

「我想扶妳起來啊。」姜舒窈低頭看向周氏纏著紗布的左腿，想到那日她毫不退縮、抽刀殺人的模樣，臉上神情更加軟了幾分。

她眸光盈盈地看著周氏，臉上帶著溫軟的笑意，嚇得周氏一顫，十分不自在地道：「不用了，我自己可以走。」

然後飛快地站起來，一瘸一拐地跳到桌子面前。

周氏多年沒有接受過來自別人的好意，性子又被磨得陰陽怪氣，剛才被姜舒窈一激，習慣性刻薄地道：「我可不是什麼都吃的哦。」

只是說出來的語氣神態，竟有種莫名的「恃寵而驕」的感覺。

她跳到桌案前。「我最討厭喝粥——」

話沒說完，就看到了桌上擺著的白米粥。

她急急忙忙停住話，表面上一副傲氣不屑的樣子，實際上暗自懊惱，內心狂抽自己巴掌。

「妳是病人，這幾天要一直臥床，喝粥不容易積食。」姜舒窈並沒介意，耐心地解釋。

周氏更不自在了，支吾著道：「好吧好吧。」

她掃了一眼桌上的菜，除了白米粥以外，還有大骨頭和兩盤白肉，一盤澆了醬汁，色澤豐富，一盤清清爽爽，沒有多餘佐料。

姜舒窈在她對面坐下，把那盤沒醬汁的白肉推到她面前。「妳吃這盤。」

白肉切得薄，厚度均勻，方方正正、整整齊齊地放在一起，一片疊一片繞了個圈，看上去極其整齊舒服。

肉片肥瘦相間，瘦肉部分是淺淺的粉棕色，肥肉部分呈晶瑩剔透的白，似玉一般瑩潤，最下面帶著一點淺黃的皮，看著就舒服。

周氏看看自己這盤看著舒服卻色澤清淡的白肉，又看看姜舒窈那盤澆著紅油醬汁的蒜泥白肉，吞了吞口水。

她是北地長大的，和講究風雅精緻的京城貴族不一樣，她討厭那些煮得軟爛、口味寡淡、好消化的糜羹，認為還沒有乾饃配肉吃得痛快。

但她知道自己生病了，應當用些滋補清淡的吃食，勉勉強強地接受了姜舒窈的安排。

挾起一片白肉，肥肉部分對著光一瞧，竟然隱隱透亮。

她對姜舒窈細緻的刀功感到驚訝，對白肉也添了幾分期待，畢竟有這種刀功的人，就算用白水煮肉也不會難吃到哪裡去。

果然，入口後就感受到了白肉的美味。姜舒窈沒有放醬油之類的佐料，只是在白肉表面淺淺抹了一點鹽，鹽雖細，仍有顆粒感在，襯得白肉更加鮮嫩了幾分。

周氏接連吃了幾片，不得不承認原來寡淡的吃食也別有風味。吃幾片白肉，再喝一口暖暖的白粥，胃裡瞬時舒服了不少，煩躁憋悶的心情也平靜許多。

她吃著盤裡的，看著姜舒窈盤裡的，猜測那盤澆著紅油的白肉滋味如何。

姜舒窈面前這盤是蒜泥白肉，既有白肉，也有黃瓜片，兩者都薄如紙片，表面澆著蒜泥、醬油和辣椒油混和的醬汁，色澤鮮豔，蒜香濃郁。

周氏盯著看了幾眼，沒憋住，問：「妳那盤是什麼味道的？」

姜舒窈抬頭看她，她連忙縮回眼神，假裝漫不經心。「我就是問問。」

見她這樣，姜舒窈便推給她。「妳若好奇就嚐嚐，少吃點應該沒什麼問題。」

周氏心頭雀躍，挾起一片用黃瓜裹著的白肉，蘸上蒜泥醬汁，張大嘴一口塞入嘴裡。

白肉肥美多汁、嫩而不爛，黃瓜爽脆清新，搭配得宜，誰也不搶誰的風頭，醬汁香辣，蒜味濃厚，入口辛辣味有點重，極好的提升了口味的層次感，使人食慾大振。

吞咽入腹後，口中剩下一股辛辣香味和醇厚肉香交纏不散。

她不是懂得憋話的人，直接開口問：「這是什麼？似是蒜泥的辛味，又多了一種不一樣的鮮香，我從未吃過。」

姜舒窈這才想起周氏是個第一次吃辣椒的人，幸虧自己沒放多少辣椒，應該不會太刺激。

「這是辣味，是辣椒的味道。」

周氏不知道辣椒，卻被辣椒油的魅力折服，挾起白肉專往那紅油的地方蘸。「辣椒？沒有聽說過，看來是個好東西。」

姜舒窈連忙攔著。「少吃點，辣的東西吃多了胃受不了。」周氏可不是像謝珣那樣從茱萸油到辣椒油一點點適應起來的，身體恐怕不適應。

而且謝珣身體好，吃壞肚子問題也不大，周氏可不一樣，她還傷著呢。

「受得了、受得了。」周氏道，又麻利地挑了幾片，姜舒窈乾脆直接把盤子拖走了。

周氏雖然失望，也沒好意思覥著臉一直去人家盤裡搶吃的，只好作罷。

她悶著腦袋喝粥，耳邊忽然傳來吸吮的聲音，一抬頭，整個人都驚了。

姜舒窈用指尖捏著大骨頭，對著骨頭正吸個不停。

周氏一瞬間有些恍惚。

這是在京城吧？這不是在北地才會有的畫面嗎？窮人買不起肉，只能啃啃骨頭上的肉渣解饞，就跟姜舒窈現在差不多。

姜舒窈吸完骨頭裡的汁水，滿意地啃掉骨頭表面細碎的肉渣。這種肉最是好吃的了，可以算得上是大骨頭的精髓之一。

她見周氏神情錯愕，把裝大骨頭的盆推到周氏面前。「嚐嚐吧，很好吃的。用筷子尖蘸一點鹽，往那個圓圓的骨頭縫裡戳一戳，再用力吸出來，保證美味。」

周氏猶猶豫豫的，雖然她一直被人詬病粗魯、不講究，但她畢竟是將軍之女，在北地的時候也不曾啃過骨頭。

姜舒窈眨眨眼看她，面露期待。

周氏那句「我不要」剛剛到了嘴邊，又吞了回去，叫人端水進來淨手，然後學著姜舒窈的動作撿起一塊大骨。

按照她所說的，蘸鹽戳戳骨頭縫，試探著對著嘴邊一吸，軟軟糯糯的骨髓被吸了出來，伴隨著堵在裡面的骨頭湯汁，那股醇厚的濃郁肉香瞬間溢滿唇頰。

不同於肉的鮮香，骨髓的香味更濃厚、更綿長，當那黏黏柔柔的骨髓入口後，鮮嫩肥香的白肉，霸道辛辣的蒜香全數被壓制住了。

有一就有二，周氏吃了一個後第二個就不扭捏了，直接和姜舒窈拿著骨頭一起吸。

一頓飯吃得周氏極其滿意，渾身舒服，覺得哪怕是心懷天大的怨憤、哀愁也會因這頓飯而重新染上笑意。

姜舒窈本來打算晚飯吃點其他的，周氏卻表示還想吃一頓。

於是謝珣回來時，便見到丫鬟端著兩盤白肉和大骨頭往外走。

姜舒窈下午又做了一批，把晚飯的量也準備了，和謝珣一起吃，剛剛好。

謝珣撩袍坐下，問：「剛才那幾盤是送給二房嗎？」

「對。」

謝珣就猜到是這樣，姜氏這個人真是萬事不離美食，哪怕是道謝，第一反應便是給別人做頓飯。

他與姜舒窈閒話家常，道：「也不知道合不合二嫂胃口。」

誰料姜舒窈無比順暢接道：「當然，今日晌午，二嫂可是吃了整整一盤仍不過癮。」

謝珣立刻捕捉到了關鍵信息。「今日晌午？」

「嗯。」姜舒窈一邊吃一邊道：「這一段時日晌午我應該都會去陪二嫂吃飯。」

她待人誠懇真摯，知恩圖報，善良大方什麼的，是好事不假。

但是謝珣心裡有點塞，甚至還有點酸。

他很想問，二嫂的午膳有了，那他的呢？他已經有好幾日沒有收到她準備的食盒了。

到了晚間，姜舒窈漱洗回來後，見白芍領著小丫鬟在內間忙前忙後的，疑惑地問：「妳們在幹麼？」

白芍理所當然地道：「回小姐的話，奴婢們在為姑爺鋪床呀。」

「鋪、鋪床？」姜舒窈沒反應過來。

「妳去伺候小姐拆髮髻，妳去請姑爺就寢，就說時辰不早了，小姐為他留著燈呢。」白芍抹平被子，有條不紊地吩咐丫鬟做事。

姜舒窈傻了，攔住要去找謝珣的丫鬟。「等等，到底怎麼回事？」

白芍驚訝道：「小姐今日還要讓姑爺睡軟榻嗎？」

這可把姜舒窈問住了，她自然是不想讓謝珣睡軟榻的。他身量高，縮在軟榻上睡不好，但是兩人同床共枕也不對勁啊！

見姜舒窈遲疑，白芍露出心領神會的笑，給小丫鬟使個眼神，小丫鬟歡喜地跑了出去。

白芍湊過來，滿眼笑意，小聲道：「小姐，您與姑爺成親這麼久了還是分房睡，哪有這個道理？」

姜舒窈磕磕絆絆道：「但是我們又不是……」兩情相悅才結婚的夫妻。

她巴不得一個人獨占大床呢。

白芍以為她是害羞，故意扯開話頭。「小姐，奴婢為您拆髮髻吧。」

姜舒窈被她半推半扶地邀著坐到梳妝鏡前，等到白芍上手開始拆髮髻的時候，才終於抓住重點。「那也不能刻意去請他過來，說不定他只是見我這兩天害怕才過來的，今夜並不想守著我——」

話還沒說完，謝珣已經跨門進來了。

書房和東廂房很近嗎？為什麼來得這麼快？

謝珣走進來，見姜舒窈還在拆髮髻，下意識在旁邊等著。

不知從什麼時候開始，他已經習慣姜舒窈在做事的時候，自己安靜地守在旁邊了。

白芍拆了繁複的髮髻，只餘一根金釵綰著上半部分的黑髮時，她忽然頓住手，行禮告退。

「奴婢先退下了。」話說完隨即沒了身影。

姜舒窈一般都是讓白芍把髮髻全部拆散，披著頭髮去睡覺的，現在還留了一根金釵在頭上，她便以為白芍粗心忘了，嘀咕了一句，伸手去扯金釵。

她的首飾都是精細華麗的類型，綴著鑲珠流蘇，隨意一扯便勾住了一縷髮絲。她不耐煩地又扯了一下，沒有扯下來，反而纏得更厲害了。

燭火微暗，銅鏡模糊不清，姜舒窈往前湊了湊，試圖看清一些將髮絲解下來。

「我來吧。」上方突然傳來清越的聲音，姜舒窈一愣，謝珣順手接過搖搖晃晃的金釵。他的指尖碰到姜舒窈的手指，她似被燙著了一般，立刻拿開手。

屋內很安靜，連燭心燃燒的細微噼啪聲也顯得很明顯。

他的聲音很輕，聽起來有一種難以言喻的溫柔。湊近之後，姜舒窈似乎能感覺到他身上清新的墨香，心跳不自覺地加快了幾分。

謝珣俯身，仔仔細細地為她解下纏繞著的髮絲。

抽出金釵，墨髮如水，瞬間四下散開，似綢緞般從他手背滑過，冰涼絲滑，觸感從手背爬上心頭，讓他忍不住放輕了呼吸。

姜舒窈從銅鏡裡看他，在他同樣將視線挪到銅鏡上時，匆忙地垂眸。

她站起來，故作平靜地道：「歇了吧。」

謝珣點頭，跟著她走進內間。他往軟榻旁走去，發現軟榻上不僅沒有被子，連軟墊都沒了。

他轉頭看姜舒窈，十分疑惑。「這是……？」

姜舒窈沈默了幾秒，放棄思考那些彎彎繞繞的心思，不再糾結了，直接道：「今日你睡床上吧。」

謝珣不願。「那妳呢？」

姜舒窈聽他這個語氣就知道他沒想對方向，更加尷尬了。「我也睡床。」

空氣靜默了幾秒，謝珣遲疑地發出一聲。「嗯？」

姜舒窈自顧自地爬上床，把兩床被子拽開，在中間分出一道一人寬的位置道：「你睡榻上總歸睡不好的。」算是給出解釋。

謝珣站在原地沒動靜，讓姜舒窈更尷尬了，臉上冒起熱氣，故作凶狠地道：「愣著幹麼，不睡嗎？」

說完在床內側躺下，面朝牆，用被子裹成蟬蛹狀。

謝珣看著她烏溜溜的後腦勺，半晌，同手同腳地走過去，極輕地爬上床，聲音一如既往的冷淡，只是細聽有點僵硬顫抖。

「我熄燈了。」

「嗯。」

謝珣吹了燈，慢慢地在外側躺下。屋內實在是太寂靜，他感覺似乎滿屋子都是自己的心跳聲。他抬手按住心口，生怕姜舒窈聽到聲響。

謝珣躺在身側，姜舒窈倒是不害怕了，卻比心神不寧時還難睡著。

她從側躺轉回平躺，盯著床頂發呆。

謝珣動也不敢動，聽她呼吸不似睡著了的樣子，實在受不了這難熬的靜謐，開口道：「睡不著嗎？」

他很少有這樣刻意放輕聲音說話的時候，此時又靠得近，讓姜舒窈不由得有一種他在她耳邊低語的錯覺，心尖發癢。

「嗯。」她迷迷糊糊應了聲，又匆忙找理由道：「天太熱了。」

謝珣頭一回覺得接話這般困難，他語氣僵硬地道：「是，天是熱了。」說完又怕這句太短顯得敷衍，接著說道：「不過東廂房比書房涼快不少，更透氣些。

「床也軟和寬敞不少，月光也亮些。」謝珣繼續補充道。

姜舒窈瞪著床頂，特別想把手放在牙齒上啃，以防止自己發出怪叫。是她想的那個意思嗎？謝珣是暗示什麼嗎？他這話應該是暗示吧，他這是想就此搬回東廂房睡嗎？

謝珣見她不回話，側頭看她，剛扭轉脖子又覺得不太舒服，乾脆整個人都轉過去，側躺著面對她。

感覺到他的動作，姜舒窈一僵。

就在他的視線馬上就要落在自己的臉上了，她突然凶巴巴地吼道：「你轉過去！」剛剛側躺好還沒來得及調整姿勢躺舒服的謝珣被嚇了一跳，飛快轉回去平躺著，乖乖「哦」了一聲。

空氣再次陷入沈默。

姜舒窈意識到自己剛才語氣好像有點凶，想要解釋又不知道怎麼解釋，但謝珣比她還忍不了這寂靜，再次開口道：「妳明日晌午也要陪二嫂用膳嗎？」

「是。」謝珣說到午膳，姜舒窈這才突然想起來了。「對了，我這幾日都忘了為你準備食盒了，抱歉。」

「不必道歉。」謝珣說話時習慣性地想轉頭去看她，又想起她剛才吼那一嗓子，連忙按住那股衝動。「妳若是忙了累了就不必專門為我準備午膳，不礙事的。」

「那不行呀，我答應過你的。」

謝珣猶豫了一下，半推半就地道：「……那就辛苦妳了。」

他努力壓下翹起的嘴角，只是怎麼都壓不住，最後索性不管了，反正黑，誰也看不見。

氣氛雖然有些曖昧僵硬，但卻有一種溫馨的安寧，兩人瞪著床頂，沒一會兒就睡著了。

翌日天還未亮，姜舒窈就醒了。她坐起來，同往常一樣伸伸懶腰準備掀被子下床，剛碰到被角時瞬間清醒，猛地看向躺在旁邊睡得正香的謝珣。

他的睡顏很陌生，一頭墨髮襯得他肌膚白皙如玉，睫毛長而濃密，睡著的時候一點也不像醒著那樣冷若冰霜，居然有一種安靜的乖巧感。

姜舒窈也不知道自己是怎麼回事，忽然忍不住抿嘴笑了起來，輕手輕腳地往床邊爬，艱難地撐著床板打算從他身上爬過去下床。

謝珣睡得淺，感覺到床板輕微搖晃後，他迷迷糊糊地睜眼，入目就是姜舒窈撐著手臂在他身子上方往外爬的模樣。

她的褻衣領口鬆鬆垂下，露出一片白皙細膩的肌膚，線條在某處漸漸起伏……

剛睡醒的謝珣還很懵，盯著裡面的風景發愣，過了兩秒才突然反應過來看到了什麼。這下再濃的瞌睡也全散了，驚詫的感覺如同電流衝上頭頂，電得他頭皮酥癢，臉頰發麻。

他猛地從床上彈起來，動作太大，手忙腳亂的，嚇得姜舒窈連忙躲開。

一片混亂之中，謝珣差點和姜舒窈撞上。

「叩——」這是他後傾身子，頭磕著床柱。

「啪——」這是被痛得彈了回來，砸到床上。

最後伴隨著「咚」一聲，屋內徹底安靜了。

姜舒窈默默地爬到床邊，看著滾到地下的謝珣，小心翼翼地問：「沒事吧？」

第三十五章

謝珣拎著食盒，額頭頂著一塊青紫到了東宮。

見此狀，眾人藉著遞卷宗和討論事務的時候都不禁悄悄八卦，你猜一句、我猜一句，最後得出一個可怕的結論——謝伯淵額上的青紫是他那位妙手夫人打的。

雖說姜舒窈惡名在外，但並非所有人都親眼瞧過那些惡行，尤其那日碼頭碰見他們夫妻兩人，雖只匆匆一面，但他夫人並不像是那種粗魯刁蠻的婦人啊。

看來人無完人，世事難兩全，嘴上享福了，人就得受打。

眾人在對謝珣表示同情的同時，心裡十分羞恥地平衡了一點。

如今天氣熱了起來，東宮準備的涼羹冷菜也就不那麼讓人難以忍受了。

藺成坐在謝珣對面，看著謝珣又開始帶食盒來上值了，那叫一個羨慕。吃一口溫涼的肉羹，他心中安慰自己道：天熱了，咱也不稀罕他那口熱的了。

謝珣平日吃的飯食不就仗著是熱的才滿屋飄香，饞得眾人流口水嗎？

然而出乎他意料的是，謝珣並沒有像往常那樣加熱，而是直接打開食盒蓋子準備開吃。

事實證明藺成大錯特錯，不吃熱的，謝珣碗裡的美食也能滿屋飄香。

一股甜酸的清新香味鑽入鼻腔，隱隱夾著鹹味，讓藺成忍不住朝謝珣碗裡看去。

因為姜舒窈怕冷麵的湯溢出來，所以這回謝珣帶了好大一個青瓷海碗上值，清透淺褐色的湯底裡盛滿了豐富的食材，帶著暗色的冷麵、黃白相間的雞蛋絲、紅通通的辣醬、形狀圓潤的雞蛋、青翠的黃瓜絲……麵上再撒一層熟芝麻，姹紫嫣紅、色彩豐富，看著就叫人嘴饞。愛不釋手。

聞著清涼酸甜的香味，看著色彩繽紛的冷麵，藺成咕嚕咽下口水。

謝珣將食材微微攪拌了一下，大海碗裡裝得太多，攪拌起來有些費力。

藺成納悶道：「你府上是去哪裡置辦這麼大的碗的？」重點是能吃完嗎？

謝珣答道：「不知道，我夫人買的。」

藺成內心留下兩行淚。答案不是很明顯嗎？何苦呢？他是何苦要問這一句呢？

謝珣拌好冷麵，期待地挑一大筷子送入口中。

冷麵是用蕎麥麵做的，口感爽滑筋道，柔軟又有韌性，裹著清涼的湯底，甜酸鮮辣，湯湯水水的，初入口清淡，卻越嚼越有味。

冷麵湯是清燉的雞湯，過濾後的湯底清透鮮美，加入辣椒、胡椒、紅糖、米醋、梨汁、蘋果汁等調味，甜、酸、辛、辣、香，勾得人食慾大增。

冷麵湯水多，吃起來難免會有輕微的聲響，讓藺成聽得口水直冒，不禁卑微地開口感嘆道：「這一碗可真多啊。」

「嗯。」謝珣忙著吃飯。

「聞起來怎麼一股酸甜的味道呢，瞧著是冷的？」見謝珣不能會意，他乾脆直說：「給我嚐一點行嗎？」

謝珣看著碗裡的冷麵，確實是有點多，於是同意，給藺成分了一小碗。

接過小碗，藺成迫不及待地吃起來，冷麵清新爽口，酸甜辛香，吃起來比聞著還要過癮。

各樣配料中，藺成最喜歡的是紅通通的辣白菜，脆生生的，鹹辣中透著酸甜，十分開胃，若是配著米飯、白肉食用，光吃辣白菜他就能吃好大一碗。

筷子一轉，繞上一大坨冷麵，張大嘴往裡面一塞，慢慢地嚼，感受不同食材的口味、嚼感，滿足至極。吃完乾料，捧起碗把湯汁喝完，他感受涼意慢慢地從喉間滑下，煩躁的晌午瞬間變得清爽安逸。

其中的酸甜味不僅僅是用糖和米醋堆起來的，還有梨汁和蘋果汁，所以那份酸甜格外清新，又有雞湯的鮮味做襯托，明明不是重口濃郁的口味卻餘韻悠長。

藺成把小碗吃得乾乾淨淨，咂咂嘴，陷入沈默。

看看吃得正香的謝珣，又看看自己一滴湯不剩的小碗，再看看面前擺著的東宮午膳。

瞬間覺得東宮飯食味同嚼蠟，索然無味，根本下不了口。

藺成那叫一個恨！

還不如不吃，吃下一碗不僅沒解饞，居然還吃開胃了……

到了夏季，姜舒窈做晚膳敷衍了許多，取而代之的是變著花樣的宵夜。

晚間沐浴後身上水氣未散，將頭髮散著，往院裡樹下躺椅上一癱，姜舒窈望著星空，不得不感嘆一句人生美妙。

謝珣喜潔，下值回來換衣後就洗了一遭，晚上去書房看書又被悶出一身汗，再次叫人打水洗了一次。

書房內怎麼著都不比外面涼快，他索性放下書出屋乘涼。

姜舒窈往躺椅旁放了桌椅，謝珣穿過月洞門，瞧見她在那兒乘涼，自然地走到她身邊坐下。

桌上擺著好幾個碗，都是姜舒窈的宵夜。謝珣看到了便道：「我見妳晚膳沒用幾口，我還以為妳是沒胃口，原來妳只是全指望宵夜飽腹。這樣不行，一日三餐還是得按時吃才好。」

他一板一眼地勸誡，活像是勸孩子好好吃飯的家長，姜舒窈看不得他年紀輕輕就這樣老氣，坐起來把碗往他前面一推。「不是宵夜，就是些零嘴。」

吃宵夜這種事是會上癮的，她一定得把謝珣拉下水。

這陣子她想通了，她和謝珣夫妻的名頭應當不會變了，馴夫這種技能太難，她不具備，但是把謝珣養成和她一樣口味相合的飯友，估計不會太難。

謝珣往碗裡看去，姜舒窈總是做些稀奇的食物，他都見怪不怪了。

「冰粉，甜食，消暑的。」姜舒窈俐落地介紹道。

兩人算是「同床共枕」過，謝珣也不和姜舒窈見外了，拾起調羹打算試試味。

冰粉澄澈透明，如晶瑩通透的冰塊，卻是軟嫩水滑，調羹一碰便裂成了碎塊。上頭澆著冰鎮過的濃稠紅糖汁，棕黑色的糖汁從碎裂的冰粉中擴散開來，美觀誘人，瞧著就濃郁香甜。

謝珣舀起一勺，冰粉在勺上顫顫巍巍的，送入口中還未咀嚼就碎了，在口中化成冰冰涼涼的水，嫩滑清甜。

紅糖汁香醇濃甜，帶著微微清爽的苦味，冰粉上灑了切碎的山楂片、葡萄乾、花生碎，山楂片酸甜，葡萄乾耐嚼，花生碎香脆，和冰粉清淡的涼意完美地結合在一起，身上躁熱頓時消除，神清氣爽。

對謝珣來說，正經的飯食總得是麵、米才對，所以這一碗冰粉他下肚後毫無負擔，真當作消暑的飲品來用了。

姜舒窈不懷好意地問：「味道如何？」

「很好，清甜解渴。」

「以後每天晚上來一碗消暑怎麼樣？」

謝珣歡喜地點頭。「嗯嗯。」

姜舒窈又把涼皮推到他面前。「試試這個。」

謝珣看著涼皮，不是米也不是麵，那確實算不得宵夜，只能算零嘴。

於是他毫不猶豫地拿起筷子大快朵頤。

涼皮呈一種透亮的米白，佐以蒜水，辣椒油、糖、醋等調味料，中央一疊青翠整齊的黃瓜絲和綠白相間的豆芽，辣椒油潤亮，白芝麻粒顆顆明顯，賣相上佳，散發著香辣酸香的味道。

才吃了一碗冰粉，清爽的甜意讓胃裡舒坦了不少，躁熱散去，胃口就來了。

謝珣把涼皮拌勻，挾一口送入口中。

涼皮滑嫩，外皮微微的黏潤，薄而柔軟，有一種很嫩的筋道。黃瓜絲清爽解膩，豆芽脆生生的，辣椒油做得不算太辣，帶有特殊的香氣，糖勾起一絲鮮甜，夾雜著醋酸，實乃綿軟鮮香，酸辣清爽。

一碗涼皮太少，謝珣一下就吃乾淨了，不過癮，又回頭吃了一碗冰粉才歇。

姜舒窈滿意地看著他吃完，感嘆他也太好養了點，讓他走上吃宵夜的不歸路這件事真是一點難度都沒有。

姜舒窈感嘆完後，看著他賞心悅目的吃相胡思亂想。若是他們能一直像這樣相處下去，似乎舒心地過一輩子，也不是什麼難以想像的事情。

謝珣也覺得這樣的日子過得很美妙，連他最討厭的悶熱煩躁的夏夜也變得有滋有味。

姜舒窈在躺椅上打著扇，不一會兒就手痠了，正想放下團扇，謝珣自然而然地接過。他動作舒緩，頗有節奏地為她搧風。「明日晌午我可以帶涼皮上值嗎？」

「可以，小廚房還有剩的，管夠。」姜舒窈舒服地瞇著眼，享受撲面而來的清風。

「那冷麵呢？」謝珣問。

「也還有，你若是吃得完就都帶上，不要浪費了。」

「沒事，吃不完可以分給我同僚。」

白芍在一旁遠遠地看著，差點沒被感動地落下淚來。

夫妻恩愛大抵就是這般模樣了吧？也不知道小姐、姑爺是在說情話還是互訴心事，光是看著就讓人心尖泛蜜。

她馬上回房寫了封信，打算翌日就送到襄陽伯府去，夫人看了一定會很欣慰。

兩人聊完了吃食便一時無話，氣氛倒也不尷尬，有一種安心的寧靜。

謝珣換了一隻手為她打扇，突然想到了周氏，問：「對了，二嫂的傷勢如何？」

「應當不重，今日還吵著要下床走路呢。」

謝珣「哦」一聲，又陷入沈默。

他不提還好，一提姜舒窈又想起了那些亂麻般的心思，抬頭看謝珣。他端正著身子目視前方，看似冷臉，但現在姜舒窈一看就知道他在走神兒。

這種有點可愛、有點好笑的反差讓她心裡一鬆，突然就問出了心裡的疑惑。「你知道二嫂的事嗎？」

謝珣回神。「什麼事？」

姜舒窈便把周氏那天在壽寧堂鬧事的情景說了一遍。

謝珣不會刻意關注內宅之事，更不會有人在他面前嚼舌根，所以這還是他第一次聽到這事，聽到一半眉頭便緊緊地蹙在了一起。

姜舒窈說完，一時有些忐忑，不想放過他臉上任何一絲表情。

「真是……」他嘆了一句，沒有給出過多評判，過了幾秒，他忽然盯著姜舒窈。「所以，妳是因這件事而憐惜二嫂嗎？」

姜舒窈一愣。「我為她做飯，只是報答她的救命之恩。」

或許是今夜風清月明適合談心，也或許是姜舒窈散著頭髮躺在躺椅上的模樣太過放鬆，謝珣猶豫再三還是道：「我能從妳話中之意，體會到妳對她的憐惜，還有對二哥的不滿。」

可能是因為謝珣寡言，且很少情緒外露，所以即使他是鼎鼎有名的才子，姜舒窈也一直認為他在洞察人心方面是有些遲鈍的。

他這麼直接戳破了她的想法，她有些尷尬，因怕被他看出更多心思而有些不安。

謝珣卻就此打住，只是平靜地說道：「妳不是二嫂，我也不是二哥。」

簡簡單單的一句話，讓姜舒窈晚上翻來覆去沒有睡著，總覺得他不像是說這話的人。像情話、像承諾，又像是一句再普通不過的陳述句。

她心情複雜，本來就亂麻麻的心思被他這句話攪得更亂了，心裡把謝珣痛罵了一頓。吃那麼多還堵不住他的嘴！安安心心當個無情的試菜機和剩菜打掃機不好嗎？為什麼要說些撩撥人的話。

周氏看姜舒窈時不時走會兒神的樣子，沒忍住好奇，問道：「妳怎麼了？」

姜舒窈回神，揉揉臉。「沒怎麼，就是覺得心裡頭有點亂，理不清。」

周氏不比徐氏，不像是會勸人的料子，一邊大口吃飯一邊道：「那就別管了，總歸會有個結果，順其自然就好，有些事情越是強求，就越沒有好下場。」

她把米飯刨乾淨，痛快地抹嘴。「我算是明白了，天大地大，美食最大。」

姜舒窈被她逗笑了。不陰陽怪氣的周氏原來這麼颯爽可愛啊！

她「啊」了一聲，想起正事。「對了，今日是阿昭和阿曜的生辰，我想晚上為他們做頓飯慶賀一下，二嫂妳來嗎？」

周氏與大房不對頭，瞪著眼看她。「我去幹麼？」她跟謝昭、謝曜都沒怎麼說過話。

「慶生當然是人多才熱鬧啊！」姜舒窈給徐氏說了自己的提議後，徐氏答應讓雙胞胎過來，但沒說她自己來不來。

所以現在雙胞胎的生日就只有他們三人一起過，姜舒窈總覺得少了點儀式感。

周氏瘋狂搖頭。「再想熱鬧，也不能讓我去湊熱鬧啊！大嫂不待見我，我也不待見她，我才不去呢……徒惹人心煩。」

「就是簡簡單單吃頓飯，樂呵樂呵，兩個小傢伙重規矩，從小就沒有好好玩過，我就想著今日藉著生辰讓他們開心一會兒。」

周氏咕噥道：「小孩子慶什麼生辰？清早吃碗長壽麵不就得了嗎？」

姜舒窈見她不願，也不強求了。

約莫酉時初時，雙胞胎就跑來了姜舒窈院子裡。

今日他們生辰，夫子特意早放了課，兩人記掛著姜舒窈說為他們慶生的事，一口氣沒歇就跑了過來。

徐氏對他們很嚴厲，所以他們並沒有體會過慶生是什麼感覺，十分期待，黑眸亮晶晶地看著姜舒窈，恨不得她能立刻變個戲法。

姜舒窈讓他們去桌案旁坐下，回小廚房取蛋糕，擠上花，再用果醬擠上圖案，勉強能算是個生日蛋糕。

她端著蛋糕往回走，看到桌案旁坐著的人時突然頓住腳步。

周氏和徐氏一人坐了桌案一邊，大眼瞪小眼，兩方都在強忍著脾性，空氣中隱隱瀰漫著一股淡淡的硝煙味。

見姜舒窈回來，兩人齊齊轉頭，竟露出了同樣的殺人眼神。

那種不平、幽怨，就差把「妳怎麼不是只喊了我一個人」幾個大字刻在臉上了。

姜舒窈愣了愣。誰能告訴她這種詭異的修羅場感是怎麼回事？

姜舒窈走過去把蛋糕放下，尷尬地道：「大嫂，二嫂。」

周氏不等她問自己為何選擇過來聽竹院加入他們，搶先說道：「我只是覺得反正我也閒著，妳既然誠心邀請我，我便過來吧。」說是這麼說，內心卻萬般後悔那時不該彆扭拒絕。

她這話明明是對姜舒窈說的，眼神卻落到徐氏臉上，「誠心邀請」四字咬得極重。

徐氏聞言柔柔一笑，接過她的話對姜舒窈道：「我緊趕著把事務處理完，刻意趕過來的，畢竟妳說希望人多熱鬧一點。」

她態度無比溫婉體貼，換來姜舒窈感動的目光。

周氏倒抽一口氣，失策了。她被徐氏那副溫柔的模樣氣得眼前發黑，真想抽剛才的自己幾個巴掌。怎麼就偏要嘴硬呢？

姜舒窈並未在意她的彆扭，挨個兒和雙胞胎打招呼，把蛋糕推到他們面前。

「這是生日蛋糕，你們倆一起切開吧。」因為怕他們覺得吹蠟燭不吉利，姜舒窈沒有插蠟燭。「切之前記得先閉眼許願。」

聽上去稀奇古怪的，徐氏和周氏還在思索這是哪裡的習俗時，謝昭已經興奮地跑到了姜舒窈身邊來。「我許願的話能成真嗎？」

姜舒窈「嗯」了一聲，打哈哈道：「心誠則靈，不過今日是你的生辰，上天或許會照應你一下。」

謝昭忙不迭地點頭。「好好好。」轉頭對謝曜道：「四弟，咱們一起許願吧。」

謝曜點頭，閉上眼睛默唸心願。

謝昭雙手合十仰面望天，閉眼嘀嘀咕咕說了一長串話。

「好啦，我許完了，我希望以後每年生辰都和三嬸一起過。」他睜眼，扯著姜舒窈的袖口大嗓門地重複了一遍。

姜舒窈愣住了。一是居然把願望說出來，二是他的願望實在出乎她的意料。

謝曜卻在此時小聲補充道：「還有母親，二嬸。」

他說完後用明亮的眸子注視著姜舒窈，期待地等她答話。

小孩子純真，在場的三個大人全被融化了。

姜舒窈心頭酸酸軟軟的，哭笑不得地道：「好。不過等你們長大了，說不定就不想和我們一起過了。」

謝昭得到了承諾，蹦蹦跳跳地坐回自己座位上，眉飛色舞地反駁道：「才不會呢。」

姜舒窈被他孩子氣的話逗笑了，讓他們趕緊切蛋糕。

第三十六章

雖然在場只有五人，但卻有一種十分熱鬧的溫馨感，周氏太久沒有體驗過這種感覺了，坐在座位上不適應地扭了扭。

她抬頭看向徐氏，發現徐氏摘下了臉上那張一成不變的溫婉端莊面具，對姜舒窈露出感激的眼神和自然的笑意。

周氏與她相處數年，還是第一次見她這樣真情流露的一面，忽然有點感慨。

她看向姜舒窈，姜舒窈正巧分好一塊蛋糕放入她盤裡。

「二嫂妳嚐嚐，這還是妳第一次嚐呢。」她笑著道。

她的笑如冬日暖陽一般和煦溫暖，周氏沒由來地眼角泛酸，眨了眨趕走隱隱的濕意。

「大嫂的。」姜舒窈繼續為徐氏分蛋糕。

「多謝。」徐氏道，第一次說出心裡話。「上一次吃過妳做的蛋糕，到現在還惦記著呢。」直接說出來後真是痛快不少，沒錯，她就是饞姜舒窈做的甜品。

沈浸在善意中感動不已的周氏聞言動動耳朵，假裝不經意地道：「妳們之前就熟稔到送吃食了啊？」

「不算熟稔，我只是厚著臉沾沾孩子的光罷了。」她看一眼姜舒窈，溫溫柔柔地補充道：「弟妹是個和善性子，很好相處。」

周氏與徐氏的目光在空中交會，眼睛微瞇。

「是啊，要不是怎麼會願意為我下廚，陪我用午膳呢？我總覺得心中愧疚難安，當不得她這份照顧啊。」

徐氏挑起半邊眉，同樣地微微瞇了瞇眼，彷彿只是加深了臉上的笑。

把所有人的蛋糕分完的姜舒窈一抬頭，發現氣氛古古怪怪的。她看看對視的兩人，她們眼神接觸時隱隱有火花四濺，似乎還暗藏殺氣。

「咳。」她趕忙低頭，和雙胞胎一樣乖乖地埋頭啃蛋糕。

在座的食量都不大，把蛋糕用完後已是半飽。

謝昭還想再吃，被姜舒窈給攔住。「還有好吃的呢，留著肚子。」

謝昭頓時又精神了。「什麼好吃的？之前吃過的嗎？」

「當然不是。」姜舒窈起身。「我去看看好了沒。」

她一走，謝昭連忙追上，謝曜慢了半拍，也跟了上去，留下徐氏和周氏大眼瞪小眼。

周氏先受不了了，撐著枴杖站起來，一瘸一拐地跟了過去。

徐氏見狀乾脆也追了上去。

於是就變成了四人站成一排，圍觀姜舒窈指揮廚娘烤鴨。

把拱形爐窯的門拿開，下面墊上果木柴，便可以用作烤鴨的爐子。

掛爐烤鴨採用明火烤，果木柴燒時無煙，底火旺，將鴨子掛在鐵鈎上，要隨時旋轉鴨子位置以保證受熱均勻，比較考驗體力，所以姜舒窈特地讓力氣大的廚娘來幫忙。

果木柴燃燒時火焰明亮，爐內一片橙紅，鴨皮被烤得油亮反光。鴨子肥嫩，皮下脂肪厚，被明火炙烤後，油水「滴滴答答」地落下，油香四溢，空氣中瀰漫著濃厚的烤肉香味。

「差不多了。」姜舒窈出聲道。

廚娘點頭，一抽桿子，將鴨子從爐內取出，挑至旁邊的大木板上。

鴨子新鮮出爐，色澤棗紅，外皮似凝了一層蜜汁，泛著通透的油光。

姜舒窈讓丫鬟把配菜端過去，在廚娘的幫助下，按住鴨子一頭開始用刀片烤鴨。

她手法俐落，刀光晃動間，紅豔油亮的烤鴨化作一片片丁香葉，整齊地擺在白瓷盤中。鴨肉細嫩，橙紅色鴨皮極薄，緊緊地貼著肉，一盤又一盤地勾出紅豔的線條，看著就叫人食指大動。

姜舒窈片好烤鴨後眾人重新回到餐桌，丫鬟們陸陸續續擺上配菜。薄而柔軟的荷葉餅，切成細絲的蔥白，盛在小瓷碗裡的濃稠甜麵醬，黃瓜條、蘿蔔條等等。

擺盤後丫鬟又端盆來伺候主子淨手，周氏、徐氏不解，姜舒窈笑著解釋道：「這道菜得用手拿著吃才夠舒爽。」

眾人淨手後，謝昭早已迫不及待了，對著烤鴨直流口水。「可以吃了嗎？」

「當然。」

話音剛落，他就伸手拿了一片烤鴨放入嘴裡。

烤鴨鴨皮焦香薄脆，而肉卻柔嫩滋潤，鴨子皮下脂肪厚，連著鴨皮的那段脂肪被烤得酥嫩飽滿，牙齒一碰就在嘴中化開，鴨油四濺，風味十足。

小小的一片有肥，有瘦，有皮，放入口裡不用狠嚼，不用多餘的蘸料，慢慢地品嚐，讓鮮香的鴨肉味在口中漫開，香醇酥潤，油汁香氣浸透到唇齒中的每一寸，豐腴肥香中又帶著清淡的果木幽香。

姜舒窈笑道：「光這麼吃會膩的，得用荷葉餅包著吃。」

她拿起一片荷葉餅，餅烙得柔軟薄嫩，泛著淡淡的麵香味，抹上甜麵醬，加入三、四片鴨肉，放入蔥白，再將荷葉餅捲起來，薄軟的餅皮完全裹不住鼓囊囊的鴨肉。

謝昭接過，她捲的餅稍大，他得大張著嘴才能全部塞進去。

張著嘴，抵著荷葉捲餅尾部，慢慢地往口中推，邊推邊嚼。

甜麵醬提味，讓烤鴨多了一分鹹甜的鮮，咬開薄軟的餅皮後，外皮酥脆、內裡濕嫩的烤鴨和甜脆的白蔥段構成了豐富的口感，香醇豐腴的油香裡夾雜著清新微甜的蔥香。

「太好吃了！」他捂著嘴，含糊不清地誇讚道。

徐氏不愛食油葷，只以為是謝昭嘴饞誇大了，直到她試著自己捲了一份放入嘴中後，才明白了原來肉香、油香也能如此美味。

她捲的鴨肉少，仍被鴨肉的鮮美所驚豔，別說捲了好幾片鴨肉往嘴裡塞的其他人了。

周氏不比徐氏，她好葷食，吃了一口烤鴨後就徹底拋開了端正的吃相，反正都上手了，還在乎那麼多幹麼？

她和謝昭一起狼吞虎嚥起來，恨不得把巴掌大的餅裡塞進六、七片烤鴨。

而謝曜愛極了鴨皮，專挑肉少的烤鴨片吃，鴨皮酥脆，油汁完全浸透到薄薄的鴨皮裡。

兩個小傢伙並周氏吃得滿嘴油光，連克制的徐氏也沒忍住，吃得有些撐。

幾人吃完後動也不想動，乾脆就在姜舒窈院裡歇上一會兒，挨坐著一起看夕陽。

夕陽西沈，霞光漫天，瑰麗絢爛，橙紅、紫紅相互浸染，灑下一片溫暖的柔軟霞光，萬物皆披上柔和的光暈。

徐氏坐在姜舒窈右側，兩個孩子安安靜靜地靠在她倆身上欣賞晚霞，她被這悠閒安逸的安寧感染，側頭對姜舒窈溫柔地道：「弟妹，謝謝妳。」

姜舒窈收回賞景的目光，轉頭不解地看向她。

「阿昭和阿曜今日很歡欣，以前他們生辰我不曾這般用心過。」她揉揉孩子的腦袋，猶豫了一下，還是說出了心裡話。「我也同樣歡欣，謝謝妳。」

姜舒窈看著徐氏充滿感激的神情，心中柔軟，感動道：「大嫂……」

還沒來得及說什麼，周氏突然開口接道：「我也是。自從我嫁到謝國公府以後，還是第一次體會到原來晚膳也可以如此溫暖，真想這晚霞散得慢一些。」

姜舒窈心中一酸，將手覆在周氏手背上。

周氏對她笑笑，神情柔軟，不再遮掩落寞的自己，鄭重道：「謝謝妳。」

姜舒窈連忙說不用，憐惜地看著她。

徐氏在她背後神情一僵，目光如炬地落在周氏臉上，好像在說「妳裝，繼續裝」。

搶過姜舒窈注意力的周氏嘴角勾起勝利的微笑，眼神越過姜舒窈落到徐氏面上，得意想：我就是裝了，妳奈我何？

烤鴨的香氣久久不散，謝珣聞著香味期待地跨入院中，然後就愣住了。
霞光綺麗，將院中景物染上暖光，姜舒窈坐在正中間，膝上趴著可愛稚童，一側的美人英氣豔麗，另一側的美人溫婉大方。
他眨眨眼，默默退出院門，抬頭看了看院名。
是聽竹院沒錯啊。
那這「嬌妻、美妾在側，稚童繞膝」的畫面是怎麼回事？
他邁步走進院中，闖碎了這份暗流湧動的恬淡靜好。
徐氏和周氏還在眼神較勁，忽然感覺有不速之客闖入，同時投去目光。
謝珣身著鮮豔官袍，身形挺拔，丰神俊美，踩著霞光靠近實乃郎絕獨豔，世無其二。
她們臉上依舊帶著笑意，但眼神比剛才還要凌厲幾分。
現在回來幹麼？真不是時候！
謝珣恍若未覺，回以同樣的笑意，恭恭敬敬道：「大嫂，二嫂。」看上去沒有任何不對，但周氏、徐氏兩個心思敏感的都感受到了他的不悅。
「三弟。」兩人點頭，沒有任何想離開的表示。
空氣就此陷入寂靜。
霞光萬丈，晚霞絢麗，還沈浸在歲月靜好氣氛裡的姜舒窈忽然打了個冷顫。
又來了，那種詭異的修羅場感又來了，這種莫名奇妙的感覺到底是怎麼回事？

徐氏和周氏離開後，姜舒窈讓人把剩下的烤鴨端過來。

謝珣換下官服回來，看到桌上的烤鴨，心情回暖。「這是刻意為我留的？」

姜舒窈遲疑了一下，心虛地點頭。「嗯。」

本來她打算給謝珣留整整一隻的，結果他們沒收住胃口，只剩下半隻不到。

謝珣聽到她肯定的回話，悄悄鬆了口氣。

然後他微微愣了一下，不對啊，他有什麼好緊張的？

拋開心頭的疑惑，謝珣迅速解決了烤鴨，連荷葉餅都蘸醬吃了個一乾二淨。

按照他往日的習慣，用完晚膳後他會去書房看一會兒書，等到該歇息的時候再到東廂房就寢。但今日他一反常態，並沒有去書房看書，而是跟著姜舒窈到廚房晃悠。

姜舒窈忙著準備明天的吃食，沒有理他。

他輕咳一聲。「妳近日常與大嫂、二嫂在一塊兒嗎？」

「還好吧，怎麼啦？」姜舒窈手上不停。

「嗯，無事，只是問問。」謝珣含糊不清地說道。

姜舒窈沒在意，繼續手上的事。

謝珣安安靜靜地看著，忽然又開口道：「大嫂經常帶著孩子過來嗎？」

姜舒窈停住手上的事，擦擦手，皺著眉頭看他。「不會呀，你問這個幹麼？」

謝珣也不明白自己為何問這個，不自在地道：「沒事，只是覺得妳常日悶在院子裡，多與妯娌走動走動很好。」這話既真情實意，又有些言不由衷。

「當然。」姜舒窈收拾好明天要用的食材，轉身出了小廚房，一邊走一邊說道：「尤其是二嫂，二嫂她……你知道的，她對我有救命之恩，且遭遇也讓我憐惜，我總想著多陪陪她，寬慰寬慰她。」

謝珣跟在她身後，沈默地聽著。

這還是她第一次把二房的事敞開來拿到謝珣面前來說。「實話實說，二房那邊挺糟心的。我想著若二嫂與我在一起時能忘掉憂慮，開開心心地享受美食就再好不過了，這不就是美食的真諦嗎？」

在謝珣面前議論他哥哥總是不好的，姜舒窈說完後有點尷尬，不再多言。

謝珣目送她進了東廂房，在院子裡站了一會兒，沈默地思量著。

即使姜舒窈不對他吐露心聲，他也能明白她心中的顧慮。想著他二哥在妻妾上的糊塗事，他忍不住嘆了口氣。

有二房的事在前，她再怎麼猶豫迴避也是應當的，他必須得努力向她證明自己和二哥不是同類人才好。也不知這前路困難有多少，自己能不能做到。

謝珣踩著月華散步，不知不覺間走到了曲水亭，一抬頭，果然又見到了他的兩位哥哥。

不過今日他們並沒有下棋，而是在賞月飲酒。

現在還未過戌時，兩人已喝得爛醉，趴在桌子上似夢似醒。

他的兩位哥哥他是知道的，明日不是休沐，兩人卻毫無克制的飲酒痛醉，怕是憂愁難解才對。

他的目光落到眉頭緊蹙，嘴裡含糊嘟囔著的謝琅身上，再看看旁邊呼呼大睡的謝理，想必是大哥陪二哥在此飲酒澆愁。

他正想轉身走開，忽然聽到一聲巨響。

謝琅酒意正濃，沒有趴好，身子一歪從石桌上栽了下來，結結實實地摔到了地上。地面冷硬，謝琅痛得倒抽氣，但還是沒醒酒，在地上扭了幾下沒翻起來，乾脆就在地上躺著了。

謝珣頓住腳步。

他的哥哥摔在地上了，他怎麼能乾看著呢？

他腳步露出幾分匆忙，大步上前走到謝琅面前。自家哥哥躺在地上，滿臉痛苦。他似乎摔得不輕，過了這麼久還痛著。

雖是夏季，但地上依舊是涼的，這麼躺著可不好，得讓他快點起來。

於是謝珣面帶憂心，焦急地……抬起右腳踢了踢謝琅的腿。

咦？沒反應。

謝珣換成左腳用腳尖踢踢他的手臂。

還是沒反應，怎麼醉成這樣？

他幽幽地嘆口氣，背著手蹓躂走了。直到在曲水亭不遠處碰到了路過的丫鬟，他才將人叫住吩咐。「妳去大房一趟，告訴大夫人，大爺在曲水亭睡著了，讓她派人過來把大爺扶回去，免得著涼。」

丫鬟應了，匆匆忙忙往大房走去。

至於二哥，他院裡一團糟，也不知道該讓丫鬟找誰去，乾脆等大嫂派人來找大哥時再順道捎上他，左不過又要派人去叫人手，讓他多在地上躺一會兒。

謝珣散完心回來後，心裡頭舒服多了。

晚上同姜舒窈就寢時語氣也鬆快了不少，與她閒話道：「最近岳母那邊怎麼樣？」

姜舒窈對這個話題還是很有興趣的。「母親說，她打算在其他碼頭陸陸續續地開些食肆，然後準備往坊間也開些，我看她的意思是想把食肆做大呢。」

「那就好，光開一家食肆太浪費妳的食譜和法子。」

姜舒窈嘆道：「也不知道這些食肆會做成什麼樣。」

謝珣道：「妳若是好奇，咱們去看看不就得了。」

姜舒窈支起腦袋看他。「當真？」

「自然當真。」謝珣被她的模樣逗笑了。「妳想做什麼我都會陪妳的。」

姜舒窈微愣。

屋內光線昏暗，謝珣看不太清她的神情。「妳以後有什麼想法和念頭都可以告訴我，我既然承諾會好好照顧妳，便不會食言。」

姜舒窈在某種程度上和當初剛嫁的周氏是有共同點的，謝珣想著謝琅與周氏如今的模樣，補充道：「不要在我面前顧慮太多，行事束手束腳，我……不願看妳變成二嫂那樣。」

他說完後久久沒有聽到姜舒窈的回答，正當他以為她不會回答了，她突然湊了過來。

姜舒窈認真地注視著他的雙眼，輕聲道：「謝伯淵，你可要說到做到。」

她溫熱的呼吸噴灑在他的面上，讓他瞬時間麻了半邊臉頰，腦子一片空白，半晌才吐出一個「好」字。

話音剛落，門外突然傳來聲響打破兩人之間曖昧的氣氛。

「小姐，不好了，四少爺吃壞了肚子，大房那邊請大夫，把老夫人驚動了。」

姜舒窈一驚，猛地從床上坐起來。

謝珣也嚇了一跳，連忙起身披上外袍，開門讓白芍進來。

白芍把經過大致說了一遍。

謝曜一向體弱，夜間吐了兩回可是大事，姜舒窈和謝珣憂心忡忡地往大房趕去。

到達大房時，老夫人也在，正在沈著臉責問徐氏。

見姜舒窈來了，她隨即把火頭對準姜舒窈，畢竟謝曜是在她那兒吃壞肚子的。

剛剛起了個頭，大夫便出來了。

老夫人立刻閉嘴，焦急地看向大夫。

「只是吃積食了，想必晚膳吃得有些油膩，小公子胃裡難受，吐出來就好了。」

如此便是虛驚一場，大家都鬆了口氣。

但老夫人都來了，這事也不能因為謝曜沒有大礙便輕輕揭過。

老夫人細細問了一遍謝曜的晚膳後，不滿道：「鴨皮肥膩，阿曜身子骨兒不好，哪能多吃？」

徐氏試圖辯解道：「阿曜身子已經好很多了，且他難得有胃口如此好的時候，我見他吃得開心——」

老夫人不悅地打斷。「行了，找那麼多藉口做甚。」

徐氏只好低頭道：「兒媳知錯了。」

「他是妳兒，病了、難受了心疼的人也是妳，我這個老婆子說多了也無用，倒是妳——」老夫人把眼神落到姜舒窈身上。「我因此事罰妳，妳認是不認？」

姜舒窈還未開口，謝珣已準備出聲為她辯解。「母親……」

剛說了兩個字，就見到徐氏不停給他使眼色讓他別說話。

本來老夫人也只是打算輕輕罰一下，畢竟姜舒窈確實是有責任的。但如果謝珣開口相幫，老夫人可不一定簡單地罰一下就算了。

「我認罰。」姜舒窈出口道，她擔憂謝曜，內心愧疚難安。「罰什麼我都認。」這事確實是她疏忽了。

老夫人見她臉上擔憂著急的神情不似作偽，便軟了軟口氣。「此事因吃食而起，便把妳那小廚房封個十日吧。」

蛇打七寸，這樣對於姜舒窈來說確實是責罰了。

她點頭。「好。」

「我明日上午會派人過去的。」老夫人年紀大了，折騰這麼一下子也累了，不願多說。

「行了，妳進去看阿曜吧。」
她說完後，姜舒窈便馬上鑽進了內間，謝珣正要跟上，被老夫人攔住。
她剛才看著謝珣與姜舒窈一同進門就覺得奇怪了，如今再看他聽到責罰後臉上神情鬱鬱，一副難受心疼的模樣，更是不豫。「我罰她，你不樂意？」
謝珣看著老夫人，那叫一個無語。
封小廚房對姜舒窈能有什麼影響？她最近晌午一直在二房用膳，去二房做飯吃就行了。
他就不一樣了，他的午膳可就全部泡湯了，甚至晚膳也得重新吃大廚房做的了。
與其說是罰她，還不如說是折磨他這個兒子呢……
他恢復表情，壓抑住鬱悶道：「沒事，娘您快回去睡吧，我先進去看阿曜了。」
留下老夫人在原地一頭霧水。

第三十七章

清晨，老夫人還未派人來封廚房前，姜舒窈便為謝珣做了最後一頓午膳帶上。

謝珣拎著食盒到東宮，神情不豫。

他額頭上的青紫瘀血猶未散去，還留著一道淺淺的痕跡，配著他今日十分冰冷的神情，難免讓眾人猜測紛紛。

到了飯點，謝珣打開食盒準備用膳。

可能因為這是最近最後一頓午膳，姜舒窈特地為他做了好大一碗，一頓可以抵兩頓了。

想到這兒，謝珣臉上更幽怨，使得臉上神情更冷，嚇得周圍一圈桌子沒人敢坐。

只有藺成一如既往地湊過來，還未來得及猜想今日會有什麼驚喜吃食時，謝珣揭開了蓋子，一股濃烈的酸辣香氣湧了出來。

食盒裡裝了個大瓷碗，白色的碗壁襯著清透棕褐的湯，顏色對比極為醒目。

瓷碗裡盛著滿滿一碗的蕨根粉，上面撒著花生碎、蔥花、雞絲，黑糊糊的蕨根粉讓切成小末的紅辣椒丁格外搶眼，加上湯湯水水的，看著就清涼。

姜舒窈把林氏讓人送來的辣椒全部處理了，又想著試驗辣椒的滋味，今日加了紅辣椒丁，也放了些泡椒，這就讓蕨根粉有一股泡椒特有的酸香，聞著就醒腦。

謝珣見分量很多，乾脆給藺成分了半碗。

分好後，兩人不約而同地立刻埋頭猛吃。

蕨根粉爽滑，被涼湯浸泡後使得滑感更為明顯，筷子挾著直打滑。比起米線更為清爽，不沾牙、不黏膩，嚼起來帶著一點脆感。

湯汁清爽，不會掛在蕨根粉上，使得蕨根粉在口中有一種獨特的湯湯水水的口感，滑嫩的蕨根粉與不斷滴落溜走的酸辣湯底完美組合在一起，使人忍不住一口氣吸溜一大口。

甫一入口，一股強烈的酸辣味瞬間溢滿口腔，既有陳醋的酸，也有泡椒的酸，配上辛辣味，從舌尖到舌根都是酥酥麻麻的，酸爽得直讓人口水如泉湧、欲罷不能。

吸溜著吃了好幾口後，舌尖的辣麻意漸漸爬了上來，謝珣隨手拿起手邊的茶灌入口中。茶是熱的，那一瞬間舌尖的辣感被擴大無數倍，謝珣趕忙放下茶杯，但舌尖的辣感卻遲遲不散，十分上頭，辣得他額頭冒汗，眼淚汪汪。

先是有一個人看到了，一個戳一個，整間屋子的人都看到了謝珣強忍著眼中淚花的模樣。

額頭上的青紫，上值時的鬱色……結合在一起，足以腦補出一個唏噓的故事。

他們這樣想著，把目光投到藺成身上。

身為摯友，想必藺成定會知道謝珣怎麼了。

被眾人注視著的藺成就在此時抬起頭，眼角忽然滑下一行熱淚，「啪嗒」滴落在桌上。

男兒有淚不輕彈！到底發生了什麼？

他們連忙湊過去你一嘴、我一嘴勸慰。

藺成沒弄懂，擦掉被辣出來的眼淚，嘶嘶地哈著氣。「你們說什麼啊？」

本著不能我一個人被辣哭的心理，謝珣道：「這蕨根粉十分美味，你們要不要嚐一口？」

眾人一頭霧水，但有好吃的也不猶豫，端著小碗過來，一人分了一點。

而後，太子從中宮那邊回來，過東宮膳房，順路進來慰問一下官員們的飲食。

一進門，他整個人就如遭雷擊。

屋內人或站或立，全部眼淚汪汪，滿眼通紅，甚至還有人在一邊吸鼻子、一邊抹眼淚！

他眼前一黑，差點沒嚇厥過去。

政事上究竟出了什麼大紕漏，能讓東宮官員們一同落淚，無聲哭泣成這般模樣？

正如謝珣所想的那般，封了小廚房對姜舒窈的影響並不大。

她對周氏說自己想要借二房的小廚房做午膳，周氏哪有不應的？還起了興趣，撐著枴杖來小廚房看熱鬧。

姜舒窈今日打算做刀削麵。

她把蓋在盆上的濕布揭開，拿出餳好的麵團準備揉麵。

周氏還是第一次見人揉麵，支著枴杖在一旁聚精會神地看。

揉麵講究力道和耐心，姜舒窈紮著袖子不緊不慢地揉麵，節奏均勻，動作流暢，麵團在她手下變軟、變勻、變光。

明明是很枯燥無趣的事，周氏卻被她十分舒緩流暢的動作吸引，漸漸看入了迷。

她傷了一隻腿只能單腿站著，站久了難免腿疼，但即使這樣她還是忍著疼意在旁邊站著不走，看得津津有味，感嘆道：「真是奇妙啊。」

姜舒窈聞言笑道：「只是揉個麵團罷了。」

見麵團揉得差不多了，姜舒窈整了整麵團形狀，拿起一把弧形削刀，左手托住麵團，右手持刀，開始削麵。

她手腕靈巧地用力，一片片麵從刀尖分出，如落葉紛飛，在空中劃出白亮的弧線，一片緊跟著一片躍入鍋中。

鍋中滾水翻騰，麵葉在其間翻飛浮動，煞是好看。

周氏眼睛發光，精神抖擻，稱讚道：「三弟妹，沒想到妳刀法如此了得！」

「這叫什麼刀法呀？這是刀功。」姜舒窈被逗笑了。

周氏哪管這些差別，見姜舒窈熟練地削麵，刀影晃動，手法俐落，看得她心頭癢癢，忍不住開口道：「能讓我試試嗎？」

姜舒窈頓住動作，轉頭見周氏躍躍欲試，神情激動，遲疑地把刀遞給她。

周氏接過削刀，一瘸一拐走到鐵鍋前，將枴杖靠在腋窩，托起麵團。

「小心點，莫要傷著了。」她提醒道。

周氏許久沒有對外物產生過如此大的興趣了，此時興致勃勃，聽到姜舒窈的提醒露出幾分張揚的姿態，挑眉笑道：「就這刀，也能傷著我？」

她一邊說，一邊使了個花把式，刀在掌心飛快旋轉出花，手腕一抖，轉圈的刀立刻頓住，正巧握住刀柄。

姜舒窈見她如此鮮活的模樣，被她感染了幾分孩子氣，舉手鼓掌。「厲害！」

周氏笑得更開心了，掂量掂量麵團找手感，提起削刀開始削麵。

姜舒窈本來只是陪著周氏玩鬧，並不認為她能立刻上手，畢竟削麵講究熟能生巧，結果周氏一落刀她就立刻傻眼了。

周氏比自己速度還要快，一刀趕一刀，白麵葉連成線，嚓嚓飛落。力道均勻，出刀手穩，一般只有高明的廚師才能有這手刀功。

周氏削完麵團，拍拍手。「怎麼樣？」

姜舒窈咽口水。「二嫂，妳好厲害。」

周氏得意洋洋，眉飛色舞。「使刀可是我的絕活，當年我第一次殺蠻人的時候，用的就是種小刀——」

說到這兒，她隨即頓住，忐忑地看向姜舒窈。

但姜舒窈並未像她想像中那般露出嫌惡驚愕的神情，而是眨著眼看她，無比好奇。「當初？二嫂，等我把刀削麵做好，妳可得好好跟我講講，咱們邊吃邊聊。」

周氏愣住，和姜舒窈澄澈的眸光對上。那一瞬間，她忽然有種豁然開朗的感覺，那些不安自卑、慌張失措全在姜舒窈單純好奇的眼神中消散得一乾二淨。

她綻開一個明豔爽朗的笑，點頭道：「好！」

刀削麵有多種多樣吃法，有炸醬、酸湯臊子、茄子肉末等等。

姜舒窈今日做的是最簡單的肉臊子湯滷，醬紅色的滷湯上浮著淡淡的一層紅油，豆瓣醬香十足，肉末剁丁，滿滿當當地堆在滷湯裡。

舀上一大勺冒著熱氣的滷湯澆在刀削麵上，雪白的刀削麵染上紅豔的油色，湯濃卻不稠，撒上蔥花香菜，端於桌前，香氣四溢。

刀削麵形似柳葉，外表滑嫩，內裡厚實筋道，被湯汁浸泡著。肉末成醬狀，刀削麵纏繞在一起，一同攪拌時會發出有些黏糊的聲響，醬香味隨著熱氣散於空中。

因為做麵的過程自己也有參與，對周氏來說，這刀削麵便更香了幾分，低頭挾麵，熱氣撲在臉上，鼻腔裡都染上了鹹香味。

刀削麵呈柳葉寬，挾起來時會纏繞在一起，只能張大了嘴全部往口裡放，一入口，濃郁的香氣瞬間侵占口腔裡所有角落。有豆瓣醬的鹹辣味，有甜麵醬的甜鹹味，還有湯頭的鮮味和麵香味，混雜在一起構成幸福的滋味。

第一口下肚後，周氏便停不下來了，每一筷子都要裹上湯汁和肉醬，入口的量不能少，這樣才能充分感受刀削麵的嚼勁。

周氏吃得舒服痛快，吃完後只覺得什麼憂愁煩惱都忘了，只想往軟榻上一躺，曬著太陽舒舒服服地睡上一覺。

她忽然理解姜舒窈這安然隨性的性子了，若是她也會這手廚藝，每日痛痛快快地做菜吃喝，既有自己動手下廚的滿足感，又會感受到美食帶來的快樂，哪還會整日操心這兒、顧慮那兒的？

想到這裡，她一個激靈，一拍桌子，脫口而出道：「弟妹，妳看我怎麼樣！」

姜舒窈正在擦嘴，被她的喊聲嚇了一跳，抬頭正對上周氏神采奕奕、炯炯有神的目光，結巴道：「看、看什麼？」

「我，妳覺得我如何？」

姜舒窈沒轉過彎，傻乎乎地答道：「嗯，二嫂妳很好啊，功夫了得，為人仗義，長得也好看——」

周氏被她誇得一愣一愣的，不適應地打斷她，扯回正題，渾身都散發著激動的氣息。「什麼跟什麼呀！我說妳看我怎麼樣，是不是下廚的料？我跟妳學做菜怎麼樣？」

姜舒服總算反應過來了，道：「當然可以，二嫂妳若想學，我自然會傾囊相授。」

周氏見她答應，開心得要命，若不是還瘸著腿，一定會奔過來抱起姜舒窈轉個圈。

她恨不得立刻拉姜舒窈到廚房，將各式各樣的菜刀耍個遍，這陣仗讓姜舒窈不得不先找藉口遁走，嗯……激動的二嫂有點危險。

於是，姜舒窈只是去二房做了頓飯，回來後就莫名其妙地多了一個徒弟。

由於周氏太過興奮，姜舒窈實在是招架不住，晚上沒敢去她那兒做飯，最後只能吃大廚房做的晚膳。

而謝珣回來後，看到桌案上熟悉的飯菜，難得萎靡不振地耷拉著肩。

大廚房的料理很精細，因此姜舒窈對這時的吃食也沒膩味，便和往常一樣正常用餐，謝珣就不一樣了，敷衍地用了點便停下筷子。

想到明日連美味的午膳也沒了，他更是鬱悶，胃口全無。

老夫人派人來封了廚房，順手留了位嬤嬤坐鎮，以趁此機會整肅一番三房散亂悠哉的風氣。

若是以前的謝珣一定會十分樂意，畢竟他喜靜，也很重規矩。但現在他不習慣了，角落裡撲騰的小貓不見了、牆角下小聲嬉鬧的小丫鬟們不見了、院中姜舒窈專用乘涼椅也不見了……他渾身彆扭，竟生出幾分忤逆母親安排的心思。

姜舒窈反而適應良好，在廂房裡看看雜書打發時間。

謝珣氣悶地走進東廂房，見姜舒窈悠哉平和的模樣，又氣悶地走出去，在府裡亂蹓躂。

之前養成了晚膳隨便吃，過會兒吃宵夜的習慣，到了宵夜的點，姜舒窈餓了。

她喝了幾杯水下肚墊墊，結果越喝越餓。

本想用些糕點填肚子，但是晚上她對甜膩膩的糕點實在是沒什麼興趣。

人一饞，心頭就發慌，姜舒窈出屋散步，不知不覺走到了大廚房附近。

平時吃宵夜是在自己院裡折騰，沒人能管得了她。但現在她認了罰，說好領罰封廚房，結果跑到大廚房來照樣折騰，傳出去別說老夫人怪罪，她自己也沒那個臉。

她看著落鎖了的大廚房，本打算離開，但想著宵夜越想越嘴饞，心念一動，趁著月色昏暗，躲過路過的下人，悄悄地摸到了大廚房窗戶下。

明明只是吃個宵夜，卻有種作賊心虛的感覺。

謝國公府規矩重，不會有下人偷吃的事發生，所以大廚房的廚娘只是走形式鎖了大門，並沒有鎖窗戶。

姜舒窈打開窗，撐著窗臺費勁地翻了進去。

落地站穩後，她拍拍袖口的灰，正準備點根蠟燭照明時，忽聽到身後傳來響動。她嚇了一跳，慌張地打算躲藏，但還沒來得及躲開，窗戶就忽然被人推開了。

月華傾瀉入內，照亮了姜舒窈的視野，讓她看清了窗戶外站著的那人的樣貌。

安靜的夜，勉強被月光照亮的大廚房，姜舒窈和窗外的謝珣四目相對，空氣陷入一片尷尬的沈默。

謝珣尷尬地站在窗口，不知道該不該進來。

姜舒窈率先打破沈默，壓低聲音道：「先進來，別被人看到了。」

謝珣覺得她說的很有道理，連忙撐著窗臺躍進來。

落地後他才忽然發覺這番動作實在不雅，還沒來得及回身關窗，忽然聽到外面傳來對話聲。

「紅杏，妳看看大廚房那扇窗戶是開著的嗎？」

丫鬟的聲音模模糊糊的。「好像是。」

姜舒窈和謝珣皆是一驚，十分默契地蹲下。

姜舒窈蹲著往牆角挪，瘋狂給謝珣揮手示意。

謝珣本來蹲下只是下意識的反應，並沒打算蹲著走，見姜舒窈這樣，也不好意思站起身走動，只好忍著羞恥感蹲著往另一邊牆角挪了挪。

兩個小丫鬟說話聲漸漸放大，走到窗戶前關上窗，嘴裡念叨著明日要給管事告狀。

等到說話聲越來越遠後，謝珣才站起來往姜舒窈這邊走。

「妳找到吃食了嗎？」他藉著月光看清路，準備把廚房的燈籠點上。

姜舒窈攔住他。「不能點燈，太亮了外面能看見。」

毫無偷偷摸摸做事經驗的謝珣恍然大悟，把燈籠裡的蠟燭拿出來，用打火石點燃後，捂住燭光往姜舒窈這邊來。

姜舒窈在黑夜裡的視力還行，已經找到了水缸裡浸著降溫的食材，正琢磨著做什麼吃。

謝珣把蠟燭捧過來給她照明。

「吃什麼？」他問。

姜舒窈道：「大廚房有麵有米，你有什麼想吃的嗎？」

這個時間來廚房，除了餓，更重要是饞。

謝珣既不想吃麵也不想喝粥，只想吃些解饞的食物。

姜舒窈看他微微變動的表情，神奇地讀懂了他的想法。

兩人的想法默契地對上了，在姜舒窈看來，宵夜這種東西，不健康的才叫香，比如十二點來一碗泡麵，就是要吃那份負罪感。

「那就吃烤串吧。」她拿出一塊羊肉簡單地醃製下，使喚謝珣道：「找找有什麼東西可以用來做長籤的。」

謝珣把蠟燭留下，滿廚房找，小聲問：「用長筷劈怎麼樣？」

「你能劈細的話就行。」

謝珣拿回長筷，取來一把菜刀，看得姜舒窈心驚膽戰的。「可別把手劈了。」

謝珣無語，給她使了一個「在妳心中我就這麼弱嗎」的眼神。

他精準用力，落刀快狠，三下五除二就把筷子劈成了粗細差不多的細籤。

姜舒窈摸了摸細籤，斷面光滑，幾乎沒有什麼毛刺。

「哇，可以啊。」她誇讚道。

謝珣有點小驕傲，嘴角得意地翹起。雖然他也不知道自己在驕傲個什麼。

羊肉醃製得差不多了，姜舒窈便開始串籤。羊肉串籤講究肥瘦搭配，羊肉和尾油穿插著串，一般是三肉一油。

串完以後，姜舒窈蹲下身子點柴。

謝珣也跟著蹲下來幫忙，取了一小把乾草點燃，火光騰起，瞬間照亮整個小廚房。

姜舒窈連忙捏著他的手腕往灶裡塞，壓著氣音道：「太亮了，小心一點。」

謝珣鬆開手，小聲道：「怎麼感覺像做賊一樣？」

「……我們不是嗎？」

「……有道理。」

木炭充分燃燒起來後，將灶裡照得紅通通一片，姜舒窈雙手持羊肉串，架在炭火上慢慢地烤。

羊肉串受熱，冒出油煙。姜舒窈指揮謝珣用扇子搧火，以保證有高溫而無明火黑煙。

沒烤一會兒香味就出來了，姜舒窈舉著羊肉串不停翻動，時不時上下交疊、抖動，保證受熱均勻。

羊肉串不需要複雜的調料，只須鹽、孜然、辣椒粉就夠了，可惜辣椒粉在被封了的小廚房裡放著，今天是吃不到鮮辣噴香的烤羊肉串了。

她將羊肉串疊起來，均勻撒上細鹽，互相按壓幾下。羊油受熱，滋滋冒油，撒上孜然粉後，迅速就有孜然的香味飄出。

羊肉串表面焦黃，被烤得油亮亮的，孜然裹得足，羊油透亮，和不規則的羊肉塊串在一起，棕紅與晶瑩油亮交雜，看上去十分美味。

第三十八章

姜舒窈把串分給謝珣一半，謝珣迫不及待地接過。

羊肉串沒有羊肉的羶味，只有油香和孜然香，邊緣有點焦，有股誘人的炭香味。

呼呼吹幾口氣，並不能讓羊肉串冷卻下來，反而讓鼻尖縈繞的香味更重了。

謝珣顧不得燙，一口咬在羊肉串上，往側面一扯，羊肉塊入口，一邊吸氣一邊咀嚼。

羊肉塊鮮嫩可口，高溫炙烤讓表皮微酥，鎖住了內裡的水分，孜然完全去除了羊肉的羶，鮮嫩多汁。羊油被烤化烤縮，肥油順著羊肉串流動，讓瘦肉也帶上了油香味，邊緣微焦，內裡肉汁充沛，讓人瞬間胃口大開。

一口瘦肉，一口肥肉，或者是張大了嘴一口氣吃一串，嫩而不柴的瘦肉和外酥內水的肥肉一起咀嚼，鹹香濃郁，極為解饞。

「若是有辣椒粉就好了，多撒點辣椒，趁著羊肉串還滋滋冒油的時候吃，孜然香濃郁，辣香霸道，又辣又鮮，根本停不下來。」

謝珣被她說得饞了，一邊嚼一邊跟著她幻想辣味羊肉串的味道。

「明日帶上辣椒粉再來吃一頓怎麼樣？」他提議道。

姜舒窈一邊吹著氣，一邊道：「辣椒粉鎖在小廚房裡呢。」

「翻窗進。」

「封小廚房時，窗戶從裡面落了鎖，不像大廚房這樣能打開的。」

謝珣思索了一下，道：「等會兒回去看能不能撬開窗戶，若是不行的話我就從房頂下去。」

姜舒窈看他頂著那張清冷俊逸的臉無比自然地說著撬窗的話，有種好孩子被她帶歪了的愧疚感，嘴上卻要求。「那你取辣椒粉的時候，順便把我放在醬罈旁邊的調料盒拿出來，還有放在旁邊的麵包糠袋子……」

謝珣一一記下了，兩人吃得滿嘴流油，索利地打掃了一下犯罪證據，開開心心地翻窗而出。

姜舒窈感嘆道：「要是配點酒就更爽了。」

謝珣勸說道：「妳還是少喝點酒吧，哪有女子愛飲酒的？」他不會說是上次姜舒窈喝醉時一會兒哭、一會兒嚎的把他嚇著了。

「才不要。」姜舒窈哼哼道。

謝珣和姜舒窈回到院子裡，趁著院子裡沒下人，兩人偷偷來到小廚房窗戶旁貓著。

謝珣試著撬了會兒鎖，沒撬開，乾脆踩著旁邊的大缸翻上房頂，揭開屋瓦跳進屋內找尋東西。

姜舒窈在旁邊為他把風，碎碎唸道：「這都是什麼事呀？偷雞摸狗的，還挺有天賦。」

大廚房每日菜肉都很多，少了一小塊羊肉的事無人在意。

姜舒窈和謝珣組成了一個奇怪的宵夜小分隊，第二日又去大廚房烤了一頓。

可能偷偷摸摸的別有滋味，兩人硬是吃出了野炊的味道。

謝珣宵夜吃舒服了，午膳、晚膳也沒有那麼怨念了。

倒是藺成一天比一天怨念，一到了午膳就唉聲嘆氣，比謝珣還期盼小廚房解封。

姜舒窈使喚謝珣把她的調料們搬運出來以後，她對小廚房解封的事更少了幾分在意，反正她可以在周氏這邊做飯搗鼓美食。

白天的時候她從一早就跑二房來作客了，直到用完晚膳才會回去。

姜舒窈坐在桌案面前，展開林氏遞過來的信。

雖然林氏懷有身孕，但一點在府中窩著將養著的念頭也沒有，整日出門看鋪面，選耕地等等，姜舒窈看她信中表現出的激情滿滿模樣，有點哭笑不得。

周氏拄著枴杖走過來，見姜舒窈表情柔軟，便問：「襄陽伯夫人的信嗎？」

姜舒窈點頭。「她最近正琢磨著開食肆，整日滿城跑。」

姜舒窈時不時會在信上透露出一些新奇的經營理念，比如說連鎖店、小吃街等等，林氏聽了十分感興趣，沒過多久就把鋪面和街道定了下來，恨不得立刻大刀闊斧發展美食業。

林氏太激動以至於信上的話沒收住，一篇接一篇地寫。

看完一篇後她就放在桌面上，周氏坐在她旁邊，目光被林氏瀟灑潦草的字體所吸引，多看了幾眼，然後就不知不覺地被信中內容所吸引了。

經商買地這些事她都不懂，但是她能感受到寫信人激動的心情，那種為一件事激情澎湃、充滿鬥志的感覺讓她感到十分陌生。她仔細思索，在她的人生中或許只有幼年練武時才會有這種心情。後來年歲漸長，苦吃多了，劍也放下了，渾渾噩噩的過著日子，連件喜歡的事也找不到了。

她收回目光，撐著下巴發呆。

想著信中人以經商為寄託，幹勁十足的模樣，她不禁將自己和林氏做了個對比。有些事情注定是要改變的，對比後有些東西便一發不可收拾，多年迷茫的內心隱隱約約冒出了點想法，如嫩苗破土，為荒蕪帶來了一點看似微小的綠意生機。

「二嫂？」姜舒窈的聲音在周氏耳邊響起。

周氏回神，問道：「怎麼了？」

姜舒窈把信收好，一本正經地道：「昨日妳不是說要學廚藝嗎？一夜過去後，還想學嗎？」

想著剛才看到林氏寫的信時，心頭那股衝動，周氏毫不猶豫地答道：「當然。」

「妳是想學個皮毛，還是正正經經地學廚？」

周氏認真答道：「我會認真對待此事，學武也好，學廚也好，學什麼技藝都不能只學個皮毛。」

姜舒窈笑了。「那好，我便從基本功開始教妳。」

周氏激動地點點頭，旋即冷靜下來道：「拜師學藝總得拿出謝師禮來，弟妹妳看鋪面、地契能嗎？我總不能白學妳的手藝。」想到姜舒窈娘家富裕，不缺她那點銀兩，周氏有些忐忑。

姜舒窈聞言微愣，哭笑不得地道：「哪能要妳的拜師禮啊。」

她握住周氏的手，看著周氏眼裡散發出從未有過的光芒，柔聲道：「二嫂，如果學廚藝和下廚能讓妳歡喜的話，這可比錢財貴重太多，我不用拜師禮，拿這個當謝師禮就行了。」

周氏看著她不說話，讓姜舒窈有點尷尬，以為自己剛才的溫柔沒做到位，有些矯情了。她正想收回手，卻被周氏攥住，用力一拉，把她拖入懷裡。

周氏抱著她，中氣十足地保證著。「弟妹妳放心，我一定好好學習廚藝，絕對不浪費妳的心意，若是學不成，我周若影就把名字倒過來寫！」

姜舒窈被她的大嗓門震得耳朵轟轟響，拍拍她的背。「那倒也不必，主要是學個開心就好，若是學不成咱們也不勉強。」

她試圖從周氏懷裡出來，卻被周氏再次用力按住。

「二嫂？」

周氏沈默了幾秒，又輕聲補了句。「弟妹，妳真好，謝謝妳。」

這短短一句話，姜舒窈卻聽得心裡一酸，將手臂環住她，輕輕拍拍她的背。

周氏緩過情緒，放開手。「好了好了，咱們快開始學吧！」她風風火火的，拿過枴杖起身，問道：「先學些什麼？」

「嗯，先學刀功吧，雖然妳也不缺廚娘打下手，但練刀功的過程能更好的認識食材——」

話還沒說完，周氏已拄著枴杖站起來，一瘸一拐地往廚房跑。「我現在就開始練！」

姜舒窈連忙在後面追。「慢點兒，妳可別摔著了！」

一下午的雞飛狗跳，周氏把小廚房的菜都折騰了個遍，這副幹勁上來就剎不住的模樣和襄陽伯夫人很像。

到晚上，姜舒窈已經回了三房，周氏還在小廚房練刀功。

謝琅在院門外徘徊，遲遲沒有邁出踏入院中的腳步。

丫鬟路過看見他，連忙恭敬行禮。

「夫人的傷勢如何了？」謝琅問。

他容貌俊美，沐浴在月華下如同謫仙，丫鬟不敢抬頭。「回爺的話，夫人的傷勢好多了。不過夫人不願意躺著將養身子，每日都要行走站立，大夫怎麼勸也勸不住。」

謝琅聞言臉上綻放出溫柔的笑，語帶懷念，嘆道：「她就是這麼個性子。」

想到如今兩人間的隔閡齟齬，他的笑意在臉上僵住，問：「她還是不讓我見她嗎？」

丫鬟把頭垂得更低了，忐忑地答道：「是。」

其實，謝琅作為二房的主子，想進院子也沒人敢攔他。

謝琅沈默了一會兒，看看高懸的明月，問道：「她現在在做什麼？」

他以為會聽到和前幾日一樣的回答，看書習字或者是坐在窗前賞月出神，沒想到丫鬟猶豫了一下。「……夫人在小廚房練習刀功。」

謝琅愣了愣，沒反應過來。「廚房？」

丫鬟應是。謝琅想著這幾日姜舒窈常來二房看周氏，猜測此事與她有關。不過他是萬不會想到周氏想學廚藝，只當她撿起了曾經未出閣時練習刀劍的習慣。

「我去看看吧。」謝琅糾結了下，還是打算悄悄去看一眼周氏。

小廚房燈火通明，謝琅還未走到門口，就聽到一陣俐落切菜聲。

於是他悄悄走近，聽到周氏正在碎碎念叨。「刀功這關可難不倒我，哈哈哈。」

他已經有很多年沒有聽到她這種明快爽朗的語氣了，一時有些恍惚。

周氏開開心心地切著菜，眼角瞟到一抹黑影投在門框上，下意識的警惕道：「誰！」

謝琅回神，往前走了一步，道：「是我。」

看著他的身影出現在門口，周氏愣住。

謝琅第一眼就看到了她支著的枴杖，忍不住勸說道：「妳還傷著，不宜久站。」

他的溫柔從不作假，周氏心尖一顫。

又是這樣！總是這樣！

這瞬間彷彿回到了曾經無數次傷心憤怒的時候，她還未朝謝琅撒氣抱怨，就被他一腔溫柔打了個措手不及，再多的刺也瞬間收攏，生怕嚇著了他，被他嫌棄遠離。

謝琅見她直直地盯著自己，試探著往前邁了半步。「若影——」

一道鋒利的刀光在空中劃過弧線，「篤」一聲插在不遠處桌案籃子裡的南瓜上。

「別這麼叫我。」周氏冷冷地道。

謝琅傻眼，頓住腳步，看看飛擲到南瓜上的菜刀，又看看周氏的神情。他們成親多年，這還是他第一次見周氏冷臉待他的模樣，即便上次在壽寧堂，她眼中仍是有溫度的怨憤。

他一時不知如何反應。「我……」

周氏不再看他，走過去把菜刀從南瓜上拔下來，用一種極其平淡的口吻道：「院子這麼大，何必非要來我跟前？我就在小廚房和東廂房窩著，留點清靜給我不好嗎？」

謝琅心裡一揪，她陌生的神情、冰冷的語氣，讓他心中忽然升起一股恐慌。

「抱歉，我不是——」他想解釋、想和解、想讓步。

謝琅的話，周氏並不願意多聽，她不耐煩地捏了捏刀柄，瞥了他一眼。「你可以走了。」彷彿他再多說一句，手裡的菜刀這回就不是擲在南瓜上了。

謝琅溫潤如玉的面具碎了，蹙著眉，面帶焦急，但周氏的態度很明顯，他若再開口，只會惹得她厭煩。

周氏說完後毫不停頓地走回砧板前，多餘的眼神也不願意給他。

面對周氏，謝琅第一次如此狼狽無措，他不再多言，知趣地退出廚房。

沒走兩步，廚房就再次響起了俐落的切菜聲。

清脆的響聲中，周氏嘀嘀咕咕地抱怨道：「真是耽擱我時間，練了一天不進步，明日窈窈會失望的。嘖，煩死了，來一趟我切菜都不順手了，估計不能被誇獎了。」

謝琅站在廚房門口微微垂眸，聽著她的念叨，他忽然笑了一下。

因她的爽利可愛而笑，也為自己的可笑而笑。

「東西帶來了嗎？」黑暗中一人發問道。

「帶來了。」另一人答。

「拿出來讓我驗驗貨。」

「妳信不過我嗎？絕對是好貨。」

「好吧。」女聲道：「進去再說。」

「……我們這樣會不會太鬼鬼祟祟了點？」謝珣小聲問。

姜舒窈警惕地觀察四周，翻過窗臺答道：「吃飯的事，怎麼能叫鬼鬼祟祟呢？」

謝珣跟著她翻進大廚房，關上窗戶。「我總覺得這事做得不太對，在自家吃喝怎麼有種作賊心虛的感覺。」

姜舒窈道：「你娘握著理。她盯著我，我又認了罰，結果私下還是在折騰吃的，可不就是作賊心虛嘛。別說了，快把酒拿出來讓我驗驗。」

謝珣無奈，拿出酒囊遞給她。「這是京城最好酒肆裡買的。」

老夫人派來的嬤嬤是真嚴格，不僅封了大廚房，把她的酒也跟著鎖了。

她拔掉塞子，聞了一下。「嗯，果然不錯。」

「妳怎麼如此愛酒？」謝珣抱怨道。

「我不是喜歡喝酒，是今晚的宵夜一定要配酒才好。」

「宵夜吃什麼？」謝珣頓時被帶跑話題。

姜舒窈把帶來的食材和調料從食盒裡掏出來。「炸雞。」

謝珣熟門熟路地點蠟燭、燒柴，姜舒窈也不閒著，架鍋倒油，油熱後把醃好的雞翅、雞腿倒入鍋中。

「嘩啦」一聲，雞翅、雞腿入鍋沒一會兒，油香味冒了出來。

炸物的香氣很重，明明是應當讓人膩味的油味，卻勾得人直咽口水。

炸好雞腿、雞翅後，撈出來放在一旁瀝油。將多餘的油倒掉，放入調料熬醬。

甜辣醬熬出香味開始冒泡後，將一半雞腿、雞翅丟入鍋中，讓醬料充分裹勻雞翅，最後出鍋時撒上芝麻。

做完炸雞，姜舒窈看著鐵鍋道：「這鍋怎麼辦？」

謝珣想了下。「不礙事，等會兒我讓知硯過來處理。」

於是兩人端著炸雞，拎著食盒翻出了大廚房。為避人耳目，兩人跑到離大廚房不遠的小花園裡，在假山後找了塊地坐下。面前是小池塘，視野開闊，池面映著明月倒影，清風吹來，頗有一番自在逍遙感。

姜舒窈拿出食盒，直接上手拿起雞翅啃。

雞翅表面酥脆，一口咬下去喀嚓響，外皮碎開後一股熱氣從內鑽出，鮮香的雞汁流到舌尖，中和了外皮的油味，一起咀嚼越嚼越香。

啃掉香辣的外皮，吃掉鮮嫩的雞肉，骨頭上黏連的肉也不能忘記，一定要拿著雞骨頭的一端仔仔細細地啃乾淨，最後再把兩端啃一下，連脆骨也是鮮味十足。

炸雞做了兩種口味，一是撒上辣椒粉和椒鹽的香辣味，二是裹上醬汁的甜辣味。

謝珣剛開始不想用手，但筷子吃著實在麻煩，後來也放棄了。

拾起一塊裹滿甜辣醬的雞翅，月光下棕紅的醬泛著光澤感，白芝麻格外顯眼，熱氣還未散，聞起來辛辣中透著甜意，味道很新奇。醬熬得很稠，完全不會太水太濕，緊緊地裹著炸雞，一口下去滿嘴的甜辣鮮香，甜而不膩，辣而不嗆。

即使裹了醬，炸雞外皮依舊爽脆，嚼起來依舊喀嚓響，光吃外皮也足夠美味。

因著外皮的味道重，內裡雞肉的鮮便更為明顯突出。柔嫩的雞肉一咬一口肉汁，輕輕一碰便從骨頭上滑落，連著甜辣的外皮一起，純粹的鮮和層次豐富的甜辣結合在一起，讓人欲罷不能。

咽下炸雞，仰頭灌一口酒，微微的辛味衝淡口中複雜的味道，淡淡的果香十分解膩，回甘清爽，韻味清新綿長。

吃幾口炸雞，喝一口酒，過癮極了。

兩人安安靜靜地吃著，沒一會兒就把炸雞解決乾淨，連酒也不剩。

姜舒窈擦擦手指，看著雞骨頭和空空如也的酒囊，感嘆道：「罪惡啊！」

謝珣喝了點酒，放鬆了不少，跟著感慨道：「這樣真好。」

姜舒窈也有點感慨。「是啊，咱們於吃上還挺相合的。」不僅口味相同，還能一起為宵夜偷偷摸摸，實在有些傻裡傻氣。

謝珣點頭，望著明月道：「以後能一直這樣就好了。」

月色溫柔，風也很輕，談到「以後」、「一直」這些詞，難免有一種朦朧隱約的曖昧和浪漫。

姜舒窈側過頭，笑道：「這可不行，一直這樣吃吃吃，會胖的。」

謝珣也轉頭，和她對視，五官在月色渲染下透著幾分柔和，連眼神也有一種染上酒意的溫柔。

姜舒窈耳根忽然發燙，心跳加快，連忙躲開他的視線，然後就聽到謝珣清越的嗓音在耳旁響起。「我基本上每日都要習武練劍，很難發胖，倒是妳，整日——」

這下什麼羞澀、什麼心動一瞬間全散了，姜舒窈回頭惡狠狠地盯著謝珣。

謝珣急忙閉嘴，差點嗆住。

姜舒窈瞪。「我怎麼？」

謝珣反應過來自己犯錯了，酒意上頭，有點遲鈍，支支吾吾道：「妳……」

姜舒窈磨牙。「你想說我會胖是不是？」

謝珣。「我……我沒有。」

姜舒窈「哼」一聲，站起身來，惡狠狠道：「今晚睡榻上！」

她氣鼓鼓地走了。謝珣連忙拎著食盒追上。

「是我失言了。」

「走開！」

「……妳、妳不會胖的。」

「喲，君子還會說謊呢？」

「……我錯了。」

「哼！」

一個哄、一個鬧，聲音漸漸消融在夏夜清風裡。

第三十九章

姜舒窈看著面前一大盆被切成片的蔬菜，默然不語。

「怎麼樣？」周氏拈起一片冬瓜給姜舒窈展示，眼巴巴地看著她。

「很厲害。」姜舒窈看著這滿滿一盆的蔬菜，無論是哪種蔬菜都切成了寬度一致、形狀類似的片狀。「二嫂，妳不必練刀功了，這已經足夠了。」

周氏鬆了口氣，隨即揚眉得意地笑笑。「我於使刀上確實是有點天分。」

姜舒窈點頭，話鋒一轉。「可是這麼多菜……要怎麼辦？」

周氏一愣，有種被點醒的感覺。「啊，對啊……沒事，送去大廚房，全給下人加餐，不過……」她苦惱地看著盆裡各式蔬菜喃喃。「這些雜七雜八的蔬菜能做道什麼菜？」

姜舒窈並沒有被難住，思考了一下。「麻辣燙、火鍋，還有其他，能做的很多，我一邊給妳講解一邊做。

「咱們今天就做麻辣燙吧，第一步是炒湯底料，來，我先帶妳認識大料、香料。」

姜舒窈耐心地給周氏講解，周氏專心致志地聽，有時候怕記不住還會拿毛筆記一記。帶她認識完大料後，姜舒窈又帶她認識了一遍面前有的食材，又細細講解處理方式、食用價值、怎樣做不同搭配等等。

周氏雖然有點迷糊，但全程都跟上了她的節奏，不停感嘆下廚真是又有趣、又神奇。

講完了基礎知識後，姜舒窈開始做麻辣燙了。

麻辣燙變體有很多種，串籤麻辣燙，骨湯麻辣燙，砂鍋麻辣燙等等，每個地區做法不一樣。有重麻重辣，上頭泛著一層紅油，聞著就香辣鹹香味十足的。也有注重鮮味，油沒那麼重，習慣以濃郁的骨湯做基底，還會澆上一勺濃稠醇厚的芝麻醬，風味醇厚的。

周氏瘋狂記筆記，讚嘆道：「弟妹妳點子真多。」

反正時間充裕，姜舒窈又十分有耐心，便一步一步細細講解，最後上手做的時候還讓周氏跟著試一試。

「做壞了沒關係，做菜這種事情還是要講究熟能生巧，尤其是調味這一步，很依賴敏銳的味覺和累積的經驗。」

姜舒窈炒了一點湯底料後，周氏用筷子蘸了一點嚐嚐。

上回醬料的辣只是淺淺一層，嚴格的說來，這還是她第一次吃到真正的「辣」味。

舌尖一股強烈的辣意如火燎起，周氏愣了一會兒，輕嘶幾口涼氣，問：「這種辛味是哪種香料的作用？」

姜舒窈指指乾辣椒。「喏，這個。名為辣椒，可以整塊用，也可以切碎或者磨粉。只不過量不多，我母親讓人從海外尋來，剛剛圈了莊子大批量種植，估計晚秋時能收穫。」

周氏點頭，嘆道：「我喜歡這個味道，跟喝酒一樣爽快。」

她又吃了點，又鹹又辣，口味很重，讓人上癮。然後她就開始炒料了，按照記下的配比和火候步驟，按部就班地炒。

比起一般的廚藝新人，周氏可謂是極有天賦了，既沒有手忙腳亂，也沒有丟三落四，等她炒完後，姜舒窈都有些驚訝於她的成功。

周氏聞了聞炒出來的香辣味，忐忑道：「不知味道如何？」

「試試就知道了。」

姜舒窈取筷子嚐了一點。周氏緊張地看著她。

姜舒窈蹙眉，周氏更加緊張了，拽緊手裡的小本本。

「二嫂。」姜舒窈放下筷子，無比鄭重地道：「我覺得妳可能在廚藝上有些天賦。」炒出來的味道和姜舒窈的有些區別，但依舊是美味的，十分成功。

周氏「啊」了一聲，隨即激動地蹦了下，也拿筷子嚐了嚐味。

「居然成功了。」她自己也很驚訝，頓時開心地扠腰笑問道：「難道我真的在廚藝上有天賦嗎？」

姜舒窈和她一同笑，哄著她道：「是是是。」

周氏信心倍增，摩拳擦掌，恨不得立刻把廚房裡的大料全部炒一遍，被姜舒窈攔住。

兩人把麻辣燙做好了時，差不多快到飯點了。

滿滿一大鍋，憑她們倆是吃不完的。於是姜舒窈便想著送些給大房，餘下的再留點給謝珣，基本可以吃完。

麻辣燙還沒送，徐氏先過來了。

徐氏是來找周氏對帳的，見姜舒窈也在，驚訝道：「三弟妹，妳怎麼也在？妳不是只有每日午膳過來嗎？」

姜舒窈解釋道：「昨日二嫂說要跟我學廚藝，所以以後白日我都會在這邊待著教她。」

「學廚？」徐氏看向周氏。

周氏正處於激動時刻，把與徐氏的不愉快拋到腦後，道：「是呀，三弟妹誇我有天賦呢。」

徐氏又看向姜舒窈求證，姜舒窈點頭。

周氏一眼就看出來徐氏不信自己的話，道：「我做的麻辣燙剛出鍋，三弟妹說味道很好。」

本來不想讓徐氏打擾她們倆，但為了爭這口氣，她只好道：「要不妳嚐嚐？」

徐氏很久沒見過周氏這般沒有惡意、精神奕奕的模樣了，聞言遲疑地點點頭，權當捧場了。

三人往飯桌前坐下，丫鬟上碗。

徐氏一看碗裡的麻辣燙，瞬間就傻了。「這……」她還以為周氏真學會做菜了，結果端上來一碗大亂燉。

姜舒窈介紹道：「這是麻辣燙，骨湯做底料，取各色食材一起熬煮，有葷有素，看上去粗糙，實則味美。」

徐氏猶豫地看向碗裡，猜測這是不是姜舒窈在哄周氏開心。

周氏聞著麻辣燙豐富鮮香的味道，迫不及待地道：「好了，動筷吧。」

骨湯熬出了奶白色，麻辣湯底只為提味，更多的還是骨頭湯占主導，所以表面上只浮著輕輕淺淺的油花。

湯裡顏色豐富，白的藕片、黑的木耳、綠的茼蒿、紫的茄子……五顏六色地摻雜在一起，形狀也大不相似，圓潤的蘑菇、長條的青菜、大小不一的魚丸、蟹棒，林林總總，五花八門。

中央澆了一大勺濃稠的芝麻醬，上面撒著蔥花、芫荽、辣椒丁，看著豐富又隨意，讓人好奇它的滋味。

姜舒窈用筷子攪拌一下麻辣燙，讓芝麻醬融入湯裡，熱氣四散，溢出一股濃郁的香味，既有骨湯的鮮濃，又有微微的香辣鹹麻，層次豐富。

「吃吧。」

徐氏點點頭，學著姜舒窈拌開芝麻醬，開始吃了。她先挾起一片木耳，融了芝麻醬的湯底帶著微微的稠意，黑色的木耳掛著褐白的湯，一口下去，滿嘴鮮香。

木耳吃起來脆脆的，湯底味道不重，並沒有掩蓋蔬菜本身的香氣，反而襯托出了食材本身的味道。

再挑起一顆煮得軟嫩的魚丸，咬下一口，內裡的熱氣衝出來讓舌尖微麻，既有骨湯的鮮，也有魚肉本身的鮮，混雜在一起極為美妙。

蔬菜、葷菜、骨湯和麵條雜七雜八湊在一起，每一樣食材都保留了原汁原味的香味，又吸收了彼此的味道，各色香氣散在一碗濃白的湯裡，相互融合，相互滲透。

明明食材眾多，卻不會有一種串味的怪異感，個個在濃郁的骨湯中被煮得微麻、微辣，純粹的骨湯爽口暖胃，添上芝麻醬後增加了醇厚的韻味，隨著時間的推移，食材越發入味，讓人完全停不下來。

徐氏從一開始的懷疑態度變成全心全意的享受，一口接一口，吃得胃裡暖融融，額前微微冒汗。

吃乾淨蔬菜、葷菜後，碗裡還留著一點麵條，此時的麵條最為美味。

在湯裡浸透得足夠久，麵條表面煮得微微軟了，但裡頭還是筋道。此時湯底更稠了，挾起麵條時上頭裹滿了鮮香醇厚的湯汁，一口下去，蔬菜的清新、葷菜的肉味、湯底料的麻辣鹹香、芝麻醬的香氣，全融進了樸素寡淡的麵條裡，味道層次豐富，咽下以後口中還留有回味悠長的餘味。

徐氏顧不得矜持端莊，取了調羹，將湯底全部喝了個乾淨，此時的湯底已經不能算簡單的湯，而是麻辣燙的精華所在。

徐氏吃完，這才意識到自己剛才有些失態，連忙用手帕沾沾嘴角，恢復端莊的模樣。一抬頭，發現周氏正盯著她看。

徐氏面不改色，溫溫柔柔道：「味道很好，不愧是三弟妹做的。」

周氏挑眉。「妳那碗是我做的。」

「那也是三弟妹教的。」徐氏接道。

「哦，是呢，窈窈手把手教我的。」周氏表示不痛不癢，甚至還挺贊同。

徐氏笑容一下子僵硬了。「二弟妹只是拜師而已，算不上親近，倒也不必喚三弟妹的閨名。」

周氏理理鬢髮。「是大嫂不懂，我們確實是很親近呢。」

「哦，是嗎？我怎麼不太清楚，三弟妹，妳們相處了沒多久吧？」徐氏依舊溫婉，轉頭看向姜舒窈，彷彿是真心求教。

又來了，怎麼感覺怎麼說都不對呢？

姜舒窈默默滑下一滴冷汗，弱弱開口道：「那個……那什麼。」

就在此時，丫鬟突然走過來，打破了這尷尬僵硬的氣氛，行禮道：「夫人，三爺來了，說是來找三夫人。」

來得可真是時候！

姜舒窈鬆了一大口氣，看向院門。

謝珣下值回到院中，聽丫鬟說姜舒窈還沒回來，頓時有些警覺。

以往她只是午膳在那邊用，晚膳還是會回來和他一起用的。他猶豫了一番，還是往二房去了，到了二房，聽丫鬟說徐氏也在，頓時有種果然如此的感覺。

丫鬟回稟後，他踏入院中，見到桌案旁坐著的三人，小小地鬆了口氣。

孩子沒在，還好還好，不算大團聚——咦？有什麼不對的地方？

「三弟。」徐氏和周氏起來見禮，打斷謝珣的思緒。

謝珣拱手回禮。

姜舒窈果斷站起來，對周氏、徐氏道：「既然夫君來了，那我就先走一步了。」氣氛不對，先撤。

見她只是簡單說了一句話就朝自己跑來，謝珣心中那塊大石終於落了地。他頓時覺得自己的擔憂是多餘的，看向徐氏和周氏的目光也溫和了許多。

姜舒窈跑太快，周氏「哎」了一聲喚她，沒攔住，她已經跑到了謝珣身邊。

「就這麼急著見他嗎？」她咕噥道。

徐氏下意識附和道：「就是嘛。」

「又不是好幾天沒見著了，至於嗎？她就這麼喜歡三弟嗎？」周氏幽怨道。

徐氏端著端莊溫婉的表情，語氣同樣怨念。「可不是。」

說完後，兩人愣了愣。

她們轉過頭來，妳看我、我看妳，一秒後，同時「哼」了一聲，彆扭地別開頭。

姜舒窈同謝珣踏出院門，出門第一句話就是。

「你買酒了嗎？」昨天他買太少了，她完全沒喝過癮。

謝珣眉頭微蹙，垂眸看她。「妳對我說的第一句就是這個？」語氣有點小委屈。

姜舒窈摸不著頭腦。「……不然呢？」

「妳和大嫂、二嫂相處得挺愉快的。」愉快到家也不回了，飯也不和他一起吃了，看上去和和美美的，看樣子真像恨不得搬到二房住下一般。

「是呀。」姜舒窈沒有聽出他的怨念，坦蕩點頭。

謝珣一噎，差點沒噴出一口血。

隨即聽到姜舒窈說：「我剛剛做了晚飯，還熱著呢，我讓丫鬟端一碗回去給你吃，滿滿一大碗，絕對管飽。」廚房裡還剩了許多，不能浪費。

花開了，鳥鳴了，萬物甦醒，謝珣的世界重新恢復美好。

「好。」他的嘴角不受控制翹起。

是他想多了，她明明是記著他的，瞧她多體貼呀！

今日這頓晚膳兩人都吃得很飽，謝珣吃完後同往常一樣回書房看書去。沒過一會兒就折回來了，手裡還拿了本書。

「書房太悶了。」他這樣解釋道。

姜舒窈「哦」了一聲，便又低頭寫寫畫畫了。

謝珣試圖引起注意失敗，往桌邊乖乖坐下，跟著她一起看書。

東廂房很安靜，院子裡略有蟬鳴，清風吹入屋內，帶來一陣夏夜獨有的靜謐。

姜舒窈畫完手裡的鍋具後，伸了伸懶腰，問謝珣。「今晚還做嗎？」她下午吃太撐，現在沒有很饞。

謝珣抬眼，答道：「都隨妳，若是妳想要，那我們就去。」

姜舒窈摸摸下巴，道：「我們這樣是不是不太好，每天偷偷摸摸的。」

謝珣安慰道：「再過些時日就可以名正言順的了。」
「算了。」姜舒窈嘆口氣。「咱們還是要節制一些。」
不能天天宵夜胡吃海塞的。
她拍拍自己的肚皮，這些時日可圓潤了不少。
謝珣點頭贊同道：「也是，還是要注意身子。」節制口腹之慾乃惜福延壽之本。
剛剛走進屋內的白芍驚訝地捂住嘴。
老天爺，她聽到了什麼?!
「每天偷偷摸摸」、「節制」、「注意身子」……
她聽著這些讓人浮想聯翩的詞，偷偷地往前邁了一小步，正巧看見姜舒窈在摸自己的肚子。
這畫面蘊含的意思太多，白芍差點被嚇厥過去。
她穩住心神，趕忙輕手輕腳地退了出去。
姜舒窈完全不知道白芍回去抖著手給襄陽伯夫人寫信的事，她站起來往廂房角落裡走去。「你過來，我給你看個好東西。」
謝珣放下書，隨她一同往裡走。
不起眼的角落裡放著張矮桌，矮桌上搭著厚厚的毛毯。
姜舒窈走過去把毛毯掀開，露出兩碗蓋著木蓋的瓷碗。
「不吃宵夜，但是優格可以來兩碗，正好促進消化。」姜舒窈把蓋揭開。

「優格？」謝珣疑惑地往碗裡看去，青瓷碗裡盛著潔白的優格，表面平滑如凝脂，像是白色的雞蛋羹，又像是豆腐腦。

此時優格早已出現，不過只是在游牧民族之間流行，名字也不叫優格，所以謝珣並沒有聽聞過。

《本草綱目》有記載古法，「用乳半勺，鍋內炒過，入餘乳熬數十沸，常以勺縱橫攪之，乃傾出罐盛。待冷，掠取浮皮以為酥，入舊酪少許，紙封放之，即成矣。」

到這個步驟，即是姜舒窈按照這個方法製作的古法優格。清晨熬了鮮奶，放入頭天買的醍醐引子，用毛毯蓋著捂上五個時辰，濃稠細膩的優格就做好了。

因為小廚房被封，青瓷碗和調羹還是從二房順來的，也就導致面前兩碗優格尤為珍貴。

姜舒窈不甘心這就麼吃。「若是能切些水果進去就好了，夏天就是該吃水果優格。」

謝珣便道：「那咱們去拿些水果。」

現在已接近亥時，除了值夜的下人，大多數人已陸續回房就寢。

大晚上的，有主子叫熬羹的，有主子叫煮醒酒湯的，可沒有誰讓大晚上送水果的，要是這樣，絕對會引起時刻緊盯著的嬤嬤的懷疑。

一回生，二回熟。謝珣和姜舒窈捧著優格，偷偷摸摸地溜出了院子。

兩人熟門熟路地翻進了大廚房裡，從水缸裡拿出鎮著的西瓜和葡萄，和香蕉一起切了丟入優格裡。

用調羹攪拌後，濃稠的優格包裹著顏色不一的水果，西瓜塊豔紅，葡萄顆顆晶瑩，香蕉片軟糯，看著就清新涼爽。

兩人捧著大碗翻出小廚房，來到老據點小花園假山後。一番折騰，總算可以享用水果優格了。

姜舒窈把碗端起，碰了一下謝珣的。

「叮」地一聲脆響，她笑得開心極了。「乾杯。」

謝珣被她逗笑了。「這算什麼乾杯。」

「既然你這樣說了，那等會吃完了再喝杯酒吧。」

「說好要節制飲食呢？」

「酒又不是飲食。」

謝珣拿她沒辦法，只能無奈地搖搖頭。

鼻尖縈繞著優格的酸爽奶香味，謝珣不再與她爭辯，拾起調羹攪拌了一下。

優格很稠，拌起來卻十分細膩絲滑，因水果丁裹在裡面，攪拌的時候略有阻礙。

他先繞開水果丁，舀起一勺濃稠的優格入口，一股醇厚的奶香在舌尖綻放，不用咀嚼，優格自然地在口中化開。

優格酸甜細膩，有粗糖的沙甜，也有醇厚的奶香，口味豐富。滑嫩的優格，帶著水果的清甜果香。

「好吃吧？」姜舒窈咬著調羹，享受地瞇著眼。

「嗯。」謝珣舔舔下唇的優格，嘴角上揚。

香蕉片軟嫩香滑，和濃稠的優格一起咀嚼，糯糯的，帶著微微的甘香，給優格增添了一絲獨特的芬芳。配一口西瓜，清新的甜汁在口中迸濺，外面裹著豐腴細滑的優格，吃起來酸酸甜甜的。

此時沒有風，卻感覺有一股夾雜著果香的清爽涼風拂面而過，渾身的躁熱都被吹散了一般，化在明亮如水的月色裡，給渾身上下注入了一抹清爽涼意。

第四十章

或許是因為最初的優格，來自游牧民族的羊皮袋，姜舒窈總覺得吃起來也頗具那裡獨有的風情，有遼闊草原的清風，也有青海湖畔的明月。

姜舒窈捧著碗，仰著脖子看向蒼穹，感嘆道：「今晚月色真美。」

謝珣看看她，也跟著仰起脖子。

「只可惜沒有風。」她道。

「那就去個有風的地方。」

姜舒窈扭頭疑惑地看他。

謝珣臉上露出了難得一見的爽朗孩子氣。「屋頂月色更美。」

「屋頂？」姜舒窈微微驚訝。

謝珣站起來，向她伸出手。

姜舒窈自然而然地將手放上，被謝珣拉起來，帶著爬上了屋頂。

屋頂不高，踩在瓦片上很穩，姜舒窈剛開始還有些害怕，等到正式坐下後，便只剩新奇歡欣。屋頂上視野開闊，月色明亮皎潔，風也清爽溫柔，若是兩人沒有一人捧著一個碗，場景就更加浪漫了。

「以後咱們多爬爬屋頂吧。」姜舒窈道：「帶上酒。」

謝珣聽了前半截還準備點頭，聽了後半截就蹙起了眉。「閨中女子哪有人像妳這麼愛酒的？」

姜舒窈不爽道：「怎麼了，不許？」

謝珣連忙解釋道：「不是，我只是有些奇怪罷了。」

他還真沒聽過哪家女子或婦人愛酒。不過……姜舒窈和其他人本就不一樣。

他鬆開眉頭，笑道：「也正是這樣的妳才是妳，奇奇怪怪的，有別人沒有的安然自在。」

「你這是好話嗎？」姜舒窈咕噥道。

「當然是好話。」謝珣點頭，他忽然轉頭看姜舒窈，認真道：「妳這樣很好。」

不等姜舒窈反應過來，他再次開口。

「我們認識時有太多的誤會。」他別開眼，不敢看姜舒窈。「我從隻言片語中認識了妳，在不夠了解妳時對妳懷有偏見，甚至冷落妳、薄待妳，我很抱歉。」

他這麼一本正經地道歉，姜舒窈有些不自在，尷尬地笑笑。「沒事。」

穿越這事怎麼說都尷尬，也不可能解釋清楚。

謝珣沈默了幾秒，猶豫著從懷裡掏出個東西。「……這算是個賠禮。」

「嗯？」姜舒窈迷惑望著他。

謝珣猶豫著，一鼓作氣，把東西塞到了姜舒窈的手裡。

手裡被塞進一個帶著涼意的物品，姜舒窈拿起來一看，發現是一根雕工細緻的木簪。木簪被打磨得極其光滑，摸著溫潤柔滑，簪頭刻了一對並蒂蓮，栩栩如生，連層層疊疊的蓮葉的葉角也磨得很圓滑。

「這是？」她有些驚訝。

謝珣耳根不爭氣地紅透了，語氣依舊是平淡無波，但神情卻暴露了他的忐忑緊張。

「這是我自己雕的，算不得什麼好東西，但我想著道歉講究心意，所以便自己動手了。」

被謝珣雕爛的木簪沒有一百也有八十了，每天在東宮偷摸著打磨雕刻，最初手藝生疏，指尖磨了好多口子，被藺成好一陣嘲笑。

姜舒窈突然收到禮物，半晌沒反應過來，愣愣地看著木簪，驚喜後知後覺湧上心頭。

謝珣卻當她不喜歡，一時覺得丟臉至極，恨不得從屋頂上跳下去。

「嗯，妳若不喜歡扔了便是，也不值幾個錢，我再給妳買些頭面。」他假裝鎮定地道：「比林貴妃賞的還要華麗的。」

姜舒窈沒理他，摸著光滑的木簪，總覺得簪子上還殘留著他懷裡的溫度。

她的腦海中浮現出謝珣頂著個疏離清俊的冷臉，端坐著雕刻繁複華麗的並蒂蓮的模樣，忍不住笑出了聲。

「挺好的。」她道。

謝珣聽到她笑，頓時更懊惱羞澀了。

姜舒窈抬手把木簪插入髮髻，用手肘撞撞謝珣。「好看嗎？」

謝珣轉過來，兩人四目相對，月色如輕紗薄霧籠罩在姜舒窈身上，讓她有一種不真實的美感。

姜舒窈感覺到謝珣的視線落到她臉上，臉頰微微發燙，等著他的讚美。

「……妳果然更適合金飾一些。」謝珣一本正經道。

曖昧的氣氛還沒升起，頓時就碎得稀里嘩啦。

姜舒窈前一秒還在小感動，後一秒簡直想把謝珣踹下屋頂。

她還沒來得及衝動，屋下院中突然傳來一聲陰陽怪氣的喊聲。「三爺，三夫人。」

謝珣和姜舒窈一驚，往屋下看去。

老夫人派來的嬤嬤拉長著臉仰著頭看他們，身後跟著浩浩蕩蕩一群丫鬟、嬤嬤們，一群人目瞪口呆地圍觀著大晚上不睡覺在房頂吃東西的兩個傻子。

李嬤嬤這幾天隱隱約約覺得三房不對勁，她晚上刻意晚睡，果然發現了端倪。她看著三夫人的大丫鬟白芍神思恍惚地回了屋，沒過一會兒，腳步匆忙地往外院去了。

李嬤嬤跟著她往外走，在她正準備在內院院牆下叫人時，頓時將她逮住了。兩人爭執間往東廂房走，試圖找主子做主，沒想到東廂房根本沒人。

大晚上的小倆口能去哪兒？想到這幾日大廚房的管事說油罐似乎淺了點，恐怕進了賊，李嬤嬤鬼使神差地就把這件事和三房聯繫起來了。

她領著一堆丫鬟，在大廚房周圍找了圈，果然在小花園附近找到了姜舒窈和謝珣。

月色朦朧，夏夜蟬鳴陣陣，兩人攀上屋頂賞月確實是挺浪漫的——如果沒有一人捧著一個大碗的話。

姜舒窈看著屋下眾人的目光，果斷地把碗塞進了謝珣懷裡。

捧著兩個大海碗顯得憨到極致的謝珣看了眼她，認分的將碗再捧得穩些。

「三爺，三夫人，屋頂風大，咱們下來吧。」李嬤嬤轉身對丫鬟道：「去取梯子來。」

姜舒窈連忙出聲阻止。「不用了，我們可以直接爬下去的。」興師動眾會讓尷尬加倍。

白芍在下面膽戰心驚的，恨不得抱住姜舒窈，急得直跳腳。「小姐，小心身子啊！」

可能是因為謝珣面癱慣了，倒是挺鎮定的，率先幾步踏牆輕鬆地跳下屋頂，把碗放下，仰著頭對姜舒窈道：「踩著我的肩膀下來吧。」

姜舒窈伸出試探的腳，感受到所有人的目光隨她移動，羞恥得想鑽地縫。「我踩不著。」

謝珣思考了下。「那妳跳下來，我接住妳。」

離地這麼高，姜舒窈覺得太危險，瘋狂搖頭。

謝珣張開手臂，很有耐心地保證道：「信我，我能接住的。」

丫鬟們看著這一幕，感嘆一向冷臉的三爺原來也有這麼溫柔的一面啊。一個活潑明朗，一個溫柔寵溺，真是般配極了。

狗糧還沒塞進嘴裡，就聽到姜舒窈道：「沒接住我你就死定了。」

「快跳吧，胳膊舉痠了。」

丫鬟們的浪漫情懷，頓時碎裂。

姜舒窈一咬牙，縱身躍下，謝珣連忙上前接住。

謝珣看著高眺清俊，像是個文弱貴公子，實則練武多年，力氣很大，穩穩地把姜舒窈接住了。

姜舒窈在他懷裡鬆了口氣，對謝珣道謝。

但是謝珣並沒有把她放下來，而是抱著她感受了一下。「妳好輕。」也好軟，香香的。

姜舒窈「嗯」了聲，疑惑抬頭看他。

溫香軟玉在懷，她的臉又離自己這麼近，謝珣心尖一顫，胡亂地找理由。「可以多吃點，不用怕長胖。」

姜舒窈道：「你這是怕我以後不和你一起享受美食了嗎？」

謝珣還沒來得及回話，一旁氣勢洶洶來逮人的李嬤嬤受不了了。「三爺、三夫人，老夫人還等著呢。」

姜舒窈一驚，她怎麼把這事給忘了，李嬤嬤是來盯著她認罰的，結果她大半夜溜出來繼續折騰吃的，老夫人那邊怎麼都會怪罪的。

謝珣把姜舒窈放下，姜舒窈卻沒有立刻推開他，而是就近揪著他的衣袖，緊張道：「這可怎麼辦呀？」

這麼親密的動作讓謝珣臉上發燙，腦子裡空白了一瞬，脫口而出道：「沒事，都賴我。」

兩人就像被家長抓住在夜裡偷玩手機的小學生，被李嬤嬤「請」到了壽寧堂。

老夫人披了外袍坐在榻上，表情嚴肅。

今夜出了這事後才有人告訴她原來白日姜舒窈都會去二房做飯，封了小廚房對她沒有半分影響。這樣也就算了，說好了認罰，結果半夜去大廚房偷偷摸摸吃宵夜像什麼話，更別說還帶上了謝珣！

老夫人年紀大了，對於規矩一事格外看重。她當年就是個規矩懂事、端莊克制的媳婦，自己做了婆母，對媳婦的要求便是自己那般的。老大媳婦她很滿意，本來想給老二也安排個這樣的妻子，結果老二到頭來娶了個野蠻粗魯的周氏。

幸虧周氏是個聽話的，嫁過來後立刻丟了以往的習慣，安安心心地學做高門主母，雖然只學了個皮毛，但也能勉強應付了。

她以前對周氏是不滿意的，直到姜舒窈嫁了進來，她才改變了看法，瞬間明白了周氏究竟有多乖巧。

丫鬟打簾，謝珣領頭走了進來。

姜舒窈跟在他身後，心情十分忐忑。

老夫人板著臉，心想今日一點要好生給姜舒窈立規矩。

謝珣行禮，絲毫不懼老夫人的冷臉。「母親怎麼還未歇下？」

老夫人哼了一聲，直截了當道：「明知故問。」她轉頭對姜舒窈道：「姜氏，妳當日若不服，大可不必認罰。但妳認了，卻又轉頭繼續折騰吃食，這是拿規矩做笑話嗎？」

謝珣還是第一次見老夫人責難姜舒窈，下意識挪動腳步給姜舒窈擋住半個身子。「母親您誤會了，是因為我想吃宵夜姜氏才陪我的。」

老夫人聞言一愣，隨即更加窩火。「你這是在護她？」

她最看重的兒子就是謝珣，風雅清貴，前途無量，行為舉止挑不出半分差錯，是人人稱讚的君子，怎麼可能半夜爬上屋頂偷吃！

謝珣無奈。「我不是護她，只是實話實說。再說了，您以封小廚房禁止她下廚為罰，本就不合理。」

姜舒窈在謝珣身後倒抽口冷氣，心想：哇！可真敢說。

果然，老夫人聞言勃然變色。「你竟然為了她頂撞我？」

謝珣連忙解釋道：「母親您想岔了，兒不敢。阿曜因吃食而犯病，確實是做長輩的沒看好，是姜氏思慮不周，但若以此為由嚴禁姜氏下廚，未免過於嚴苛。」

驚訝大於惱怒，老夫人忽然就冷靜了，她像不認識謝珣一般把謝珣仔仔細細地看了一遍，問：「貪嘴吃宵夜的，真是你？」

「是。」

「那去大廚房偷做宵夜的點子是誰出的？」

「是我。」

老夫人冷笑一聲。「你怎麼不說爬屋頂的想法也是你提的？」

謝珣有些不好意思。「……這、這確實是我提的。」

氣氛僵住，老夫人啞然。

就在此時，門外的丫鬟忽然出聲行禮，徐氏來了。

徐氏是聽著這邊出事了匆匆忙忙趕來的，進屋一看，發現謝珣和姜舒窈都在，而老夫人滿臉怒容，雖然不清楚發生了什麼，但顯然是氣著了。

她連忙上前勸慰，勸了一會兒，老夫人總算消了火。

老夫人氣消了，但還是不想看見姜舒窈，揮揮手道：「你們都退下吧，伯淵留下，我有話與你說。」

徐氏點頭，扯著姜舒窈出了壽寧堂。

姜舒窈在屋外等謝珣，徐氏便打算先回房，她沒走多遠，就見周氏拄著枴杖一瘸一拐過來了，急急忙忙的，跨過院門的時候差點摔倒。

她三步併作兩步靠近，連忙拽住人。「著急忙慌的做什麼？」

周氏穩住身形，問：「聽說三弟妹被押來壽寧堂了？」

徐氏點頭。「三弟在裡面呢。」

「那就好。」周氏鬆了口氣，問道：「到底怎麼回事，大半夜的不睡覺，聽說是在大廚房附近被李嬤嬤逮住了？」

「是。」

「聽說還是在屋頂？」

「是。」

周氏滿臉疑惑。「她去那兒幹麼？」

徐氏表情有些奇怪。「那什麼……三弟也在呢。」

「啊？」周氏瞬間腦補了一大堆事，疑惑道：「那可沒道理了，花前月下，夫妻上屋頂賞月，何錯之有？」

徐氏懂她的鬱悶，道：「可他們上屋頂不是在談情說愛，是在偷吃宵夜。」

周氏張大嘴。

「還是偷偷摸摸地翻進大廚房做宵夜，而且前兩天就開始了。聽李嬤嬤說逮著人的時候，他們倆正一人捧一個大碗在屋頂坐著呢。」

周氏一張嘴開開合合，最後艱難道：「……我看我還是回去睡覺吧。」

「……我也是這樣想的。哎，妳小心點，看著門檻。」

「知道。」

「算了，我扶妳回去吧。怎麼出來丫鬟都不帶個？」

「妳還不是沒帶丫鬟，哎哎哎，別、別碰我！誰要妳扶啦？我又不是瘸子。」

周氏杵著枴杖，到底不夠靈活，讓徐氏一把抓住，嘴上嫌棄著被扶回了二房。

壽寧堂內的氣氛可沒這麼輕鬆了。

老夫人活了這麼多年，有些事一看就清楚了。

她沈聲道：「你對姜氏是個什麼態度？」

謝珣只是道：「她是我的妻子。」

「妻子？」老夫人哼笑一聲。「當日襄陽伯府求到了皇后那兒，差點就讓聖上賜了婚，我們假裝不知，趕著聖上下聖旨前提親，不就是為了有休妻的後路可退嗎？怎麼你如今倒像是真心實意地求娶一般。」

謝珣沈默了幾秒，認真地道：「當時娶她，確實不是真心實意的，但如今我對她實屬真心。」

老夫人沒想到他會這樣回答，錯愕地看著他，久久不能接受。

「你心悅她？」

「是。」

「你可知道，你在說什麼？」

「自然。」因為怕老夫人挑剔嫌棄，還有壞了名聲，謝珣並沒有告訴老夫人姜舒窈救了謝珮。但見她認為姜舒窈十分配不上自己的模樣，謝珣心中還是很難受。

老夫人聽他答得斬釘截鐵，心頭一涼，言辭犀利。「妻子應當安於內宅，相夫教子，她能做到嗎？更何況你前途一片大好，她不僅於你的仕途無益處，反倒累了你的名聲，你確定你真想要這樣的妻子？」

男子的功名怎能依靠旁人？

謝珣不贊同老夫人口中對於「妻子」的要求，但他知道自己和她辯不分明，只是道：「是，我確定。我心悅她，就這一個理由便足矣。」

老夫人看著他沈默不語，而後緩緩吐出幾個字。「我希望你不要後悔。」

母子間的談話不歡而散，老夫人一夜沒睡好，罵了謝珣無數聲逆子，始終想不明白謝珣看上姜舒窈什麼了。

翌日老夫人越想越憋悶，總覺得自己一番苦心餵了狗。謝珣正值年少輕狂，不懂妻子對他仕途有多重要，再過幾年一定會後悔的。

這樣想著，她不僅沒安慰到自己，反而因此更難受了，正想找嬤嬤訴苦，卻被急急忙忙闖進來的丫鬟打斷。

「老夫人，老夫人。」丫鬟跑得氣都喘不勻。

老夫人蹙眉，身旁的嬤嬤連忙大聲呵斥。

丫鬟卻完全沒有收斂，神態慌張，聲音打著顫。「老夫人，太、太子殿下來了。」

老夫人猛地站起，掀翻了矮桌。

「太子殿下？」她瞪大了眼，同樣慌了神。「快！快去請老爺！」

她急急忙忙地往屋內走，準備去拜見太子。「來人，快幫我收拾一下。」

一片混亂中，丫鬟提高了聲音。「老夫人，太子殿下說不必興師動眾，他此番前來只是想和屬下們私下聚一聚。」

老夫人頓住腳步，一臉茫然。「什麼？聚一聚？」

丫鬟點頭，表情怪異。「太子殿下和東宮的大人們都來了！看著像是和三爺一起下值，順道來府上，一大群人直接往三房去了！」

吵鬧的壽寧堂瞬時靜了，所有人都傻眼了，半晌回不過神。

老夫人黑著臉坐回榻上，剛才略帶欣喜的表情全部破碎。

嬤嬤提醒她。「老夫人，太子殿下雖說不必興師動眾，但咱們還是得把面子做實。三房院裡的丫鬟們撐不住場，得趕快調派人手過去，還有大廚房那邊，得趕緊準備宴席了。」

老夫人沒說話，緊緊捏著手裡的佛珠。

「老夫人？」嬤嬤著急地喚她。

老夫人沈著臉開口。「妳說，太子殿下過來到底所為何事？」

嬤嬤一愣，錯愕道：「太子殿下不是說想和下屬們聚一聚嗎？」

老夫人冷笑了一下。「聚聚？東宮聚不得？酒樓聚不得？哪怕是畫舫也比謝國公府三院適合，何必到這兒來？」

嬤嬤被問傻了，太有道理了。

薑還是老的辣，老夫人很快就想通了其中關竅，嘲諷道：「可真是長本事了，昨日我才說姜氏對他仕途無益，今日他就能請太子來謝國公府給姜氏做臉。去，讓人把三房小廚房開了，要什麼食材給什麼食材。」

嬤嬤聽出了老夫人的打算，驚詫道：「這……」那可是太子，只用小廚房招待豈不是怠慢。

老夫人不急不忙道：「吩咐大廚房備宴，怎麼講究怎麼來，畢竟咱們可指望著大廚房救場呢。」她重新轉動手裡的佛珠。「想打我臉，也得看她有沒有這個本事，別到時候把巴掌落到了自己臉上。」

說完她憤怒地把佛珠拍桌上。「枉費我高看老三，沒想到居然如此色令智昏，居然敢把太子請過來為她抬轎。」

這可冤枉謝珣了，太子殿下來謝國公府的決定，完完全全在他意料之外。

第四十一章

事情要從今日晌午說起。

謝珣想著昨日老夫人那番話，害怕姜舒窈受氣，特地去求太子，希望下次他有功受賞時，能賞給他夫人。他從小就是太子伴讀，兩人一同長大，關係親密，太子想也不想便同意了。

謝珣走後，太子越想越覺得有意思。這可是謝伯淵，居然會為了媳婦求人！於是太子內心八卦的火焰熊熊燃燒，第一時間找到了大嘴巴藺成。

藺成聽八卦聽得眼睛都亮了，激動地直跺腳。「謝伯淵這是被妖怪附身了吧！道士怎可動凡心？」

太子點頭贊同。「這姜氏可真是奇女子呀。之前滿京城的流言孤也聽聞過，當時還為伯淵不值，想去找母后理論，沒承想，他一個冰雕做的人居然被暖化了！」他臉上一本正經，把摺子攤開，彷彿在和藺成商議政事。「那姜氏是不是生得很美？」

藺成回憶了一下，手指摺子，點頭道：「美。」

「但謝伯淵也不是那等喜好美色的人吧？每回被貴女『偶遇』時，那臉臭的呀。」

藺成傻笑。「我看，謝伯淵動心可和美色沒關係，定是他那夫人做的一手好菜，還是從未吃過的樣式、口味。別說是他了，換成誰來都得動心啊！」

太子回憶著那日吃到的蕨根粉，同樣咽了咽口水。

作為太子，他什麼山珍海味沒吃過？但那日他還是第一次吃到辣味，那滑爽酸辣的蕨根粉也是第一次見。

藺成咂咂嘴，歡喜道：「這幾日伯淵沒帶飯，我吃什麼都胃口不佳，唉……感覺自己變挑剔了。不過伯淵同意讓我晚膳去謝國公府作客了，嘿嘿嘿。希望能見嫂子一面，這樣就能勸勸她，讓襄陽伯夫人趕緊開些酒樓。」

本來謝珣對於藺成蹭飯這事是不願的，但想到老夫人說姜舒窈不是個能輔佐丈夫的賢妻，他還是勉勉強強同意了。

讓同僚因姜氏的飯菜來謝國公府作客，這難道不是有益於仕途嗎？

太子一聽，來了興趣。「孤也去。」

藺成傻眼。「啊？」

太子興致勃勃找謝珣去了。他當然不會明說，給的說辭和糊弄老夫人那套是一樣的，想和下屬聚聚，但謝珣何等人，一眼就識破了他的打算。

「殿下。」他頂著冰塊臉。謝珣和太子關係更像是好兄弟，沒有君臣之間的隔閡，直言道：「您身分尊貴，謝國公府恐怕招待不周。」

藺成探腦袋。「周的、周的。」

太子贊同地點頭。

「沒有這樣的道理。」謝珣一邊說，一邊擠出一抹溫和至極的笑。

朗月清風般的笑意，柔和舒緩的語氣……出現在了謝珣身上。可怕！

太子推推藺成，藺成瑟瑟發抖。「伯淵，我覺得你說得很對，太子殿下尊貴無比，確實是怕招待不周。我就不一樣了，我什麼都可以！嫂子做什麼我都吃！」

藺文饒……這麼多年的情分啊，竟如此脆弱？

太子橫了藺成一眼。

「伯淵，你想岔了。你我當年奉命督察淮州軍餉時，不也是日日食些粗茶淡飯嗎？去時行路急，忙著趕路連咽了好幾日乾糧，熱飯都沒碰過。」太子義正辭言道：「孤只是想和下屬們一同聚聚，何須講究那麼多？東宮難道擺不出宴席嗎？」

想徹底讓老夫人拋去對姜舒窈的輕視，太子來府確實是個好機會。

謝珣沈默著思索了幾秒，還是答應了。「好。」

藺成還沒來得及開心，身後嘩啦啦跳出來一群人。

「咳，殿下，您說的與下屬們聚聚指的是？」

「伯淵，你剛才是打算在謝國公府設宴嗎？」

七嘴八舌，吵得謝珣太陽穴直跳。

「我——」他一張口，眾人頓時安靜了。

「我並非想在謝國公府設宴，你們聽岔了。」

能混到這個地步的，誰不是家裡幾代做官，從小到大接觸權謀的人精？

謝珣話音剛落，同僚們就又七嘴八舌地開口了。

「這樣啊！既然太子殿下要去，那臣就送送吧？」

「伯淵，咱倆府上正巧在同一條街，咱們下值一起吧？」

「是啊，太子殿下出宮，咱們怎麼可以不隨行呢？」

謝珣咬牙切齒。這群傢伙賴定他了是吧？

於是在各種理由的支撐下，東宮一群人浩浩蕩蕩地到了謝國公府。

這裡面有高高在上的太子，也有家世顯赫的世家嫡子，每一個單拎出來都分量十足，往門口一站，完全就是未來的朝堂棟梁、天子近臣的聚會。

姜舒窈剛從二房回來就面臨著這種場面，一臉迷濛。

謝珣把這群人按在廳堂，在廂房找到了姜舒窈，仔細解釋。

姜舒窈迷迷糊糊地點頭，問謝珣要怎麼安排。

謝珣想著他們一群人就頭疼。「我讓大廚房那邊搬設宴用的桌子過來，晚膳就以設宴的宴席準備。」

姜舒窈看看天色，疑惑道：「來得及嗎？」

依稀記得古代的宴席從開始準備到上菜，花上幾個小時都毫不誇張吧？

謝珣其實也很擔憂。「簡單一些的，應該不成問題。」

姜舒窈不知道謝珣在東宮混得怎麼樣，對她來說，此刻的心情就像老公的同事、上司來家聚餐一樣，若是不拿出招牌菜，總害怕老公丟臉。

「要不，我來準備吧？」這點信心她還是有的。

「不行。」謝珣想也不想就拒絕了。「會累著妳的。」

姜舒窈道：「不會呀。」以前朋友聚餐時，她一個人做主廚完全沒壓力，更別說今日她並沒有打算做什麼精緻複雜的宴席。

「我讓人打的鍋已經做好了，正巧今日我在二房和二嫂練習炒火鍋湯底料，剛好能派上用場。」

「火鍋？」謝珣眨眨眼。

「嗯。」姜舒窈點頭，推推他的肩膀。「別擔憂了，快去和他們聊天，等著一會兒吃好的吧。」

謝珣稀裡糊塗被她推出了房門，回過頭看她笑容明豔，頓時心裡一軟。

他大步跨過來，低頭對姜舒窈道：「謝謝妳。」

姜舒窈被他正經的語氣弄得挺不好意思的，抿抿唇，微微一笑。「真的沒什麼，你快去吧，別把客人晾著了。」

太子來此前心裡有過預估，他並不認為姜氏能做出什麼驚豔眾人的美食。

一是人太多，她不能在短短時間內做出這麼多人飯量的飯食。

二是美味容易，驚豔難。那日吃的蕨根粉確實是驚豔，但他不信姜舒窈能隨隨便便就做出超越蕨根粉的美食。

這麼多人，時間又短，估計謝國公府會讓大廚房準備宴席，然後姜氏隨便露一手做道菜，他們一人分一點，既合了謝珣的心思給她做臉，又能不怠慢客人。

他這麼想著，以一種看戲的心思等著上菜。

沒承想上菜的速度出乎他的意料，丫鬟們端著三個鍋就過來了。

這是個什麼意思？眾人齊齊愣住，盯著空盪盪、形狀怪異的鍋瞧。

還未猜出用途，丫鬟們又端了盤過來，這次每人手上都端了盤子。

大家都有些驚訝，謝國公府上菜這麼快嗎？

等到她們放下盤子，全體傻眼。

生的?!

往桌上一看，綠白紅黃，紛紛雜雜的顏色擺了一桌子，有葷有素，菜品豐富，但無一例外，全部都是生的。

素的有白菜、豆腐、蘑菇、麵筋、藕片、海帶、油豆腐等等。葷的有羊肉卷、肥牛卷、麻辣牛肉、香菜丸子、鵪鶉蛋、里肌、魚片等等。還有一眼看不出是什麼的魚丸、蟹棒、血旺、鵝腸、鴨腸、毛肚、腰片等等。

眾人看得眼花繚亂，根本分不清什麼是什麼。

姜舒窈不管他們身分如何，口味如何，什麼配菜都有準備，桌上還擺著好多人認為髒污的內臟，只是他們完全認不出來。

「伯淵，這是何意？」太子先開口問出眾人的疑惑。

謝珣也沒弄明白。若是姜舒窈在此，她一定會耐心地向他講解介紹，只可恨今日這群人跑來蹭飯，擾亂了兩人的用餐時光。

他無條件相信姜舒窈，不鹹不淡地道：「新的吃法罷了。」

他沒多說，一臉平淡，搞得一群頂級貴族們有種土包子進城的心虛，不敢開口問了。

菜上好了，丫鬟們又上了幾個蘸料碟子。

乾碟主要是花生碎、芝麻粉、花椒、辣椒粉等等；油碟以香油打底，加蒜末、香菜、鹽、醋等等。其中芝麻醬碟是北方人的愛，濃稠的芝麻醬加紅腐乳汁、白糖等調味，出來的芝麻醬色澤飽滿，香味撲鼻。

這還沒完，丫鬟們往鍋內放入火鍋底料，提著壺澆入濃郁奶白又清澈的高湯，火鍋鍋具內炭火燃燒，一股又麻又辣又香的味道瞬間從鍋內竄出。

這味道極其霸道，濃郁麻辣，瞬間喚醒人的胃口食慾。鍋內湯底咕嚕咕嚕地冒著泡，表面飄著一層清亮的紅油，隨著熱湯的滾動漂浮，光是這顏色就激得人直咽口水。

白芍記下姜舒窈的話，過來為他們介紹。「此物名叫火鍋，這個鍋內是麻辣的，這個是微辣，那個是清淡的菌菇湯。

「桌上擺著的都是配菜，想吃什麼就放什麼，不用怕串味，只是要注意火候。比如這血旺，煮久了會老，得剛剛熟了就撈出來，入口就像嫩得快化掉一般，鮮滑至極。

「還有，鵝腸熟得很快，燙火鍋時要注意『七上八下』，別一不小心煮縮了，時候一到就隨即撈出來，這樣的鴨腸才會保留脆生生的口感，嚼起來不會太老。」

白芍一一介紹著，眾人聽得暈頭轉向，明明桌上擺著的是生的，但光聽她說眾人就忍不住流口水了，更何況鼻尖飄著那股麻辣鮮香的味道，細細嗅聞，似乎還有一股中藥的清爽味往鼻子裡鑽。

白芍介紹完，退下在一邊等候吩咐。

而太子做為這裡地位最高的，自然第一個發話。「各位不必拘謹，動筷吧。」

話音剛落，每一個人都在充分展示著什麼叫不拘謹，齊齊拿起筷子，眼神發光，捋起袖子往桌上探——然後就犯了難。

先吃什麼好呢？

空中僵著數根筷子，其中有一雙極不合群的筷子落了下來。

謝珣優雅地往丸子挑去，淡定地解釋道：「剛才丫鬟說了，先放不容易熟的。」

眾人無不暗自稱讚。剛才他們只顧著咽口水了，哪有注意聽丫鬟介紹了些什麼？不愧是謝伯淵，無論身處各種境地，也能優雅從容，清醒自若。

謝珣一看他們的表情就知道他們在想什麼。

呵，不好意思，媳婦餵過的美食太多，他還不至於這麼沒見識、沒定力。

謝珣先把各式丸子下到鍋裡，然後開始下不容易煮熟的內臟，咕嚕冒著泡的滾湯被壓平，表面浮著的那層紅油微微躁動。

鼻尖全是麻辣鮮香的氣息，勾得人渾身難受，眾人舌根分泌著唾液，亟需這濃香熱燥的火鍋拯救。

所有人都焦心地等著食材煮好，這段時間明明不長，卻極其難熬。

太子先一步開口打破這難挨的寂靜。「伯淵，這些肉類、丸子隨意擱湯裡，味道不會奇怪嗎？」

謝珣也是第一次吃火鍋，哪知道味道如何？不過他吃過一起煮的滷味、麻辣燙、麻辣香鍋等等，知道合適的食材放一起做，不僅不會串味，反而會染上其他食材的香氣。

他道：「自然不會，太子殿下嚐了便知。」

太子被他說得心癢癢，正巧這個時候湯底重新開了，再次開始滾起泡，白芍便上前道：「夫人說這時可以涮些易熟的食材，比如羊肉卷、肥牛卷，還有鴨腸、腰片等等。」

上菜的時候丫鬟們按照姜舒窈的吩咐，刻意將容易熟的、不能多煮的食材放一起，以免一群人盯著滿桌子食材抓瞎。

鴨腸、腰片、毛肚這些內臟他們認不出來，羊肉卷和肥牛卷還是能認出來的。

太子率先動筷，眾人紛紛跟上。

羊肉卷切得極薄，挾住以後往鍋裡一放，沒過幾秒便變了顏色。

一群人還是第一次自己涮鍋子吃，又新鮮、又茫然。

「可以吃了嗎？」藺成臉皮要厚點，直接問出了大家的想法。

旁邊站著的小廚娘看了一下羊肉卷的顏色，點點頭，雖然有些害怕這些大人們，但還是保持了鎮定回答。「回大人的話，可以了，再煮就老了。」

話音剛落，眾人整齊劃一地收回筷子。

然後又犯了難，往哪個碟子蘸好呢？

不過這次他們沒猶豫太久，有選乾碟的，有選油碟的，還有選芝麻醬碟的。

在將羊肉卷放入口裡的前一秒，大家對羊肉卷的味道也沒抱有過高的評價。因為它確確實實看起來很簡單，簡單的一個鍋，沒什麼複雜的做法和講究，五花八門的配菜一起下，涮肉還得自己動手，雖然聞著奇妙噴香，但味道可能也就一般般——然後，他們往嘴裡放入了羊肉卷。

真香！太香了！

羊肉卷怎麼可以這麼嫩，這麼鮮，一絲羶味也沒有？不知道這湯底是怎麼做的，麻辣中透著複雜的香料氣味，香氣浸透在了羊肉卷中，一嚼，舌尖上濃郁的鮮香麻辣味激起一股熱浪，瞬間衝上頭皮。

乾碟摻著芝麻粉、花生碎、辣椒粉、胡椒粉等，吃起來能明顯感覺到羊肉卷表面的顆粒感，襯得羊肉卷極嫩極軟，嚼起來滿口都是細末的香味。

再說油碟，羊肉卷往裡一放，一裹，攪起了蒜泥和油，夾雜著表面的香菜、蔥末入口，香油濃郁的氣味瞬間讓味蕾一顫，咀嚼著軟嫩又帶點嚼勁的羊肉，那甘甜清滑的香油從肉縫裡冒出來，那叫一個鮮香浸潤。

而芝麻醬比起前兩種蘸碟就更強勢了，羊肉卷往濃稠的芝麻醬裡放，就直接被淹沒了，提起來後掛著厚厚一層芝麻醬，刮一刮，晃一晃，再往嘴裡送，涼的。

涼的當然是芝麻醬了，就當舌頭掉以輕心時，外層的芝麻醬化開，裡面熱燙的羊肉卷冒了出來，什麼麻、什麼辣全被芝麻醬醇厚回甘的味道壓制住了，通通淪為鮮香的陪襯。

太神奇了，眾人來不及回味到底是哪一個步驟造就了這般美味，便齊齊動筷往鍋裡下羊肉卷。

這時候還講什麼斯文呢？直接多挾幾片往湯裡丟，等待肉片熟透的難熬滋味他們可不想再經歷一遍。

看著肉從嫩紅變成淺褐色，一群人迫不及待往碗裡挾。

三碗碟子一碗放一點，正好能晾涼，一起狼吞虎嚥地入口。

筷子在鍋裡打架，美味當前，大家都拋下了風度。

「哎，這是我的肉！」

「我放的肉呢？誰吃了？」

「盤子空了？我就吃了四片盤子就空了。」

藺成在一旁露出得意的笑容。

嘿嘿，沒見過世面吧？都去爭那盤肉，寶貝卻沒人搶。

丫鬟上菜時他就鎖定了鴨腸和鵝腸，自從那次和鴨血粉絲湯相遇，他就再也不能忘懷它的美味。人人皆道內臟髒污又如何，真正的美味，豈會因出身而明珠蒙塵？

藺成挾住他的夢中情腸，按著白芍的介紹在鍋裡「七上八下」，在一片吵鬧中，他如老僧入定一般，滿心滿意都是鴨腸，數到八，收回筷子。

往香油碟裡蘸蘸，紅油飄起，挑起長長細細的鴨腸，一口咬下，感覺到「嚓」的一聲極小極清的脆響，藺成滿足了。

就是它，他心心念念著的香脆可口的鴨腸。鴨腸裹了一層香油，滑嫩油香，吃起來爽脆鮮香，那麼長一條，藺成捨不得咬斷嚼碎，全部塞進嘴裡，鼓著嘴巴大口大口嚼，讓鮮香味在口中盡情迸發。

一根、兩根、三根……他每次都把手舉得老高，涮鴨腸的姿勢也奇奇怪怪，很快吸引了周圍人的注意。

「藺文饒，你吃的是什麼？」有人問。

藺成在心裡默默嘆口氣，這群饕餮在場，他終究無法一人獨享鴨腸。

「鴨腸。」

「鴨……腸？」聽者臉上露出古怪的神情。「可是內臟的那個腸？」

藺成手下如疾風，強調著。「是，內臟，內臟，髒污的內臟。」

有人猶豫了，但也有人瞧出藺成那小裡小氣、心口不一的模樣，立刻下筷挑了根鴨腸。一試，什麼偏見、什麼嫌棄全拋到了腦後，全部跟著藺成一起有節奏地在鍋邊上上下下燙鴨腸，嘴裡數著「五六七八」。

鴨腸很快被一掃而光，面對剩下的內臟大家也不再猶豫了。

毛肚要蘸香油，入口能感受到表面那層微微豎立的小刺，很有韌勁，一口咬不斷，得全部塞進嘴裡慢慢嚼。鮮脆爽口，十分耐嚼。

腰片禁不得久煮，從鍋裡過一下，看到縮水了就撈出來。口感嫩滑，屬於腰片獨有的香味很重，配著麻辣的香氣，鮮美到好像沒怎麼嚼就吃完了。

這時，需要久煮的丸子和葷菜都好了，鍋裡起起伏伏飄著各種配菜，咕嚕咕嚕響，熱氣不斷蒸騰。

第四十二章

因為怕這群人吃不消，姜舒窈沒放太多辣油，底料的辣味也很淺，又加了中藥材消火增味，吃起來並不算太刺激。

所以當眾人吃到更重口味的麻辣牛肉時，全部傻眼了。

火辣辣的味道從舌尖傳來，渾身上下就像被點燃了一樣，燙、麻、辣、鮮，牛肉表面裹著的那層辣椒粉讓牛肉的鮮香無比純粹，麻辣牛肉極嫩，嚼起來還有肉汁在，一片吃完，全部人都很傻很蠢地「哈」著氣。

越是熱燥的夏季越需要這種香濃熱辣的美食來拯救，壓抑已久的悶煩順著麻辣刺激的味道宣洩而出，眾人吃得渾身冒汗，激情澎湃，什麼煩惱憂愁都不見了，只剩舌尖上暢快的美味，真想大叫一聲「爽」。

太子吃得滿臉通紅，哪有當朝太子的威風？

旁邊的官員也好不到哪兒去，一個個把袖子挽得老高，貴重的綢緞料子全被他們用來擦汗，往日用來臭美的精緻衣裳成了累贅，如今他們恨不得換上一身俐落的棉麻短打，這才不耽誤搶菜的速度。

太子擦掉額角的汗，對丫鬟道：「有酒嗎？上酒上酒！」

丫鬟點頭告退，回小廚房那邊找姜舒窈。

姜舒窈剛剛吃完晚飯，聽丫鬟這樣說，不用看都能想像那群男人在那吃得熱火朝天的畫面，她問：「是太子說要喝酒？」

丫鬟恭敬地應是，本以為姜舒窈要吩咐她取酒，卻只聽見斬釘截鐵的兩字。「不行。」

丫鬟頓時驚詫到忘了規矩，抬頭看姜舒窈。

「妳去回稟，就說我這兒沒酒了。」姜舒窈伸伸懶腰。隔著院牆也能聽見那邊吵吵鬧鬧搶菜的聲音，這群人一看就是胡吃海塞的，吃撐了再喝酒，萬一把胃刺激了，吃出點毛病，她豈不是得揹黑鍋？

「上幾壺涼茶吧。」她補充道：「哦，對了，井裡還鎮著酸梅湯，也拿過去。」

所以丫鬟再回來時，太子和一干官員們十分失望。

「伯淵啊，等我回宮一定賞你一些好酒。」太可憐了，府裡連酒都沒有。

「我家裡也有好酒，回府後讓下人送來。」

「應該是伯淵比較挑吧？我祖父那兒珍藏了幾罈好酒，待我去討來贈你。」

眾人七嘴八舌的，紛紛表示要送酒。

謝珣雖猜到了姜舒窈的心思，卻不解釋，一一應下了，正好姜氏愛喝酒，有白得的好酒她一定很開心。

沒酒，喝酸梅湯和涼茶也是可以的。

一盞溫溫涼涼的飲品下肚，毛躁火辣的腸胃頓時消停了，清淡的涼意澆滅了熱燥，讓人忍不住舒緩地嘆一口氣，然後內心狂吼「我還能再戰」。

剛開始大家還講究點規矩禮儀，勉勉強強維持著風度，現在滿桌一片狼藉，下筷那叫一個快準狠，生怕被別人截胡了。

太子頻頻發問：「牛肉沒了？再上一盤吧！」

「怎麼魚丸也沒了，還有嗎？啊，沒啦？要不讓你家夫人再做一盤，就一盤。」

「好吧，那魚片呢？魚片總有吧。」

傻的人還在為葷菜的告罄而苦苦掙扎，聰明的人已經知道是時候向素菜下手了。

先前加了好幾次高湯，辣油已經不多了，這時候換吃素菜正好。加上桌上除了有常見的素菜，如藕片、海帶、香菇等等，也有五花八門、完全沒見過的素菜。

有著先前的經驗，眾人第一時間都是往沒見過、不認識的盤裡挑。

油豆腐方方的，外殼金黃酥脆，往鍋裡一丟，過會兒就半沈下去。這個時候撈出來往芝麻醬碟裡一滾，咬開外層韌勁十足的皮，一股熱燙鮮香的湯水便從裡面濺出來。

食者沒有準備，連忙縮了舌尖，把油豆腐重新按回芝麻醬裡。這下油豆腐涼了，又重新裹了芝麻醬，再次送入口中時，軟嫩的豆腐內裡嚼起來就更加舒服了，湯汁同芝麻醬一起在口裡蕩來蕩去，鮮美醇香。

麵筋像是海綿一般有許多氣孔，充分吸收了湯汁，挾起來沈甸甸的，稍微放涼後咬上一口，湯汁和熱油直往外冒，軟而筋道，湯汁充沛。

眾人大快朵頤，這頓晚飯吃得很久，等日頭落了，院裡點燈後才漸漸停歇。

所有人吃得暈乎乎的，沒有酒也醉了，臉上、頭上到處都冒著熱氣，渾身舒暢，若不是吃太撐了，怕是會站起來在院裡蹦躂幾圈以宣洩心中的舒爽。

這個時候哪有什麼儀態可言？所有人齊齊往椅背上一倒，摸著圓鼓鼓的肚皮，身上沒力氣了，腦子也轉不動了。

無論是尊貴的太子，還是嬌生慣養的勛貴公子哥兒，或是清貴拘謹的世代文臣嫡子，腦裡都不約而同地緩緩冒出三個想法：

——我是誰、我在哪兒？

——我以後還能吃到這種美味嗎？如何再次名正言順地厚著臉皮來吃飯？

——等會兒能不能把鍋底和酸梅湯帶走？

第三個想法冒出來後，眾人一個鯉魚打挺坐起來，眼神不善地盯著競爭對手。

太子由於身分尊貴，不可能做打包鍋底和剩菜這種事，提前被踹出局，剩下的各位就要各展本事了。

「伯淵，我家弟弟是個嘴饞的，不若把這湯給我，我回去讓他煮些菜嚐個味。」

「我也是這樣想的，只是我是帶回去給父母嚐，別看他們年歲不小了，可還是跟孩童一般貪嘴哈哈哈。」

「哎，咱們想到一起了，我是想帶回去給母親嚐。伯淵，我母親和你母親可是同出於揚州柳家。」

競爭逐漸激烈，開始攀親了！

藺成率先一步出擊。「伯淵，我祖父他致仕以後沒什麼愛好，就喜歡找些美食吃，和以前沒什麼兩樣。你還記得嗎？當年他給咱們指點課業時，面前總是少不了糕點的。」

眼看要輸了，有人抓到了重點，跟謝珣攀親，哪能比得過跟他夫人攀親呢？

「話說回來，伯淵你家夫人這手藝真是絕妙，不愧是林家女，正如她擅長經商的母親一般聰慧，說到這兒，我倒是想起來了，你丈母娘和我三伯母可是堂姊妹呀！」

「嘖，你可提醒我了，伯淵他夫人和我姨母家的四媳婦可都是林家族人，仔細一想，似乎是表姊妹來著。」

一群人嘰嘰喳喳的，吵得謝珣頭暈，他正想開口制止，忽然聽到一聲底氣十足的插話。

「伯淵，你夫人可是我表妹呀！」

「舌戰群雄」的眾人齊齊轉頭看向太子。

「她母親和林貴妃可是親姊妹，這樣一算，她差不多就是我的親表妹了。」

差不多？差太多好了嗎?!林貴妃是你庶母好不好！親表妹三個字能說出口嗎？

太子看看眾人憤恨嫉妒的目光，臉上露出勝利的笑容。「表妹廚藝真棒！」

太子在攀關係比賽中拔得頭籌，但什麼用也沒有，身為太子他是不可能打包湯湯水水的剩菜回宮的。

遺憾歸遺憾，但是見大家都很幽怨地看著他，太子暗爽。

「表妹在何處，孤要走了，總得和她打聲招呼吧。」太子堂而皇之地開口，心想著和姜舒窈要打好關係，以便下次再來，或是要些食譜到東宮去就再好不過了。

謝珣的目光掃過這群眼睛發亮，眼巴巴地望著他的同僚們。

呵，他們惦記著他媳婦吃食的心思簡直昭然若揭。

他道：「殿下此言差矣，內人畢竟是婦人，不好見外客。」謝珣拍拍袖子，身形挺拔，語氣淡漠。

放眼院中，唯有他一人還維持著風度。

他站起身來，看看天色。「時辰不早了，殿下該回宮了。」低頭看著這滿桌狼藉，再掃一眼同僚們，一個個吃得滿臉通紅，春風滿面的。

吃夠了吧？可以滾了。

在座的誰不是人精，但卻集體裝傻，假裝聽不出他送客的意思。在這一刻，他們默契到就像是異父異母多胞胎一般，全部賴著不走，順道探聽食肆的消息。

「對了，伯淵，林家的食肆什麼時候在內城開幾家？總不能就在碼頭開吧？」自從上次在碼頭吃過林家食肆的飯菜以後，他們就一直心心念念著。翹首以盼了許久，卻只等到林家的食肆在城外的碼頭開了個遍的消息。

姜舒窈睡前會和謝珣閒聊，所以謝珣還是知道林家的打算的。

「林家應當不會在內城開食肆，岳母做這一行是想著做些有利於貧民的行當，若是在內城開酒樓，豈不是有違初心？」謝珣認真地答道。

眾人聞言一愣，謝珣這麼說，他們就想起了林家食肆販售飯食時所按照的來者優先的規矩，不管是貧苦人民還是高門大戶派去的小廝，都得依照先來後到的規矩，沒有插隊的可能，這也就是為什麼他們自從那一次吃過以後就再也沒有吃過了，只因為需要趕路過去的小廝，根本搶不過在那附近工作的漢子們。

在座的都是朝廷官員，心繫社稷民生，聽到林家的做法後心中都隱隱有觸動。果然流言不可信，都說襄陽伯夫人潑辣善妒，一身銅臭味，絲毫不像個大家夫人。但見微知著，能有這心思的人怎麼可能如同流言那般不堪？

想到這裡，眾人不由得想到了同樣為流言所累的姜舒窈。除了太子，其餘人都見過曾經的姜舒窈，腦裡的印象模糊，只記得她臉上厚厚的妝容和為糾纏美男子而做出的滑稽舉動。

美男子……

想到這裡，所有人齊齊抬頭把謝珣盯著。

曾經想到姜氏女嫁了謝伯淵，他們的想法是：好險好險，幸好我沒有伯淵俊美。而如今再看他，心裡卻流下兩行淚想：好難好難，為何我生得不夠好看？

他們安慰自己雖然謝伯淵每天有好吃的，但是妻子相貌遠遜於他，也沒有那麼值得羨慕……才怪！哪怕是無鹽女，有這手藝他們也得稱讚一句傾國傾城啊！

謝珣感覺他們的眼神怪怪的，以為自己臉上沾了什麼髒東西，抬袖擦了一下。

這群人賴著不走一看就是想等著吃第二輪，他也不客氣，乾脆俐落地送客。「行了，走吧，我送你們出去。」

好吧……眾人心裡惋惜地嘆口氣，挺著圓鼓鼓的肚子往外走。

老夫人看著天色，焦急不安地在堂內打轉。

「再叫人去看看他們可有讓大廚房擺飯。」她皺眉時眉心間的豎紋無比明顯，顯得格外刻薄嚴苛。

嬤嬤恭敬地點頭，連忙吩咐丫鬟趕緊去辦。

過一會兒，出去打探消息的丫鬟回來了，畏畏縮縮地回稟。「老夫人，三房並未讓大廚房擺飯。」

聽到這個回答，老夫人冷笑一聲。「呵，虧我以為老三是個聰明的，沒想到也是個分不清輕重的。太子殿下和那麼多大臣們在院內，他還真敢讓姜氏負責飯食？這是鐵了心強撐著面子不服輸嗎？」

她噼哩啪啦說了一大堆，丫鬟不敢開口，等到她稍作喘氣的時候，才敢繼續回稟。「老夫人，我去三房那邊看了，太子殿下他們……似乎用膳用得很愉快。」

老夫人愣了愣，氣還在頭上，下意識以為自己聽錯了。

「妳說什麼？」

丫鬟趕忙垂下頭，更加恭敬道：「三房那邊熱火朝天的，隔著院牆也能聽見歡聲笑語，奴婢使人問了，說是小廚房的食材都耗光了，大廚房還勻了些過去，似乎就這樣了，還吃得不夠盡興。」

話音落，屋內陷入詭異的沈默。

這氣氛壓得丫鬟、嬤嬤們不敢大聲喘氣，生怕惹了老夫人怒火。

就當大家被老夫人的反應嚇得快要流出冷汗時，她突然開口了，聲音表面上依舊沈著冷靜，但卻有種艱難咬牙的感覺。「妳說得可是真的？」

丫鬟答是，將頭垂得更低了。

老夫人強迫自己冷靜下來，半晌否認道：「不可能。若是其他官員們喜歡，我也就當他們是吃個趣味，格外捧場。但三房裡坐的可是太子殿下，什麼山珍海味沒吃過，什麼新奇吃食沒見過，怎麼可能如此喜歡姜氏做的飯食？根本不合常理——我知道了，太子殿下定是給老三的面子。」

她找到了理由，並因為這個理由無比惱怒。「不行，不行，我不能讓老三這樣胡鬧，不能讓他們丟謝國公府的面子。哼，有這麼大的臉面，用到哪兒不好？居然讓太子殿下和東宮的同僚給姜氏抬轎，荒唐！可笑！」

她站起身來，此刻是她救場的時候了。

在太子來府時老夫人就收拾好了，她理理毫無褶縐的袖口，沈聲道：「去三房。」

一群人臉色嚴肅地往三房趕去，還未走到三房，就撞見了吃飽喝足被謝珣嫌棄地趕走的東宮小夥伴們。

他們吃得撐了，走起路來都是挺著肚子、渾身散架的懶散模樣。

火鍋味道重，他們穿的又是上好的料子，透氣吸汗的同時更吸味，所以還未走到他們跟前，一股濃重的火鍋麻辣味就鑽入了老夫人鼻腔。

她難以置信地看著面前這群人，懷疑自己是在作夢。

那個風雅無雙的太子殿下呢？那個朝氣俊朗的藺家小子呢？還有出自詩書世家的闞家才子、世代文臣家族養出的李家嫡孫……面前這一群懶懶散散、勾肩搭背的傢伙是誰？

他們流汗時抬袖亂蹭，把頭髮蹭得有點亂，再加上一個個吃得滿臉通紅，活像是喝醉酒在街上閒逛的紈袴子弟，偏偏一個、兩個還精神十足地回味著剛才的美食，絲毫沒有醉酒的模樣。

「我最愛的還是那盤羊肉卷。」

「我就不一樣了，任桌上配菜眾多，吾獨愛鴨腸。」

「嘿藺文饒，你還好意思說？總共就兩盤鴨腸，你一人就吃了一整盤。」

「哼哼，自己下手慢了怪得了誰？」

他們吵吵嚷嚷的，還是謝珣先見到站在黑暗裡的老夫人。

「娘？」他喊了一聲。

拌嘴的東宮小夥伴們隨即消聲，望向這邊。

老夫人深吸一口氣，從黑暗裡走出來，向太子殿下行禮。

太子一秒恢復到正經模樣，連忙虛扶她一把。

離得近了，他身上的火鍋味更重了。

老夫人抬頭，然後居然在他衣領上見著了油點，接著眼神恰好落在太子的嘴唇上。

剛吃過火鍋，他的嘴唇紅豔豔的，有點亮、有點腫，看上去竟然有一種奇異的嬌豔。

老夫人覺得似乎有一道天雷降下，正巧劈到了她身上。

再看其他人，無不是一個比一個嘴唇紅，配上紅通通的臉蛋，讓她有種京中男子開始盛行抹口脂的錯覺。

頓時，她準備好的說辭全忘了，只能張口說些「謝國公府招待不周」的客套話。

太子連忙堵住她的話頭。「老夫人何出此言？若今日這頓晚膳還叫做招待不周，那恐怕沒有幾頓宴席稱得上是招待妥當的。」

謝伯淵還在後面站著呢！萬一他聽到了傳給他媳婦可怎麼辦？

東宮其餘人也想到了這點，連忙緊跟太子的步伐盛讚晚膳，高舉「姜氏手藝真棒」的旗幟。

老夫人頭更暈了，一時有些站不穩。

不可能，怎麼可能呢？一定是老三讓他們這樣做的！沒錯，老三居然求他們為姜氏周全臉面……她依然勸著自己，可是到了這個地步，她已經無法說服自己了。

「娘，您怎麼了？臉色為何這麼差？」還是謝珣發現她不對勁，扶了她一把。

老夫人回神，心神不寧地道：「沒事，沒事。」

見她臉色奇差，謝珣趕緊讓丫鬟扶她回去。

老夫人腳步不穩地走了，她一走，眾人又恢復了那副勾肩搭背、吃飽喝足的懶漢模樣，一個個身上沾著油點還毫無察覺，自詡風流地閒扯作詩。

「伯淵！」身後突然傳來女子的喊聲，勾肩搭背的東宮小夥伴們立刻端正姿態。

他們隨著喊聲傳來的方向轉頭，就看見了穿著簡單卻難掩豔麗明媚的姜舒窈朝這邊小跑過來。

姜舒窈骨子裡始終是現代女子的思想，沒覺得婦人見不得外男，認為老公的同事們聚餐完要走，她這個操持晚飯的妻子總得出來送送客。

因為是夏夜，她穿著顏色清涼的薄衫，襯得肌膚欺霜賽雪，烏髮高高堆起，露出白皙纖長的脖頸，明豔中透著清麗，踏著月色小跑而來，彷彿是畫中人誤入凡世。

仙女，妳誰？東宮小夥伴們傻了。

「伯淵。」姜舒窈在謝珣身邊停下，微微喘著氣。「怎麼客人走了也不跟我說一聲？」

所以這個仙女是姜氏?!

語言無法描述東宮眾人內心的衝擊，說好的豔俗女呢？說好的粗俗不堪呢？說好的妝容厚重，神態滑稽呢？

其實光光是美貌並不足以讓他們震撼，但是想到她那手廚藝，眾人就恨不得回到當年她故意落水纏上謝珣的那天，一起跳水下去救她。

誰說她配不上謝伯淵？她若還配不上，謝伯淵就一個人孤獨終老吧！

第四十三章

愚笨的人還在震撼錯愕，聰明的人已開始搶占先機了。

「嫂子好！」

嘶，這個沒皮沒臉的人是誰？眾人扭頭一看——藺成笑得那叫一個燦爛。

姜舒窈不認識藺成，但是聽謝珣說過，心裡猜出了他是誰，對他點頭笑笑，轉頭對謝珣嗔怪道：「要走怎麼不說一聲？我還說讓他們帶些甜品走呢，火鍋畢竟有點油膩上火。」

說完這話，她不好意思地笑笑，對藺成客氣地道：「我準備了些去火的涼飲，也不知合不合口味？」

話沒說完，藺成瘋狂點頭。「合！合！當然合！謝謝嫂子！」

這沒出息的樣啊，真沒眼看！眾人表示嚴肅譴責，並爭先恐後地開口道「嫂子好」、「弟妹好」。

這群人突然開口攀關係打招呼，跟喊軍訓口號一樣嘹亮有氣勢，嚇姜舒窈一大跳。

我跟他們很熟嗎？還是原主認識？

太子慢一步。「表妹啊！」

這一聲格外突出，引得姜舒窈看去。

看見太子的臉後，她更是無比疑惑：這誰？沒記錯的話林貴妃的兒子才幾歲吧？

謝珣的面癱臉隱隱約約抽了一下，太丟人了，他趕忙把姜舒窈的注意力引走。「咳咳，甜食的話就不用了，他們吃得撐了。」

姜舒窈還未開口，眾人已經結成聯盟，義憤填膺地反對謝珣。

「不撐不撐，嫂子有心了。」

「辛苦嫂子了。」

「我最愛甜品了。」

謝珣無奈放棄，於是姜舒窈便吩咐丫鬟們為他們端來仙草奶茶。

她做得不多，主要是想自己吃的，剛才想起來便給他們也裝了點。一人一個小竹杯，配上調羹和葦管。

裡頭的仙草凍使用仙草熬製而成，熬出來的湯過濾後加入米漿和小麥澱粉熬煮，晾涼以後凝結成烏黑清透的果凍狀，切丁放入碗裡，加入花生碎、芋圓、蜜棗、葡萄乾，以及用黑糖熬煮過的紅豆，最後淋入一大勺奶茶，清涼降火，消暑解渴。

丫鬟們遞上竹杯，所有人都好奇地往杯裡看去。

奶茶泛著清甜的茶香和奶香，仙草凍切塊，黑亮晶瑩，在淺褐的奶茶中沈沈浮浮，周圍堆著紅豆、葡萄乾、綠豆等等，顏色豐富，看著就香甜可口。

姜舒窈送完仙草奶茶，對謝珣點點頭後，便轉身離開了。

眾人捧著竹杯，狗腿地跟姜舒窈道別，嚇得她加快了腳步。

她一離開眾人的視線後，全部人都連忙拾起調羹，舀一勺令人好奇到心癢癢的甜品。

仙草凍滑溜溜的，調羹差點舀不上，還彈性十足，舀起來便隨著搖動的調羹而顫顫巍巍，放入口中，一股微苦的清新口味立刻刮走了味重的麻辣餘味。

仙草凍口感細膩，為了消火，姜舒窈熬製時刻意加了些清火的中藥材，所以吃起來有一種深邃醇厚的清苦，這苦並不難吃，反而讓油膩燥熱的腸胃頓時清爽了，來不及細嚼，仙草凍就順著喉嚨一路滑進了胃裡，讓人頓時神清氣爽。

奶味香甜，茶味清新，用黑糖熬製過的紅豆蜜意濃厚，葡萄乾酸甜耐嚼……各種豐富的甜味與仙草凍的清涼微苦交融在一起，甘苦夾雜，一勺入肚，悶熱的夏夜立刻變得清爽宜人。

花生碎清脆，葡萄乾耐嚼，仙草凍滑嫩，舀起一勺豐富的配料入口，感受咀嚼配料的同時，甜爽的奶茶在口中慢慢漾開，這滋味實在是美妙。

東宮蹭飯小隊一個個吃得眉眼舒展，嘴角上揚，等到被謝珣毫不留情地送出謝國公府後才陡然意識到這麼一小杯哪夠啊？

老夫人回到院子裡，總覺得胸口氣悶，她怎麼也想不明白自己是哪個點想岔了。

嬤嬤為她揉著太陽穴，不敢吭聲。

她想著剛才的畫面就感覺臉上火辣辣地疼，再記起那天她在謝珣面前說的那番看不起姜舒窈的話，更是胸悶氣短。

她不願意相信，更不願意承認這個事實，因此她找了無數個自我安慰的理由。

就算太子吃得開心又如何，難不成還真能全是她的功勞？他們一定給了老三面子；就算她露了這一手廚藝，也依舊改變不了她那些難聽的名聲，她依舊是京中貴女、主母飯後茶餘嘲諷的對象；只是一頓飯而已，能有什麼大不了的，這頓飯能有什麼大的影響不成？

她唸著這些理由，勉強入睡。

一夜輾轉，睡得極其不安穩，但勉強還是睡著了，第二日醒來時總算舒服了不少。她精力恢復了一些，剛剛被人伺候著梳洗起床，就見徐氏滿臉喜意的從外面進來。

徐氏行禮後問道：「母親可是身體不舒服，今日怎麼起得這麼遲？」

老夫人擺擺手，不願多言。「急急忙忙的，有什麼事嗎？」

徐氏嫁過來多年，很少在老夫人面前露出這般雀躍歡喜的模樣。

「當然是好事啊。」她聲音裡也帶著喜意。「皇后娘娘剛才賞賜了好多東西給咱們府，說是三弟妹做的甜飲甚合她心意，誇讚她心靈手巧、賢淑——」

見老夫人呆愣愣地站在原地，表情僵硬，徐氏連忙住了嘴。

「母親？」她小心翼翼地問道：「賞賜我已讓人全部送去三房了，您要不要去湊個熱鬧，沾沾喜氣——」

話沒說完，老夫人突然渾身脫力，軟軟地跌坐在榻上。

盛夏來臨。

姜舒窈想著天熱了，常人飯量都會減少，所以給謝珣的飯裝得越來越少了，這就導致了藺成和一群垂涎欲滴想蹭飯的人一點邊角料也吃不上。

他們無比渴望著林家的食肆能開入內城，這樣就不用整天饞謝珣的午膳了。

可惜謝珣斬釘截鐵地說過林家不會在內城開食肆，他們也就歇了心思，四處尋摸廚娘去了。

只是，他們千算萬算也沒算到過姜舒窈的打算。食肆販售飯食的目的是在保證美味的前提下管飽，讓勞動的下層人民吃飽、吃開心，並不算純粹的追求美食的快樂。

於是她便給林氏寫信說了小吃街的想法。

林氏開了幾家食肆後，時不時去那兒轉轉，看大家滿臉幸福，熱火朝天地吃飯，自個兒心裡也舒服不少。心頭的鬱結一點點散開，她不再困於後宅那些紛擾不甘，而是全心全意地專注吃食生意。

姜舒窈給她說了小吃街的想法後，她立刻渾身充滿幹勁，挺著孕肚親自出門選小吃街的地址。

林氏闊綽，一出手就是一條街，全部翻新重建，封路裝修。萬事俱備只欠東風，就等姜舒窈貢獻小吃方子了。

比起專供不怎麼挑嘴的漢子們的食肆，小吃街的吃食選起來就費力多了。

幸虧她多了個幫手周氏，兩人一起做菜、一起研究，食譜定下的時間比計劃中早了不少。

小吃街不能一開始就把規模開得太大，吃食也不多，按照姜舒窈的說法，這叫「試營業」。先開幾家鋪面，試一試食客的態度和口味，若是合適，再把規模慢慢擴張。

今天她和周氏試的是現代小吃街的熱門商品——炸串。

炸串味重，油香陣陣，配上重口味的調料粉和醬汁，一口下去，罪惡感十足。越是夏季，人就越追求這種刺激重口的實物，舌尖品到香辣鹹香的醬汁和油香時，一天的濁氣和鬱悶全部都消散了，有一種緊繃過後恣意放縱的快樂，再配上一杯冰啤酒，一口串、一口酒，每一口吃的是瀟灑和自在，不管明天是什麼樣，此時此刻盡情享受罪惡的炸串就好了。

醬汁的調配極其講究，姜舒窈和周氏研究了三天，才配出了最適合的醬汁。幸好她這肉身也是古人，雖說吃自己煮的吃食，口味較原主重了些，卻還是比上輩子吃得清淡了。

雖說光是炸串刷的醬汁就很費心思，但對姜舒窈來說，材料並不算難配，畢竟她在家閒著沒事就一直鼓搗醬料，比如甜麵醬、黃豆醬、蒜蓉辣醬等等都弄出來了。

當然，必不可少的還是自己熬的蠔油，因為製作過程純天然無添加，所以蠔油的鮮味格外濃郁，炸串的鹹鮮味全靠它打頭陣。

料粉選用花椒、八角、草果、香葉、白芍、丁香等等香料混合研磨成粉，和辣椒粉、蒜酥、孜然粒、花生粉等一起再次研磨。

混合好的料粉紅通通的，架鍋燒水，加入料粉和蠔油、蒜蓉辣醬熬煮，攪拌均勻，加入澱粉勾水，等到鍋裡紅豔的醬汁咕嚕冒泡時，就可以關火了。

香辣醬汁熬出來的味道濃烈，熱氣夾雜著濃郁的鹹香味，又因為放入了各色香料，所以味道複雜，光是聞了就讓人直咽口水。

然後就是甜鹹醬汁的熬煮了，這比香辣醬汁要少費一些工夫，成本也更低。蠔油、甜麵醬、糖、芝麻等混合以後放入開水中，同樣一邊熬煮一邊攪拌，最後放入澱粉，出來的成品呈褐棕色，表面浮著一層白芝麻，醬香濃郁。

周氏拿了個調羹沾了一點醬料，放入口中，味蕾瞬間被這複雜鮮鹹的味道俘獲，她驚訝地瞪大眼。「三弟妹，這可真是奇了。」

因為天熱，姜舒窈不想悶在小廚房炸串，於是把之前烤肉的火爐拿出來，在院中用淺口平底鍋炸串。

這可苦了院裡的下人了，炸串入鍋，「滋啦」一聲響，伴隨著陣陣的油香，激得人一個激靈，瞬間有精神了。

周氏對姜舒窈的手藝有一種近乎盲目的相信，炸串一下鍋就開始咽口水了。

因為今天是試驗炸串的口味，所以姜舒窈準備的炸串種類豐富，紅紅綠綠擺了一大盤，她看著這一大盤，有點不好意思地對周氏。「二嫂，麻煩妳啦，今日全得靠妳試一遍口味。」

鼻尖聞著炸串的誘人油香，看著那兩碗鮮香濃郁的醬汁，周氏連忙答道：「當然不麻煩！」這簡直是享福好嗎？

周氏幸福得快要冒泡泡了，跟著姜舒窈在一起，既可以擁有做美食的快樂和成就感，又可以痛痛快快地享受各式各樣新奇的美食，她真是恨不得立刻踹掉她們之間的阻礙，即刻搬到三房居住。

炸串浮在油鍋中，周圍滋啦滋啦地冒著小氣泡，看著就讓人心情舒暢。

周氏滿腦子都是香噴噴的炸串，腦子不怎麼轉得動，後知後覺的想：咦？她們之間有什麼阻礙來著？

在東宮為政事憂心的謝珣突然打了個噴嚏。

他抬頭看看天色，快要下值了，得趕緊趕回府裡面，要不然總覺得心裡隱隱有些不安。

炸串出鍋了，周氏也想出了剛才問題的答案——毫無疑問，當然是……徐氏！

說曹操，曹操到。徐氏領著兩個小傢伙，從院門處走了進來。

謝昭聞著香味，掙脫徐氏的手衝過來，踮著腳尖往桌上瞧。「這是什麼呀？」

徐氏趕緊過來把他拽住。

姜舒窈道：「炸串，不過你可不能多吃，太油。」有著上次的教訓，她可不敢什麼都拿給兩個小姪子吃了。

謝昭乖巧地點頭，舔了舔嘴巴道：「我就吃一點點，嚐個味道就行了，絕對不給三嬸添麻煩。」

謝曜在一旁眨眨眼，也跟著點點頭。

姜舒窈的袖口用布條綁住，更方便做事。她用長筷挾出炸好的放在大方盤裡，用刷子蘸蘸醬汁，給炸串正面刷兩下，一起翻面，再刷兩下。

金黃的炸串刷上亮澤濃郁的醬汁，色澤棕紅，再撒上一點芝麻，醬汁順著炸串滴落，香辣誘人。

「二嫂，妳嚐嚐怎麼樣。」刷好醬汁後，姜舒窈把盤推到周氏那邊。

周氏輕輕瞥了一眼徐氏，有種揚眉吐氣的感覺。就算帶著兩個孩子來又如何，三弟妹還是會先遞給她。

里肌肉串外皮炸得金黃可口，嫩嫩的肉串表面掛著濃郁的醬汁，色澤鮮亮，點點芝麻附在其上，拿近了，那股濃郁的鹹香和油香立刻鑽入鼻腔，似一股電流般衝上腦門，舌根不自覺地分泌口水。

周氏把脖子微微前傾，一口咬下里肌肉，剛入口，醬汁的鮮香麻辣就席捲了整個唇頰。這股辣不是乾辣，而是一股跳脫的香辣，並不刺激，但足以充分喚醒味覺，使得醬汁的鮮、鹹、麻、甜被放大，醬香中透著甜，甜中又透著鹹，豐富的口味交雜，香得人暈暈乎乎的。

里肌肉串外面那層肉被炸出了韌勁，邊邊角角帶點酥脆，咬開外皮後，一股熱氣衝了出來，里肌肉嫩滑到了極點，肉汁全部被熱油鎖在了裡面，沒有一絲肉腥味，嚼起來滿足感十足，恨不得一口氣從尾扯到頭全部吃入嘴裡。

「怎麼樣？炸得老了嗎？」

周氏嘴裡咬著里肌肉捨不得咽下，說話含糊不清，只能用力點頭並豎起大拇指。

「那就好，剩下的炸串也請二嫂全部品嚐一番。」姜舒窈說完轉頭對徐氏道：「大嫂要不要來一串？」

徐氏看周氏吃得嘴角沾醬狼吞虎嚥的模樣，默默咽了咽口水。

「不用了。」她笑著道：「今日我家老大、老二書院休假歸家，我忙著迎接他們，顧不上兩個小傢伙，正巧他們纏著我想要來妳這兒纏了很久了，我就想著把他們送過來蹭頓晚飯，免得他們老在我跟前搗亂。」

徐氏摸摸謝曜的頭。「上次他吃壞肚子給妳惹了麻煩後就不敢過來了，但阿昭一直吵吵嚷嚷的，實在是頭疼，我沒法子，只能讓他們過來瞧瞧。阿昭說他一定乖乖的，若是不聽話，弟妹就把他倆送回大房。」

謝昭委屈兮兮地拽拽姜舒窈衣角，姜舒窈笑道：「正巧我晚飯煮了白米粥，佐涼菜吃，清淡養胃，大嫂妳就放心把他們交給我吧。」

「麻煩妳了。」徐氏道謝，準備回大房繼續盯著丫鬟們置辦宴席以迎接謝曄和謝晧。

周氏見徐氏要走，才鬆了口氣，誰知姜舒窈熱情地道：「大嫂要不拿上兩串走？」

周氏一愣，警覺地看向徐氏。

徐氏喜好甜食，對鹹口的食物興趣不大，但此刻聞著油香和醬香，看著油亮醬紅的炸串，鬼使神差地開口。「那就多謝弟妹了。」

她隨意選了一根年糕，年糕被切成了米白色的方片串在竹籤上，炸過以後邊緣微黃，刷上兩層醬汁後，米白上的那抹棕紅的醬汁與亮眼的白芝麻顯得格外誘人。

她挽起袖子，優雅地咬下一口，瞬間被這鹹口的食物收服。

年糕外面有點脆脆的，輕鬆地咬開後，裡面軟糯、有韌勁，油炸以後那股濃郁的米香被激發了出來，醇厚香濃，配上辛辣微甜的醬汁，唇頰生香，越嚼越上癮。

「怎麼樣？」姜舒窈問。

剛才她心裡還嫌棄周氏沒有吃相，嚼著炸串不咽下，連說話都含糊不清的，輪到自己時才明白周氏的感受。

她用手半掩著嘴唇，不斷點頭，最後沒法，學著周氏的模樣豎起了大拇指。

謝曄和謝皓作為謝國公府的長房嫡子，從小便被寄予期望，兩人很小就被送到了書院讀書，只有休假時才回來。

他們本來應該天黑時才趕回府，但今日行得急，還沒到傍晚就回來了。

他們先去壽寧堂拜見了老夫人，老夫人精神不佳，看著病懨懨的，他們便沒有多留。出了壽寧堂問老夫人的病況，嬤嬤支支吾吾地不敢回答，他們又尋了小丫鬟來問，才知道似乎和三夫人有關。

兩人作為姜舒窈當年調戲美男導致一群人落水的見證者，對這個三嬸印象十分不好。但她和兩人井水不犯河水，兩人也不會去她面前添堵，只是有時候聽著書院同窗調侃三叔這門婚事時才會想起她，然後對這個三嬸更加不喜。

然而不清楚事情原由，他們也不會妄加揣測，打算回大房問問母親。

結果到了大房，不僅沒有見著徐氏，連兩個幼弟也沒見著。

一問丫鬟，才知道徐氏帶著兩個幼弟去了三房。

「大哥，你說母親去三房幹麼？」謝晧不解。「還把阿昭和阿曜帶上了。」

他們離府已經有兩、三個月了，對府裡發生了什麼毫不知情，記憶還停留在姜舒窈剛嫁過來那會兒，謝曄皺眉道：「我記得母親不喜三嬸的。」

「對啊。」

兩人有些擔憂，在院裡等了一會兒，結果忙著吃炸串的徐氏久久沒有歸來。

眼見著夕陽快要落下了，徐氏還沒回來，謝晧先忍不住好奇，對謝曄說道：「不如我們過去看看吧？」

兩人一路朝三房走去，結果都走到三房院門口了，還沒碰見回來的徐氏和兩個弟弟。

「你說母親到底有何事？」謝曄看著天色，奇道：「都這個點了，還不回來，難不成……還能在三房用晚膳不成？」

「哈哈哈哈哈。」謝晧大笑。「大哥，你真風趣。」

謝曄同樣被自己的幽默逗笑，兩人笑得前仰後合，快要直不起腰了。

勉強收住笑後，他們來到院門口，還沒邁進去，一股油香夾雜著麻辣鮮香的風味就鑽入了他們的鼻腔，讓兩人臉上的笑意頓時僵住了。

第四十四章

謝曄和謝皓對視一眼，問站在院門處的丫鬟。「大夫人可在院裡？」

丫鬟應是。

謝曄沈默片刻，道：「妳去傳聲話，告訴大夫人我們已經回府了。」

丫鬟按吩咐進院裡傳話去了。

兩人年歲不大，正處於對萬事萬物好奇的時期，想到徐氏領著兩個弟弟在三房逗留，難免腦補了一大堆什麼口角、帳目糾葛、內宅爭鬥……任他們怎麼想，也不會想到徐氏當真只是在三房吃炸串忘了時辰。

丫鬟進院子通報了以後，徐氏才意識到自己誤了時辰，連忙吃完手上這串炸串，擦擦嘴角往外走。

眾所周知，徐氏就是端莊賢淑的代名詞，在規矩禮儀上從沒有過疏漏。

所以當她以手掩面，一邊嚼著串、一邊匆匆忙忙地往外走時，謝曄和謝皓驚訝得下巴都要掉地上了。

徐氏對站在院門外傻眼的兩個兒子道：「你們怎麼過來了？」

謝曄看著咽下炸串後，又恢復到了以往端莊溫婉模樣的徐氏，結結巴巴道：「我們回府後聽母親來了三房，見您久久不回來，便想著過來看看。」其實主要是害怕徐氏領著兩個弟弟在三房和人發生爭執。

徐氏點頭道：「走吧，回去。」

謝晧忍不住好奇，跟上徐氏的步伐。「母親，您剛才在裡面做什麼呢？阿昭和阿曜呢。」

徐氏步伐平穩，姿態款款，溫聲細語道：「阿昭和阿曜念叨著想來三房玩，我就把他們送過來了。」

謝晧以為兩個小傢伙是過來找謝珣的，挑起半邊眉道：「母親，您也太縱著他們了，現在正是飯點，把他們送過來找三叔玩，不會奇怪嗎？」

徐氏愣了一下。「就是飯點才送過來的呀。」她臉上露出不好意思的神情。「兩個小傢伙饞他們三嬸的手藝，我被纏得沒辦法，只能麻煩三弟妹了。」

謝曄和謝晧懷疑自己聽錯了，半晌沒有反應過來。

短短三個月，徐氏變了太多，臉上不再是一成不變、戴了面具似的溫婉神情，她笑容帶上了一絲活潑，直言道：「別說他們，就連我也饞呢。」

這番話衝擊力實在是太強，兩人頓住腳步，站在原地遲遲緩不過神。

徐氏回頭。「怎麼了？」

謝曄和謝晧還在震驚中沒反應過來時，思緒忽然被一聲呼喊打斷。

謝理頂著張嚴肅的黑臉走過來。「夫人。」

徐氏回頭，驚訝道：「夫君，你怎麼也來了？」

今日嫡長子、嫡次子回府，謝理下值後早早地回到了院中，結果院子裡妻子不在，兩個小兒子不在，一問丫鬟，連兩個大兒子也不在，全都去了三房了！此事定有古怪。

謝理合理猜測應當是姜舒窈又在做新鮮吃食了。

往常三弟妹做了吃食都會送給大房一些，今日莫不是直接讓人過去嚐嚐了？

謝理知道林家開食肆的事情，知道姜舒窈琢磨食譜後會找人試口味。於公，他作為家人應當幫助弟妹品嚐新品；於私嘛……哈哈哈。

謝理邁著雀躍的步伐衝到了三房，希望能趕上一口熱的。面帶急色，腳步匆匆，看上去跟尋仇似的，嚇得路上的丫鬟趕忙垂頭躲開，生怕被這大理寺鼎鼎有名的活閻王「遷怒」。

謝理緊趕慢趕趕到了三房，結果見他們都已經出來了，整個人就跟被針扎了的氣球一樣，頓時洩了氣。「無事，我只是過來看看。」

徐氏總覺得有什麼古怪，卻又猜不太出來。

就在此時，後面追上來了一個小丫鬟，手裡端著盤，見到徐氏後行禮道：「大夫人，三夫人讓奴婢送些炸串到大房，說是給兩位回府的少爺嚐鮮，然後再麻煩大夫人給四小姐那兒送些過去。」

從謝珮與姜舒窈一同歷劫後，姑嫂間的關係便好了起來。但兩人在府內的來往不多，謝珮性子外向、愛玩，又生怕老夫人介懷，所以姜舒窈轉了個彎，透過徐氏給小姑子送吃食。

徐氏的心頓時軟得不像話。「弟妹真是的……」怎麼能夠如此體貼，太招人疼了。

她頓了一下，抬頭對兩個愣愣地看著炸串的兒子道：「你們同我回去謝謝你三嬸。」

「這——」兩人不想見到姜舒窈，只因他們實在是害怕姜舒窈這個潑悍的女人，畢竟她和郡主曾經可是把一群人嚇到落水過，幸而兩人當時年歲尚小，勉強逃過一劫。

徐氏已經把姜舒窈當成親人來相處了，恨不得讓所有人都來誇誇她的好妹妹，於是不顧兩人的遲疑，領著兩個兒子返回到三房，後面還多了個一聲不吭、不斷捋鬍子的謝理。

姜舒窈準備的炸串有點多，光憑她和周氏是吃不完的，廚房還備著白米粥和涼菜，哪怕飯量大如謝珣也不可能吃乾淨。

正當她發愁著怎麼把餘下的炸串解決時，丫鬟稟報說徐氏又回來了，還帶著大老爺和兩位少爺。

姜舒窈一樂。「快讓他們進來。」

大房一群人進了院子，一進來，滿院子的香辣味頓時讓他們渾身都精神了。

謝理摸摸鬍鬚，深吸一口氣，感嘆道：「三弟妹的手藝怕是又有精進啊。」

謝曄和謝晧尖著耳朵，瞪眼看向謝理。

不會吧，爹您怎麼也叛變了？當初姜大小姐要嫁給三叔，您可是整日整日嘆氣的啊！

謝曄和謝晧對視一眼，他們就不信了，世間有什麼美食能讓他們端莊大方的娘，刻板嚴肅的爹，還有兩個誰也不愛搭理的弟弟紛紛屈服！

見這麼多人過來，喜歡熱鬧的姜舒窈綻開笑容打招呼。「大嫂，大哥。」

謝理連忙接道：「弟妹好。」語氣溫和得直讓謝曄和謝晧懷疑自己爹被妖怪附身了。

徐氏轉頭對兩個乾瞪眼的兒子和和氣氣道：「還不問候你們三嬸？」

兩人被話裡蘊含的機鋒嚇得一抖，甭管來之前是什麼心思，此時此刻全部收斂好，恭恭敬敬地拜見姜舒窈。

姜舒窈笑著回應，然後熱情招待。「正巧我做了許多炸串，要嚐嚐嗎？」

謝曄再次作揖，恭敬道：「多謝三嬸的好意，這就——」

話沒說完，被他爹突然擠開，謝理板著張閻王臉，語調一如既往地嚴肅。「甚好甚好。」

周氏往姜舒窈旁邊一站，竟然學會了徐氏的標準溫柔笑容。「今日做的炸串十分美味，你們可算是來對了。」居然有點賢妻良母的味道。

謝曄和謝晧眨眨眼，不會吧，不可能吧，是他們看錯了吧？

曾經那個見誰都沒好臉色，刻薄凶狠的二嬸去哪兒了？

娘變了，爹變了，連二嬸也變了，這到底是怎麼回事？

他們還在風中凌亂時，謝理已經先一步走到桌前，看著兩碗醬香濃郁的醬汁，默默地咽了咽口水。

「大哥來串豆皮？」

謝理點頭。

姜舒窈把正在瀝油的串從鐵網上取下來，放在盤裡，用刷子蘸蘸醬料，索利地往豆皮上一掃，嫩黃的豆皮覆蓋上鹹甜透亮的醬汁，翻個面，再刷一層辣醬，帶著芝麻的紅豔醬汁掛在串上，色澤飽滿，誰看了都挪不開腳步。

刷好醬料後她把炸串遞給謝理，謝理道謝後接過，迫不及待的放進口中。豆皮捲成了窄卷，裡面夾著韭菜，剛好一口一個。

甫一入口，一股濃郁的香辣味立刻占據了口裡的每一寸角落。豆皮炸得火候剛剛好，邊緣脆脆的，表皮炸出了星星點點小泡，脆香醇厚，內裡又不會脫去太多水分，依舊保留了豆皮嫩嫩的口感。

裡面的韭菜過了油，軟塌塌的，有一股特別的清香味，在嘴裡咀嚼，迸濺出的汁水是甜的，配著豆皮串外面刷著的那股鹹辣麻香的辣醬剛剛好。

謝理一向寡言，此刻卻忍不住誇讚道：「味道極妙。」

姜舒窈又取了兩串脆骨，刷上醬，遞給在旁邊傻站著的兄弟兩人。「嚐嚐怎麼樣？」

兩人還處於巨大的衝擊中沒回過神，愣愣接過。「多謝三嬸。」

竹籤還留有一絲絲熱度，炸串拿到面前，表面上那層醬汁更加瑩亮了。高溫油炸後的肉串有股獨特的魅力，不是被慢慢浸透味道的煮串，也不是帶著炭烤香味的烤串，而是以油溫鎖住內裡鮮嫩肉汁的同時，給肉串帶來一股微微焦香的肉味，偏偏肉串表面並無焦黑的部分，只有紅棕亮澤微酥軟彈的表皮。

這是他們第一次吃到脆骨，以往吃的飯食都是精細處理過的，肉恨不得煮爛了、切碎了，生怕勞累了貴人的牙，所以在牙齒碰到骨頭時，兩人都有些驚訝。

脆骨肉的部分軟而紮實，蘸上醬汁和孜然、辣椒，鮮香麻辣。脆骨嚼起來並不費力，稍微用力，聽得「喀」一聲便碎了，這個口感實在是讓人上癮，咬了第一下，接下來口裡都是脆響聲了。如此豐富的口感下，味道也十分誘人，既有肉的鮮、又有醬料的香，每咬一口都是享受。

丫鬟正巧端來茶水，他們連忙接過一杯灌入口中，清涼的茶水剔除了炸串的油膩，只剩下香氣在嘴裡久久不散，實在是折磨。

謝曄和謝晧吃完脆骨後便沈默了，視線一掃，看到了在不遠處坐著的兩個弟弟。

謝昭和謝曜找了兩個高凳子坐在旁邊，短腿搆不著地，一人手裡拿了根炸火腿腸，十分不捨得小口小口吃著，因為姜舒窈說他們不能多吃。

謝曄和謝晧聽到了自己咽口水的聲音。明明來時胃口全無，此刻卻連幼弟手上的也饞。

謝昭感受到目光，抬起頭來正巧撞上他們的視線，舉著炸串獻寶似地衝他們笑。「大哥、二哥，火腿腸！」

饞別人的吃食被抓包，兩人臉一紅，趕快收回視線。

姜舒窈聽到了，也給他們刷了兩根火腿。「這是專門做給小孩的，應當很合你們口味，畢竟小孩都喜歡。」

小孩？她就比他們大了兩、三歲好嗎？當年她調戲美男時，他們也在場呢！

兩人腹誹著，手卻不受控制地接過炸火腿腸。

火腿腸外皮紅嫩，用刀劃過，油炸過後像花一樣綻開。火腿腸外焦裡嫩，外面的肉被油炸過後縮緊成一層紮實的薄皮，裡面的肉和外層差異巨大，嫩得不像話，因為加了澱粉，一抿就化了，卻是肉香十足。

好吧，小孩就小孩，他們太喜歡火腿腸了。

他們一邊小口小口品著火腿，一邊想著下次書院同窗再提當年三嬸調戲美男落水的事時，他們必須得為她正名。

能做出這等美食的人，一定擁有一顆七竅玲瓏心，想必當年調戲美男之事別有隱情……算了，直接承認吧！他們就是太饞這口吃的了，誰能頂得住啊？

姜舒窈讓人端來板凳放於大樹下，大房幾人就在院裡樹蔭下坐了下來，開開心心地吃起炸串。

不得不說，三房院子裡就是有這種魔力，到了這裡以後渾身的拘謹都沒了，吃著炸串，喝著清爽解渴的涼茶，一天的疲憊都消散了。

謝昭吃完炸火腿腸，不甘心地想要再來一根，被姜舒窈無情拒絕。

他扯著姜舒窈的裙襬，熟練地開誇。「三嬸，妳就再給我一根吧，妳最好了，妳是一等一的大美人，沈魚落雁、國色天香、花容月貌——」

姜舒窈連忙捂住他的嘴，尷尬到想鑽地洞逃跑。

謝曜也跑了過來，扯扯姜舒窈另一邊袖子，眼看著就要張口誇她了，姜舒窈手忙腳亂地又去捂他的嘴。

謝昭被鬆開後，一臉茫然地看著姜舒窈，眨眨眼，半晌反應過來。「三嬸說過誇得好聽有獎勵的，怎麼不讓誇了……我懂啦！三嬸是害羞了嗎？」

逗小孩的幼稚行為被揭穿，姜舒窈臉紅得跟被燙過一樣，對一旁的圍觀群眾尷尬笑笑。

周氏率先噗哧一聲笑出來，接著大家都笑了，就連一向嚴肅的謝理也翹起了嘴角。

她跟姜舒窈相處久了，鬆懈下來後又撿回了在邊關生活時的習慣，大刺刺搭住姜舒窈的肩膀，笑道：「弟妹，沒想到妳平素裡原來是這個模樣呀？想聽誇讚，找我就好啦，我日日換著花樣誇妳怎麼樣？」

徐氏不落下風，溫溫柔柔開口。「弟妹真是小孩子心性。看來往日是我嘴太嚴了，心裡的欣賞稱讚雖多，說出口的卻太少。」

周氏吊兒郎當地摟著姜舒窈，聞言眼風掃過來，對著徐氏挑眉一笑。

徐氏的目光落在她倆親密的姿勢上，臉上笑意加深，溫柔到有點可怕。

謝曄和謝皓齊齊轉腦袋，把目光落到周氏身上，又轉回看自己娘親，最後是姜舒窈。什麼情況？

他們最後把目光投到謝理身上，這個身處危機而不自覺的男人正悶頭嚼炸串嚼得正香。

兩人那叫一個無語。哎喲喂，爹，您可別吃了！都什麼情況了！

謝珣一邁入院子，就被院裡坐了這麼多人嚇了一大跳。

比起上次還多了他哥和兩個大姪子，一大家子坐在樹蔭下，歡聲笑語，其樂融融，畫面極其和睦美好，悠閒溫馨。

謝珣愣住，遲疑地思索了一下自己剛才的路線。

這是三房，不是大房吧？大房拉家帶口來院裡排排坐是怎麼回事？

再仔細一瞧，發現自己的媳婦被英氣美豔的周氏大剌剌地摟著肩膀，旁邊還有兩個小蘿蔔頭扯著她的衣角，這畫面……真是讓人上火啊。

謝珣深吸一口氣，悶不吭聲踏入院中，院裡眾人直覺不對勁，陡然安靜下來。

一回頭，就見穿著官服身形挺拔的謝珣站在院門口，冷著張臉，神色漠然，威嚴赫赫，明明是三伏天卻感覺他渾身上下都冒著涼氣。

他依次和排排坐的眾人打招呼，誰被點名誰就感覺背脊一涼。

最後輪到姜舒窈，他側過臉沒看她，收了冷臉，小聲道：「我去換衣裳。」

姜舒窈疑惑地看著謝珣的背影，摸摸下巴。哪裡怪怪的，她為什麼會覺得謝珣有一種委屈兮兮的感覺？

徐氏一顆玲瓏心，看著謝珣那樣沒覺得怕，反而忍不住掩面低笑。

謝理轉過頭來看她，一頭霧水。「夫人，妳在笑什麼？」

徐氏搖搖頭：「沒事。你繼續吃吧，我們在這兒多坐會兒。」

謝珣換完衣裳回來時，姜舒窈身旁沒有再靠著周氏了。丫鬟們正圍著長桌打轉，撤了火爐和鍋，擦乾長桌，端來在小廚房晾涼的白米粥，擺碗放勺，這些舉動成功分開了周氏和姜舒窈。

謝珣臉忽然就沒那麼冷了，但看著一群人其樂融融地坐在一起吃喝玩笑，覺得自己格格不入，刻意繞到遠處的椅子上坐下。

謝昭興奮地跑到長桌旁，踮起腳往桌上看。「這是什麼粥呀？」

周氏走過來，看了一眼。「就是普普通通的白米粥吧。」

「嗯，好吧。我好想吃上次的皮蛋瘦肉粥，三嬸，妳下次再給我做一次好不好呀。」

「好呀，等你下次來我就給你做。」

你一句、我一句，熱熱鬧鬧的，活像他們才是一家人。原來他不在時，他們便是這般相處的。

謝珣坐在遠處的椅子上，悶悶不樂，又轉而在心頭反覆默唸「媳婦受歡迎是好事」，努力說服自己。他耷拉著腦袋在遠處坐著，存在感極低。

上方突然傳來姜舒窈的聲音，謝珣抬頭，不知何時姜舒窈走到了他的身邊。

「在想什麼？」

這是她往常夜間乘涼的地方，擺了兩把椅子和一把躺椅，謝珣坐在這兒，她便順勢在他旁邊的椅子坐下。

謝珣忽然有些局促，他看看姜舒窈，又看看遠處說笑的眾人，對她道：「妳不過去和他們一起嗎？」

姜舒窈沒想到他會這麼問，沒明白他的意思。「什麼？」

謝珣也不知道怎麼回答，便搖搖頭，垂頭默然。

姜舒窈問：「你不用晚膳嗎？」往常他可是一下值回府就會瘋狂席捲晚飯的。

謝珣本想搖頭，但是又確實餓了，抿了抿嘴，置氣似的說道：「還有晚膳嗎？不是都被他們吃光了？」

「那哪是晚餐呀！那是我下午試著做的小吃。」

謝珣聽到這話，脫口而出道：「我一個人試不行嗎？」為什麼要別人？還要這麼多人。

姜舒窈斬釘截鐵道：「不行，一個人口味做不得準的。」更何況是吃什麼都香的謝珣。

謝珣聽到這話默默地抬眼看了她一眼，他眼睛生得好看，線條狹長而柔和，眼尾微微上揚，睫毛濃密，眸光澄淨。

都說眉目傳情，這麼一抬眼看人，竟然有一種說不出的幽怨。

姜舒窈莫名地有些愧疚，放軟聲音。「晚膳熬了粥，喝點吧？」

謝珣道依舊不肯抬頭。「我不喜歡喝白粥，我喜歡口味重的。」比如剛才他們吃的那樣吃食。

姜舒窈聽不出他的言外之意，只道：「還有涼菜，配粥吃正好。」

第四十五章

「他們都在，還有我的份嗎？」謝珣小聲道。

這下姜舒窈總算聽出他的抱怨了，她抿著嘴沒讓自己笑出聲。「有，當然有。先給你吃好不好？」

謝珣把頭抬起來，沒看姜舒窈，彆扭地點點頭。「嗯。」

「涼菜也按照你的口味來拌。」

這下謝珣終於恢復了神采，轉頭看她。「好。」

姜舒窈往小廚房走，謝珣在後面緊跟著，一看就是常常這樣養成了習慣。

徐氏在遠處看著，又笑了，對眾人道：「走吧，咱們也該回去用晚膳了，不要打擾三弟、三弟妹了。」

謝理本來聽著前半句話還有些不捨，聽到後面一句話立刻站了起來。「正是正是。」暖化三弟這個大冰塊就全靠三弟妹了，任重道遠，他們可不能在這兒添亂，只要三弟妹在，往後想吃什麼沒有？

一群人一步三回頭地走了以後，小廚房裡的謝珣還在擔憂著涼菜不夠吃。

今天姜舒窈做的是大刀耳葉，也就是涼拌豬耳。

豬耳用鹽、八角、薑塊等等熬煮去腥，耳葉煮的火候有講究，要保證將耳葉煮軟，卻不能失去耳葉的脆度。

她把放涼後的豬耳拿過來按在砧板上，菜刀放斜，精準地把豬耳片成薄片。

謝珣看著砧板上的豬耳朵，眉心一跳。

最近姜舒窈好像執著於用稀奇古怪的部位做菜呀？不過這樣正好，他不挑食的。

姜舒窈的刀功很好，片出來的耳葉很薄，隱約能透光，色澤瑩潤。豬耳成圈斜著排在盤中，堆成尖峰狀。而後在碗中加入少許蒜泥、鹽、糖、花椒粉、熬製過的醬油、醋，最後淋入紅油拌勻。

涼菜的精髓在於調出的料油，最好是辣而不燥，回味生香。

碗中料油清透鮮亮，裡面浮著芝麻，在豬耳中央淋上一勺，順著耳片慢悠悠滑下，將清淡的耳片染上橙紅油光的色澤。油掛住了，醬油流到了盤底，辣油提供香味，醬油提供鹹鮮味。

最後，在耳葉中央撒上花生碎、蔥花，大氣美觀的大刀耳片就做好了。

姜舒窈道：「好了，可以端出去了。」剛說完，見謝珣低著頭埋怨地看她，她隨即改口。「你先嚐嚐。」

聽到這話，謝珣的眉眼頓時舒展開來，他問：「這是妳第一次做吧？」

「嗯。」

「那我就是第一個吃的人了？」

「當然。」

聽到她肯定的回答，謝珣嘴角翹起，就像被捋順毛的貓，臉上掩飾不住雀躍和小得意。

他拿起筷子，將耳片往盤底的料油裡蘸一蘸。

蘸完料油的耳片挑起時不斷往下滑落紅油。耳筋白皙，耳葉淡紅，白芝麻、花生碎、沾上醬油的蔥花黏在耳葉上，看上去五顏六色，聞起來又香又辣。

豬耳的耳筋吃起來脆脆的，有種脆骨的口感。耳葉軟嫩，又比肉多了一分韌勁，口感帶著膠質。

紅油味道極香，醇厚悠長，辣椒的香味被油煉了出來，濾去了辣椒的辛辣刺激。醬油鹹香，帶著微微的甜味，這股甜被掩蓋在醬香和辣香下，只起了提鮮的作用。

放入口中，涼拌耳葉滑爽脆嫩，鮮香酸辣，肉香濃郁而不膩，吃起來又麻、又辣、又脆、又香，口味層次感豐富，這道冷葷再適合不過胃口不佳的夏季了。

「沒想到豬耳也能這般美味。」謝珣嘖嘖稱奇。「比起豬蹄也不遑多讓。」

姜舒窈笑道：「想吃豬蹄了？下次給你做。」

這下謝珣徹底被哄好了，點點頭，眼裡露出笑意。

兩人一前一後走出小廚房時，發現院子裡的人已經走空了，謝珣莫名鬆了口氣。

姜舒窈把涼菜放下，與謝珣對坐。

爽脆鮮香的涼拌豬耳配上稍微放涼後的軟爛白米粥，消暑解辣，明明是香辣口味的涼葷，吃起來卻十分清爽舒暢。

姜舒窈嘆道：「還是人多熱鬧一些。」

謝珣剛剛放下的心又吊起來了。「我覺得咱們兩個挺好的呀！」

「我喜歡人多一點，尤其是有小孩在，我就更開心了。」姜舒窈道。

聽到「小孩」這個詞，謝珣一僵，腦海裡閃過大房一大家子聚在一起的畫面，接著不知道想到哪兒了，像被粥嗆到了一般，突然咳個不停，直咳得臉上紅透了。

小吃街選好位置後，姜舒窈特地去看過，不算繁華地段，但附近居民多，且大多是手裡不會太拮据的百姓。

開食肆讓林氏獲得了成就感，所以在小吃街上更是下了血本，走的是薄利多銷的路子。至於銷量怎麼樣，到底能不能像食肆一樣成功，無論是林氏還是姜舒窈都有些忐忑。

夜晚姜舒窈在床上翻來覆去睡不著，衣裳摩擦床單發出輕微的響動。

謝珣睡得淺，被響動吵醒。

姜舒窈正琢磨著明天小吃街開張的事，忽然感覺一陣陣柔軟清涼的微風從肩側吹過。她轉過身子，發現謝珣不知何時醒了，正拿起了床頭的扇子為她打扇。

她有點茫然，看向謝珣。

謝珣感覺到她的視線，道：「確實是挺熱的，過段時間就好了。明日我讓人夜間在屋角放些冰盆。」

姜舒窈笑了出來，忽然就沒那麼焦慮了。「我不是熱得睡不著，只是在擔憂小吃街開張的事情。」

謝珣停下打扇的動作。「有何好擔憂的？妳的手藝如此厲害，酒香不怕巷子深。」

「總歸是第一次嘗試，且價格也不便宜。」

謝珣又開始給她搧風，力道輕柔。「現在先別想了，趕緊睡吧？明日妳先去那邊看看，我下值了就過去陪妳。」

風吹在身上清爽又溫柔，人相處時在細節上格外容易被觸動，姜舒窈心頭一軟，想和謝珣說些什麼，又不知道從何開口。

「不用打扇了，我不熱。」她道。

謝珣頓了一下，怕她熱，又怕她乍熱乍冷著涼，只好把扇子放回床頭。

姜舒窈看著黑夜裡他模糊的身影，不知怎麼的挪不開目光，感慨道：「謝伯淵，你人真的挺好的。」

謝珣躺回來，聽到這話輕笑了一下。

他喜歡冷著臉，不常笑，但是笑的聲音十分好聽，似泉水撞擊鵝卵，讓姜舒窈感覺耳根癢癢的。

他道：「那我還得更努力些才行啊。」

他這句話語義含糊，似調笑，又似表白示好，聽得姜舒窈心頭酥酥麻麻的，忍不住胡思亂想他到底什麼意思，會不會感知到了自己那股莫名其妙的悸動。

雖然，她依舊和剛才一樣思緒萬千，但這回卻很快地墜入了夢鄉。

翌日下午，姜舒窈出府前往小吃街。

林氏已經開始顯懷了，但精神卻比以往好上幾倍，待姜舒窈從馬車上下來後，一口氣都沒等她喘，拉著她就徑直往裡走。

她聲音洪亮，顯然十分興奮。「快來看看，我讓他們都備好了，妳要不要嚐嚐？我總擔心味道與妳做的相差太遠。」

姜舒窈安撫她。「怎會？若是嚴格按照食譜做，不會有差的。」雖然這時做飯講究手感，擱調料時常用「少許」、「適量」、「一大勺」這些模糊的詞彙來描述，但姜舒窈特意讓人做了量勺和量杯，學習現代連鎖加盟店一樣，全部按照標準用量做菜，就是為了保證味道的一致性。

林氏也想到了這點，爽朗地笑了。「也是也是。」

姜舒窈憂心的卻不是味道，而是古代能否適應小吃街這種模式。她將自己的擔憂一一分析給林氏聽，這下換林氏成了安慰的那個人。「怕什麼？大不了虧些銀錢，這點銀錢咱們林家還是耗得起的。」

到了酉時，夏夜天還正亮，但林氏已經吩咐管事讓各家店鋪提前把燈籠掛了起來，怕一會兒來不及。

姜舒窈見她這麼有信心，壓力更大了。

林氏雇來的人手都是手腳麻利常幹活的，管事的吩咐傳下去，立馬就開始動手做菜，不一會兒香氣就飄了出來。

因為之前這條街封路翻新動作很大，不少人都在瞧熱鬧，所以今日下午移開了路障，掛上了大字招牌後，便都知道這邊開了一連串食肆。

之前在碼頭開食肆，也是靠著百姓口耳相傳和香飄十里的味道，所以這次林氏也沒有刻意宣傳，有信心能靠味道吸引來食客。

但小吃街整這麼大一番動靜，人們一看就覺得價格昂貴，反而不敢進來了。

香氣逐漸往外飄，有辣的、有鮮的，引得街頭街尾路過的百姓探頭探腦。

沒人叫賣，沒人進來，小吃街在一片香氣籠罩下顯得更加冷清了。

林氏在二樓坐著，端來茶盞悠然自得地品著茶，看上去是一點兒也不擔心的樣子。

姜舒窈壓力更大了，她比林氏想的要多一點，在林氏眼裡這只是把賣新奇吃食的食肆整合成一條街，而她卻知道這是現代化商業模式和古代吃食行業的碰撞。

此時人們若想吃些驚喜的飯菜，一般都會去酒樓消費，雖然價格不低，但大氣有格調、有消費的快感；若是想從家常飯中換換口味，就會選擇價廉的食攤，飯食算不得講究，但能管飽。小吃街兩邊都沒挨著，是純粹以美味為賣點，又有些像零嘴，實屬一種挑戰。

時間漸漸推移，有好奇的路人進來看了一圈，見到招牌上寫著比普通食肆高的價格和新奇的吃食名字，雖然香氣濃郁，勾得人饞蟲直冒，但誰都不願做第一個嘗試的人，怕花了冤枉錢。

姜舒窈坐不住了，拎著裙襬下了二樓，往小吃街裡繞了一圈。從人們的交談中可以聽出他們確實對食物很好奇，但不願意掏錢嘗試，於是打算回二樓，希望林氏能讓大家試吃一下，還有什麼開業酬賓都該弄起來。

都怪她一心撲到美食上，忘了營銷這一點了，乾巴巴地開著食肆，全靠味道撐，哪能撐得住。

還未邁出腳，身後忽然傳來嘈雜的聲響，姜舒窈回頭一看，就見好幾輛馬車駛了進來，在街頭處停下。

丫鬟從馬車上下來，放下馬凳掀開簾，一眾貴女從馬車上走了下來。

這麼一大群人一來，小吃街頓時熱鬧了起來。

「怎麼回事？這是哪兒？」有人問道。

「是啊，咱們不是去酒樓嗎？京城什麼時候在這處開酒樓了？」

「看著不像，倒像是食肆。」

「哎，妳聞見味沒？好香啊。」

打頭那兩馬車飄下來一位青衣美人，隔著帷帽也能感受到她清冷出塵的美貌。剛才還嘰嘰喳喳的貴女們紛紛安靜下來，問她。「清書，這是怎麼回事啊？」

葛清書微微掀起帷帽一角，吸一口食物的香氣，語氣透著愉悅。「當然是來吃呀。」

她們一愣，猶豫間，葛清書已先一步踏入小吃街。「我保管這裡比酒樓滋味好。」

她走了幾步，想起什麼，回頭道：「對了，妳們若不願來吃，商量著去酒樓就好，不用管我。」她吩咐了車伕來小吃街後，忘了跟其餘人說了，導致一群貴女全跟在她馬車後面來了小吃街。

貴女們嫌家裡慜悶，組了個詩社，隔三差五出來聚聚，有時不想吟詩作對，便藉著詩社的名頭去逛街買首飾，玩一下午再去酒樓吃一頓，所以她們下意識以為晚飯應該去酒樓。

如今見葛清書進了小吃街，有的有些猶豫著不想在這種街邊小食肆吃飯，有的忍不住好奇跟了上去。

姜舒窈見葛清書先是裊裊婷婷地朝自己走來，又在不遠處站定，正想和她打招呼，葛清書忽然轉了個身。

她撩起礙事的帷帽看著身後食肆的招牌，又轉過頭來看另一邊食肆的招牌，嘟嘟囔囔道：「吃哪個好呢？」

說完以後，她停頓了幾秒，忽然大步朝姜舒窈靠近。

原來剛才沒看見自己啊……

姜舒窈撓撓頭，對葛清書綻開熱情的笑容。「妳——」

剛吐出個音節，葛清書就從她身邊飄走了。仙女步履匆匆，如一陣清風，用一種平淡無波的高冷語氣念叨著。「好香啊。」

姜舒窈的笑僵在臉上，愣了。

葛清書飄走後，後面一大波香氣縈繞的貴女們跟著與她擦肩而過，嘰嘰喳喳地討論著。

「進來後聞起來更香了。」

「怎麼沒人買呀？」

「妳看看那個，麻辣燙是何物？這個煮串又是什麼？」

姜舒窈從她們中間艱難鑽過，這才追上了站在米粉店前糾結的葛清書。

「妳怎麼來啦？」她出聲道。

葛清書回神，轉身看向姜舒窈，驚訝道：「咦，妳也在？」她見姜舒窈沒戴帷帽，便撩起了帷帽。「上次妳寫信說過小吃街今日開業呀。」

姜舒窈只是與她寫信閒話，完全沒想過她會特意趕過來捧場。

還未道謝，就被葛清書挽住了胳膊。「這些店裡販售的食物聞著都很美味，妳快給我介紹介紹，我挑不出來。」

姜舒窈便從面前的米粉店介紹起，道：「這家店賣的是米粉，米粉以大米為原料製成，形似麵條，口感柔韌，薄、爽、滑、亮、軟，有湯底配菜，也有臊子乾拌的，各有風味。」

這才介紹第一間，還未介紹完，葛清書一錘定音。「就吃這個了。」一頭鑽進食肆。

姜舒窈被拋下了，正想跟上，卻被身後遲遲趕來蜂擁而至的貴女們擠開了。小二沒見過世面，一看這一大群貴女、丫鬟們，頭都不敢抬，引著她們上二樓，有著屏風隔擋，勉強算是雅間。

眾人落坐後，取來牛皮紙做的菜單一看，便陷入了苦惱。這麼多種類，挑哪個才好呢？

葛清書面上一點苦惱糾結的神色也沒有，數了數在場的人數，又點了點菜單。「那就一樣來一份吧。」

米粉口味來自各地，風味迥異，但核心無一不是米粉的柔滑嫩軟，湯汁、臊子、醬料等調料的鮮香入骨。

店裡上菜很快，一碗碗香味各異、配菜不一的米粉端上桌，熱霧繚繞，香氣瀰漫。

葛清書把放在自己面前那碗米粉拖到面前來，對眾人道：「大家都吃面前的那碗吧！免得挑不出來，省了麻煩。」

貴女們連忙嘰嘰喳喳拍馬屁，誇讚她聰穎，但沒說幾句話後便息了聲，只因米粉實在是太香了，聞著這味道，舌根口水壓不住，肚子也開始咕嚕叫了。

她們拖過米粉的碗一看，米粉如玉般嫩白，薄如蟬翼、細如絹紗，浸泡在或淺或深的湯底裡，三鮮色清，葷雜色濃，青菜量足，攪拌開來，鮮香四溢。

米粉與米線雖然原料都為大米，但做法不同，使口感上有差異。米線講究滑爽筋韌，而米粉多為柔綿軟糯。她們用筷子挾起米粉，明明滑嫩至極卻不會挾不住，軟趴趴地耷拉在筷子間。

無論剛才眾人對這種普通小食肆有多少顧慮，米粉一入口，所有的想法全被妙不可言的滋味沖散了。

米粉入口軟糯，吸飽了汁水，牙齒一嚼，湯底的鮮鹹味在口中綻開。這口感輕薄細滑，分明被湯汁充飽了，卻仍是嫩軟糯香，不像麵條，若是煮過了，雖然口感軟綿入味，但一段時間後容易結成了一團，失了美味。

湯底很鮮，有排骨湯、雞湯、大骨湯，有些口味只著重鮮，清透純粹的鮮如一陣清風拂面，渾身上下都透著柔綿的舒展。鮮味到了一定程度，便會泛著微微的甘甜，清新爽口，很好的突顯出米粉的醇香米味，清鮮的湯汁加上帶有淡淡甜味的米粉，哪怕是從小習慣少食的貴女，也忍不住一口接一口地吃個不停。

才開始，她們還是挾一口吃一口，一板一眼，節奏明確，到了後來就變成了埋著頭，把脖子往前伸，嘴唇剛剛碰到軟滑的米粉便輕輕用力一吸，飽滿的汁水濺到上下唇，米粉如綢緞一般細滑柔順，一抿一嚼，帶著無盡的鮮和暖意滑下喉嚨。

米粉的配菜十分豐富，無論是普通的肉片、肉絲，還是肥腸、羊雜、雞雜、排骨等，每一樣都能做到味無腥膻，適應了米粉的口感後，偶爾挾點配料入口，雞雜香脆勁道，葷香濃郁，肥腸柔韌耐嚼，越嚼越醇，既豐富了口感，又不會奪了米粉的風頭。

除去主打鮮的清湯，還有用草果、茴香、花椒、陳皮等多種草藥和香料熬製的滷湯，味道豐富，滿口都是溫和又跳躍的奇香。

配上油餅、油條之類更是一絕，店內配的是油餅，往湯裡一泡，充分吸收了湯汁以後外皮油脆，內裡卻是吸飽了湯後沈甸甸的柔嫩，一咬，嘴巴險些接不住源源不斷湧出來的湯汁。

第四十六章

在座的誰不是高傲的貴女？平日裡喜吃素清鮮菜，口味不敢食重了，生怕身上染上味道，但此時此刻，竟因一個小小的油餅爭奪了起來。

「給我分一半吧。」

「哎，妳不是吃了一個嗎？怎麼又挾呀？」

「妳不是不喜油膩之物嗎？平素食個豆酥也嫌油膩，何苦跟我搶這一塊。」

葛清書不管她們如何爭奪，擦擦嘴，優雅起身，叫小二打包一份乾拌米粉帶走，畢竟在她們面前連吃兩碗，可是會暴露本性的。

跟著來的貴女們見她走了，有些猶豫，但妳看我、我看妳，卻還是打算不跟了。

「清書胃口小，咱們不一樣，吃飯要緊，別把自己餓著。」

「正是這個理！」

乾拌米粉用竹筒打包，裡面墊了蕉葉，帶著絲絲清香，由丫鬟捧著。葛清書從二樓下來，吃飽喝足才想起姜舒窈，一肚子誇讚憋得慌，連忙出店上街找她。

因為剛才一群貴女的湧入，總算有食客願意嘗試了，第一個吃了就有第二個，一個接一個，生意逐漸紅火，滿街一片熱鬧擁擠。

丫鬟為她開道，她繞了一圈，沒見到姜舒窈，正想離開時，看到了姜舒窈的背影。

葛清書急走過去，撩起帷帽，喊了一聲。「舒窈！」

姜舒窈回頭，她身旁站著的人也回頭了。葛清書卻以為她們只是走得近了，並不是熟人，於是幾步走過去，挽住姜舒窈。「妳怎麼回事？剛才我上樓，一回頭妳就不見了。」

她說完，忽然感覺氣氛不對勁，往側邊一看，發現剛才被她擠開的美人正豎著眉，眼神不善地盯著她。

姜舒窈被那群貴女擠走後，一出門就遇到了攜子女前來的徐氏和周氏，小孩們被丫鬟、管事帶走吃飯去了，這兩位就由姜舒窈招待。三人吃完後，便想著回馬車上等孩子們回來，正要上馬車，便被葛清書叫住了，於是就有了現在這一幕。

葛清書臉色不變，對徐氏和周氏點點頭，問道：「這兩位是？」

姜舒窈連忙為她們互相介紹了一番。

葛清書跟著的下人去牽馬車了，徐氏便道：「葛小姐不如上我們馬車一起等吧。」

葛清書微微點頭，說話不疾不徐。「那就多謝了，正巧我與舒窈有一肚子話要說。」

周氏掃了徐氏一眼，徐氏回以一個不在意的眼神。

四人上了車，葛清書坐好後，先與徐氏、周氏熟稔地來了一套交際常用開場白，大家都是常出入宴席的主母和貴女，客套起來行雲流水，聊得看似愉快，但氣氛卻格外的僵持詭異。

等三人住了嘴，姜舒窈才出聲。「清書，妳覺得味道怎麼樣？」徐氏和周氏和她一起用膳，自不必她再多過問。

葛清書側頭。「極好。只可惜妳書信上提到的吃食那麼多種，今日我卻只能吃一樣。」
姜舒窈正要說話，周氏先接了話。「書信？葛小姐與窈窈常有書信來往？」
葛清書迎上她的視線，忽然微微翹起嘴角。「是。」
兩人視線相撞，周氏感覺到了挑釁的意味，挑起半邊眉。「這樣啊，看來今日開業也是書信中所提及的？」
葛清書氣定神閒，語氣不鹹不淡。「正是，今日我們詩社小聚，散了便來這邊了。」
「詩社？」周氏似乎有點驚訝。「葛小姐不愧是京中第一才女。」
葛清書目光掃過姜舒窈，見她看著自己，神色越發從容。「盛名不敢當。」
周氏身子依在車壁上，神態有些吊兒郎當，笑道：「真是巧了，我記得這京中第一才女的名頭曾經可是大嫂的，只是後來她懶了、倦了，不想出門交際，這名頭便旁落了。」
徐氏終於開口了。「這些虛名，提起來做甚？」
周氏看她一眼，兩人視線交會，決定一致對外。
周氏道：「對了，似乎詩社也是大嫂舉辦的呢。」
徐氏道：「一時興起罷了。」
葛清書看著她們，垂眸斂下眼底神色，忽然抬手挽住姜舒窈，把她往自己身邊一扯，笑道：「確實是很巧呢，舒窈，妳說是不是？」
徐氏、周氏的視線和葛清書的在空中對上，一時之間似乎有火花迸射。
姜舒窈尷尬得渾身僵硬，心想：我應該在車底，不應該在車裡。

「叩叩」兩聲，車窗被敲響了，外面傳來清越的嗓音。「大嫂？」

姜舒窈鬆了口氣，從三人當中鑽出來，撩開車簾。

謝珣見她探出了腦袋，眼裡眸光一暖。

姜舒窈對他笑笑，從馬車裡爬下來，對著裡面三人道：「大嫂、二嫂、清書，我和他先走啦。」

裡面三人應了一聲，看見彼此眼中的無奈，方才的劍拔弩張全沒了。

姜舒窈扯過謝珣的袖子。「走吧。」

剛走了幾步，突然傳來「嫂子／弟妹」一聲齊喊，把姜舒窈嚇了一大跳。

姜舒窈回頭，發現東宮那一群人正站在身後。

藺成看著小吃街高掛的招牌，眼裡流露出迷戀與期盼，彷彿遇見了等待多年終於可以執手偕老的戀人。

「終於開了。」他幽幽地嘆道。

姜舒窈轉頭看謝珣。

謝珣的面癱臉上閃過一絲絲嫌棄，小聲解釋道：「我下值後來尋妳，被藺文饒發現我沒有走回府的路，然後他一吆喝，同僚們全部都跟過來了。」

來這邊為林家生意捧場，謝珣本是十分歡迎的，可是他們這麼聲勢浩大地跑過來，一點也沒有東宮官員應有的穩重嚴肅，謝珣就很無奈，覺得有些丟人。

藺成吸了吸鼻子，快要被香暈了，自來熟道：「嫂子家開業怎麼不跟咱們兄弟說一聲？咱們肯定得來捧捧場啊！」

有臉皮厚的應和道：「正是正是。」

臉皮薄的雖然有些羞恥，但還是點了點頭。

姜舒窈又看了眼謝珣。謝珣眉角抽了抽，默默往姜舒窈身前一站，防止傻氣入侵。

「哎，別站這兒閒聊了，咱們進去吃著喝著、喝著吃著，這才痛快。」

藺成一拍手，搖搖擺擺地就進去了，那姿態跟在自家一樣。其餘人連忙跟上。

謝珣站定不動，姜舒窈問：「你不跟他們一起嗎？」

「才不。」謝珣毫不猶豫道，又垂眸看她，理所當然地道：「我自然是跟妳一塊兒。」

他語氣一向是平淡無波的，但相處久了，姜舒窈總能聽出些差別。

比如現在，他語氣不經意間帶著點熟稔的討好。

姜舒窈莫名有些臉紅，拽著謝珣的袖口問：「餓了嗎？」

「還好。」謝珣扯了扯領口。「有些熱，胃口不大。」因為想著姜舒窈昨日那麼擔憂，想要陪著她，所以他下值後立刻就趕了過來，出了一身汗。

姜舒窈和他慢悠悠地穿梭在人群中。「那就喝些涼的，歇口氣。」

她領著謝珣來到一家窄鋪面的食肆，對在店裡忙碌的老闆娘道：「來一碗涼蝦。」

說完回頭看了眼高瘦清俊的謝珣，默默補充道：「最大碗的。」

老闆娘捂著嘴笑道：「哎呀！我懂，小倆口同吃一碗才是最甜的。」

……不，妳誤會了，謝珣一個人吃光是輕輕鬆鬆的。

姜舒窈為了給謝珣留面子，她選擇閉嘴。

涼蝦原料是大米，製成漿煮熟以後用漏勺過濾，漏入涼水中定形。因其浮於涼水中，短短胖胖的，頭尖尾尖，軟軟嫩嫩，形狀似蝦，因此叫做涼蝦。

老闆娘用漏勺從涼水盆裡舀出一大勺涼蝦，放入兌好的紅糖水中，撒上紅紅綠綠的蜜餞絲、芝麻和花生粒，白蝦融入清透濃郁的紅糖水，穿梭於似黑似棕的甜水中，看上去清涼解渴，趣味十足。

謝珣和姜舒窈落坐，老闆娘遞過來兩把勺子，兩人接過，謝珣把碗推到中央。

姜舒窈道：「我不吃的。」

謝珣想著剛才老闆娘的調笑，恍悟，原來姜舒窈不吭聲並不是因為老闆娘說破了她的心事，而是給他留面子啊。

謝珣用調羹戳戳軟胖的涼蝦，心中暗自嘆氣，白羞澀一場了。

姜舒窈道：「你不是熱嗎？快喝吧，涼蝦清甜解暑，正好散散熱氣。」

她一句稀鬆平常的關心讓謝珣又開心了起來，點點頭，舀起一勺紅糖水入口。

紅糖水用井裡鎮過的涼水兌成，清甜涼爽，蔗香濃郁，甜味足卻不膩，細品之下帶著一絲絲苦味，苦甘夾雜，餘韻悠長。

因為紅糖水不會太濃太甜，品的是一股輕輕淺淺的甘甜味，所以老闆娘也不小氣，盛了滿滿一大碗，一般百姓光是喝紅糖水也很滿足了。

再舀一勺涼蝦，白白短短的涼蝦在黑紅清透的糖水中盪漾，入口清涼、口感細膩，甜度適宜。涼蝦正如其名，一入口便如小蝦般躍上舌尖，軟嫩爽滑，在清甜微苦的糖水中鑽來盪去。

舌頭捕捉不到遊盪滑爽的涼蝦般，只能任涼蝦在口中與紅糖水交會碰撞，頗得趣味。牙齒捉到滑膩的涼蝦，咬上幾口，糯糯涼涼的米香味在嘴裡散開，不用細嚼，涼蝦便順著清甜的紅糖水滑下咽喉，涼意一路漫開，煩躁的暑熱頓時消弭，神清氣爽，渾身的熱氣與疲憊都消融在了這簡單的甜甜涼涼滋味之中。

謝珣吃這些湯湯水水的時候依舊一板一眼的，風雅端正的模樣和甜品放在一起實在違和，但姜舒窈越看越覺得這種不搭調的模樣很是可愛。

謝珣連喝好幾口才開口。「很好。」又自然地接道：「不愧是妳想出的食譜。」

姜舒窈連忙側頭看周圍的人，見無人聽到他的話，才鬆了口氣，對謝珣道：「哪有這樣誇法的？多難為情啊。」

謝珣一臉無辜，再次埋頭安靜喝涼蝦，姜舒窈見他喝得香，自己也有點渴，便用勺舀了一小勺紅糖水。

謝珣本來還在安安靜靜喝涼蝦，見到她將調羹伸入碗裡，然後放入口中，騰得一下紅了耳朵。

對他來說，同吃一碗實在是太曖昧了，而且還是他吃了快小半碗的情況下。雖說他以前也常常打掃姜舒窈的剩飯剩菜，但……但這是不一樣的，這次是她喝他喝過的紅糖水。

「怎麼不喝了？」姜舒窈問。

謝珣喉結發癢，又不能抓撓，欲蓋彌彰地側過頭。「沒事。」過了幾秒，又覺得不甘心。「這是我吃過的，妳不嫌棄嗎？」

姜舒窈聞言笑出了聲。「什麼跟什麼呀？你也常吃我用過的菜啊，你嫌棄嗎？」

「當然不。」

「那我也當然不。」

這不一樣的。

謝珣想，但似乎這不是個談心的好時機。他正想著晚上把姜舒窈拐到話本裡常出現的涼亭湖畔地點時，身後傳來藺成的聲音。

「伯淵，原來你在這兒啊。」他手上拿著還未吃完的炸串，看見謝珣面前的涼蝦，眼睛一亮。「這是什麼？哎，老闆娘，來一碗，就要這麼大碗的，我要帶走，等會兒讓下人來取，晚上會讓他們把碗還回來的。」

說完後，才顧得上正事，對謝珣道：「我們約了晚上遊湖，畫舫定好了，你來嗎？這條街的吃食我都買了個遍，等會兒到船上再吃。」又對姜舒窈道：「嫂子也來吧！湖面上涼快。」

這話出口才發現有點冒昧，畢竟他們一群男人聚會，叫上她一個婦人似乎不太妥帖，正要道歉，忽然聽到謝珣拍板道：「好。」

花前月下，泛舟湖上。謝伯淵啊，你這次可不能再錯過好時機了。

姜舒窈還沒坐過畫舫，十分興奮，催著謝珣趕快喝完涼蝦，乘馬車往湖畔去了。

夕陽已沈下大半，光線昏暗沈沈，畫舫點了燈籠，掛著薄紗，在暗色的湖面上格外顯眼，星星點點，光暈朦朧，可以想像到了夜間該有多美。

謝珣先一步上船，把手臂遞給姜舒窈。

姜舒窈扶著他的手臂，大步跨到船板上。

裡面東宮眾人正熱鬧地品著小吃，嘻嘻哈哈的，鬧作一團。

姜舒窈不想進去，因為在外面可以吹到帶著濕氣的涼風，比裡面舒服多了。

她還未說話，謝珣卻像猜中了她心中所想一般，讓她在這裡涼快一會兒，往船頭那邊找船伕去了。

姜舒窈看他和船伕說話，不知道他要做什麼，百無聊賴地轉回頭，剛好和近處駛過的畫舫上的人對視上了。那人見了她有點激動，朝她招招手。

藉著畫舫上的燈籠，姜舒窈勉強認出了她是自己的小表舅。

他一直都是林氏這邊幫襯著做生意的，今日出現在這兒並不稀奇，想必也是剛剛忙完了，來畫舫上歇一會兒。

想著今日小吃街的熱鬧，生意的成功，姜舒窈臉上湧上激動的笑意，同樣朝他揮揮手。

隔得有些遠，小表舅將手攏在嘴邊，對她喊道：「一會兒我會去二表姊那兒，咱們岸上見。」

姜舒窈吼回去。「好，岸上見。」

謝珣走回來，就聽到兩人對喊「岸上見」這一段。

他視力比姜舒窈好太多，一眼就看到了對面畫舫上人的樣貌。俊美風流，稍帶點女氣，正是端午節那日和姜舒窈相談甚歡的人。他已經知道那個人是她小表舅了，可這畫面，揭起了他一直以來的憂慮，那個他不肯面對的現實，他本是想趁著畫舫上氣氛好，與她一訴衷腸，可現下……

姜舒窈一回頭，就見謝珣默不作聲地站在她身後，半邊臉沈入暗處，顯得有點孤冷可怕。

她正要張口打破這氣氛，謝珣忽然大步踏過來，惹得木板嘎吱嘎吱作響。他緊緊蹙眉，神色肅然，本來就冷的樣貌顯得更冷了，讓姜舒窈不禁有點畏縮。

他直截了當地開口。「姜舒窈，我問妳，妳當日嫁給我是為何？」

這個問題的提出起於一時衝動，但問出來後，謝珣並不後悔。

積攢的悸動、糾結、悵然若失等情緒紛雜成一團，讓他心口悶得慌，有些話越是拖拉，就越說不出口。更何況他能等，姜舒窈能等嗎？她雖嫁給了他，但他們根本算不上是夫妻。

果然，姜舒窈聽到這個問題便呆滯了，結結巴巴不知道如何回答。

謝珣早就料到了她會是這個反應，沒有羞澀，沒有曾經落水時被他救起的依戀，沒有以死相逼時的癡迷瘋狂，只有不知所措和恍神。想到她才嫁過來時，自己的排斥與疏離，自作多情地以為她癡戀自己，到頭來全是個笑話。

他感覺臉上火辣辣的，回憶往事種種，心頭悶堵，十分難堪，但這種難堪更多的是苦澀、是悵然，並不是羞惱。

謝珣後悔了，後悔他的衝動，後悔沒有繼續溫水煮青蛙，打破了兩人間的曖昧。如今事實擺在面前，他願意面對也必須得面對，她原來根本就沒有喜歡過他。

他這麼想的，也這麼問了。

「妳可曾心悅過我？」

湖面上的風吹過耳朵，發出呼呼的聲響，姜舒窈過了幾息才聽明白謝珣的問題。

「什、什麼？」她太過於驚訝，以至於不知如何面對這個問題。

謝珣睫毛微微顫動一下，喉結上下滾動，艱難地開口。「我問妳可曾心悅過我？」

若是問原主，答案當然是肯定的。不論是謝珣的才華也好、相貌也罷，都喜歡。

但問姜舒窈，她卻不能立刻給出個明確的答案，只因謝珣這個問題來得太突然，她一點準備也沒有。在聽到這個問題時，她的腦子裡轟轟作響，熱氣燙麻了半邊腦袋，無法思考。

謝珣見她遲疑了，自己先給自己判了死刑，剛才熱血上頭的衝動立刻被湖風吹涼了，臉頰火辣辣的，不甘又懊惱。

他咬牙道：「為什麼？」

他的氣場太強，來勢洶洶，姜舒窈啞然，後退了半步。

「妳若不是真心傾慕我，只是圖我皮相，為何還要不顧名聲，百般糾纏，以死相逼也要嫁給我？那可是妳的性命，妳連性命都賭上了，卻只是為了一個沒放在心上的男人？」

一開始語氣激烈，像是在質問，到了後來聲音越來越輕，帶著蕭瑟的哀意，出口便飄散於湖風裡。

姜舒窈見他這樣，即使腦子還是懵著的，也連忙出聲道：「不是的，不是你說的那樣的，你等等，讓我想想怎麼說。」

謝珣少有這般情緒外洩的時候。他看上去很冷，但內裡是個溫柔的人，甚至有時候還會有點呆。但現在的他是姜舒窈從來沒有見過的那面，陌生又強勢，讓她有些不知所措。

「妳不是她對嗎？」

她正在釐清思路，謝珣忽然開口，輕飄飄的，卻如一道閃電般驟然劈在她身上。

她抬起頭，瞪大眼睛看謝珣。

謝珣朝她逼近一步，低著頭看她。「妳不是落水的她，對嗎？」

第四十七章

短短幾個字，卻讓姜舒窈渾身如墜冰窟，她從來沒想過自己的秘密會被人揭穿，更沒想過是被謝珣看破戳穿。

她驚懼地後退幾步。「你在說什麼？」

「這樣來講，也就對得上了，一切都能解釋明白。」謝珣盯著她，突然笑了下。「其實我早就這樣猜過。」

他剛剛凝眉咬牙，神色嚴肅冷然，眼神凌厲，此刻卻忽然勾起嘴角，半邊臉沒入黑暗，看不清笑意和神態，只有無比的詭異。姜舒窈被揭露最大的秘密，已是驚懼到極點，如今被他這個笑一驚，「啊」了一聲，慌不擇路地後退。

謝珣見她如此動作，忽然邁步急跑上前伸臂來拽她。

姜舒窈更是嚇得要命，急忙揮臂掙脫，幾步轉身躲開，腳下一滑，從畫舫船頭無欄處跌落。

「撲通——」落水聲炸開，幽藍的湖面濺起巨大的水花。

謝珣沒有來得及拽住她，眼睜睜地看著她落水，瞬時慌亂至極。

姜舒窈不會泅水！

當初她落水，他等不及丫鬟下水便跳水相救，只因不想看著一個大活人溺水而亡。而如今她再次落水，心境已是天翻地覆。

謝珣毫不猶豫地跳入湖中，腦子裡一片空白，憑本能地往湖水中潛，找尋她的身影。

明月高懸，湖面如鏡般發出白亮模糊的光暈，然而湖裡卻幽暗死寂，彷彿一口蟄伏著凶獸的深淵。

謝珣越潛越深，但根本看不見她的身影，連掙扎的水流也感覺不到。

暗流拽著他的衣袍，欲將他往湖心拉扯。

肺部的氧氣耗盡，似火燎般灼痛，謝珣強忍著，與暗流對抗，往前方游去。

他在湖裡待得夠久，潛得夠深，卻依然沒有發現她的身影。

他感覺腦裡轟轟作響，雙手忍不住發顫。在缺氧到目眩時，他咬緊牙關，終於放棄，用最後的力氣往湖面上方游去。

冒出湖面，新鮮的氧氣充盈進肺部，灼痛感不減反增，讓他一瞬間有種脫力的軟麻感。他抹掉面上遮擋視線的水，看著漆黑的湖面，沈寂一片，毫無波瀾。

他不願相信發生的一切。

湖風一吹，他猛地回神，深吸一口氣，欲再次潛下湖面。

剛剛潛下身子，一股柔軟的力道從身後傳來，還未來得及反應，就已將他托到湖面。

謝珣本能地轉身，水花濺到他臉上，讓他一時睜不開眼。

「你在幹麼！」姜舒窈拍打著湖面，氣喘吁吁地道：「你找死嗎？」

謝珣抹掉面上的水漬，愣怔地看著面前的姜舒窈。

她大口大口地喘著粗氣，一是憋氣憋的，二是氣的。「你瘋了嗎？在湖裡面那麼久不上來，我下去找你也找不見，你究竟潛得多深啊?!」

謝珣乍驚乍喜，腦子還處於麻木一片的狀態，聞言只能傻愣愣地道：「妳不會泅水——」說完才意識到現在發生了什麼，姜舒窈哪像不會泅水的。

他詫異道：「妳何時學會了泅水？」

姜舒窈被謝珣揭穿秘密驚到，又被他久久不浮出水面嚇到，心情跌宕起伏，什麼顧慮、什麼猶豫全沒了，情緒跟開了個缺口的山洪一樣傾洩而出。

「你不是知道嗎？你不是猜到了嗎？我還能何時學會的？當然是我本來就會！還能為什麼！」她噼哩啪啦地吼出來，顯然是被刺激壞了。

謝珣縮了縮脖子，不解道：「但我只聽說過溺死之人救起之後，性情會大變，記憶也會有所缺失，卻從未聽說過突然學會一項技藝……」

姜舒窈把嘴邊的湖水擦去，皺著眉頭道：「什麼？」腦子裡閃過一道細微的光，姜舒窈後知後覺明白過來。「你說我不是『她』，是說我的性情大變之後不能算作同一人？」

「當然，心悅我的不是妳，強嫁我的也不是妳，調戲美男、潑辣庸俗的也不是妳，妳是全新的自己，和以前的姜舒窈不是同一個人。」

「那你那個笑是怎麼回事？」

知不知道冷肅著臉的人，突然綻放出個笑容很詭異、很驚悚啊！

「因為我很開心。」

謝珣說著說著臉上再次露出笑。「我曾經厭惡的是那個被我救起卻反倒賴上我，以死相逼非要嫁給我的人，不是妳，我們之前沒有誤會，沒有阻隔，沒有算計。」

他看著姜舒窈，眼神堅定，眸光比皎月還要澄澈明亮。「我心悅的，我想要共度餘生的，是現在的妳，獨一無二的妳。」

他耳根紅了，面上是她不曾見過的明朗活潑，明明眼神和語氣都溫柔至極，卻充滿了十足的孩子氣。

「姜舒窈，我心悅妳。」

姜舒窈脾氣還沒發出來，就被突如其來的告白弄傻了，她怎麼也沒想到今夜會過得如此奇妙。本應羞澀的時刻，卻被毫無預料到的走向弄得只剩下驚訝愣怔。

「你喜歡我？」

「是。」

姜舒窈磕磕絆絆道：「你……我……」她本想說什麼來著？做什麼來著？

「我知道你心有顧慮，我都明白的。」這是謝珣第一次正正經經地和姜舒窈談論這些事。「妳喜愛分享，我就支持妳開食肆、開酒樓；妳擔心我似二哥那樣，花心多情，我會竭力證明自己。在妳放心之前，不必給我回應；還有母親，她不喜妳、針對妳之事全教給我解決就好，如果妳覺得這樣不行，那我就請旨外放。妳喜歡出府，喜歡碼頭街道，喜歡熱鬧和人間煙火，想必會喜歡離京後更廣闊的世間的。」

姜舒窈什麼都還沒說，就被他的一番剖析堵住了嘴。

她確實是有憂慮。她從穿來以後，就沒有徹底融入這個世界過，現代人的散漫與隨心始終和這裡格格不入，所以她一開始就沒把謝珣當作能發展的戀愛對象看待。

後來，相處間她漸漸動心，便開始顧忌起古人和現代人的思想衝突。她害怕他是個風流的偽君子、古板的士大夫，但他用行動證明了他不是。

他能在她因林氏遭遇傷心時，溫柔體貼地安慰保證；他能在她被人擄走後只關心她的安危，並不在意那些清白受損的忌諱；他能在她憂慮時，保證他不會像謝琅對周氏那樣對她。

他為她出謀劃策，陪她出府遊玩，難過時安慰，擔憂時勸解……

謝珣骨子裡溫柔至極，這樣的人，她動心再正常不過，更找不到理由推開他、拒絕他。

謝珣見她默不作聲地看著自己，臉上笑容漸漸散去，忐忑道：「抱歉，是我太突然了，正如我剛才所言，妳不必回應——」

姜舒窈突然出聲打斷他。「你確定我們倆要繼續這樣在湖裡泡著？」

幽幽墨色的湖面上飄著兩個人，面對面地泡著，實在是有些滑稽。

謝珣立即意識到這個問題，實在是太尷尬了，伸出手臂划水，準備往畫舫那邊游。「咳，咱們上去吧。」

他剛剛游了一下，卻被姜舒窈按住胸膛。

她不僅會泅水，技藝還十分純熟，如魚般游動，鑽到他的面前，攔住他的去路。

她的髮髻散開，墨髮黏在瓷白的臉上，妖嬈嫵媚。水珠晶瑩，從額上滑落至羽睫上，一眨，滴落時如星光破碎，在眸前綻放。

「我也是。」她啟唇。

謝珣沒反應過來。「什麼？」

姜舒窈幾個月來的糾結不安在今夜全部散開，豁然開朗，似淋了一場酣暢淋漓的大雨，暢快灑脫，無憂無慮。

她的笑容明豔奪目。「我說我也是，同樣地心悅於你。」

謝珣的心停了一瞬，又忽然沈沈地跳了幾下，很慢很重，隨後一股狂喜衝上心頭，讓他有種難以置信的幸運感。

「妳說，妳同我有一樣的心意？」他下意識確認道。

「是。」姜舒窈笑得更開心了。

姜舒窈剛剛只是有些傻，謝珣卻是徹底驚喜到呆了，他根本沒有想過會姜舒窈會這般回應，連作夢也不敢想這麼美。

「我……妳……」

姜舒窈道：「然後呢？」

「什、什麼？」

「按正常走向來說，我們是不是差了個什麼？」

「什──」

話沒說完，她已貼上謝珣的胸膛，往他下巴送上一吻。

溫溫軟軟，帶著湖水的濕涼意。

他感受到了她呼吸的溫熱，她面上的香氣，如夢似幻，帶起一陣酥酥麻麻的電流，竄到頭皮四肢，讓他渾身上下都僵住不能動彈了。

姜舒窈離開他，見他臉紅得快要滴血，一副被調戲了的模樣，不禁大笑出聲，轉身扎入湖裡，迅速游遠。

謝珣伸手摸摸她帶起的漣漪，又摸摸自己的下巴，蹙眉思索今夜到底是不是一場夢境。

「伯淵——」一聲呼喊打亂了他的思路。

東宮同僚們吃得開心了，叫了酒，沒收住，一個個全部醉醺醺的，搖搖晃晃地趴在欄杆上，對著湖裡的謝珣呼喊。

「你在幹麼啊？怎麼去湖裡了？」

「我也好熱，好想泅水啊！」

「可是哪有去湖中央泅水的？」

「也對哦，伯淵！快上來吧！你不上來，我們也不會下去陪你的！」

他們扯著公鴨嗓嘶吼。

湖面上漾起回音，還未散盡，身後突然傳來藺成中氣十足的喊聲。

「我——來——陪——你——啦——」

他如同剛出籠的傻鵝，張著雙臂，瘋了似地從遠處大步大步衝過來。每一次邁步，都是一個大跳躍，身如疾風，完全不給動作遲緩的醉酒夥伴們一點反應的時間。

一個撞一個，同僚們如保齡球般被撞下湖，撲稜稜跟下餃子似的，在湖裡面沈沈浮浮，發出興奮的怪叫。

「誰撞我！啊哈哈哈！」

「好涼快！」

「哦呼——」

因為緊張加泡得太久，謝珣回來就著了涼，姜舒窈趕緊讓丫鬟給他煮了碗薑湯喝。

謝珣捧著個大瓷碗，還處於雲裡霧裡，雙目無神，似在仔細回憶發生了什麼。

「快喝湯啊。」姜舒窈從他背後路過，準備去拆髮髻。

謝珣聽到她的聲音，突然抖了一下，連忙把臉埋到碗裡。

只是……這碗薑湯也太大了點吧！

姜舒窈再次從他背後路過，看到他依舊愣著，又說了一句。「怎麼不喝啊？」

謝珣又抖了一下，他想答話，但是一張口，腦海裡就浮現出落水時姜舒窈靠近的畫面，下巴上忽然升起溫溫軟軟的觸感，心臟開始狂跳，臉也紅了。

「怎麼了？」姜舒窈見他不答話，疑惑地朝他走過去，發現他臉頰緋紅，連忙伸手探探他額頭的溫度。

「這麼燙，不會是發熱了吧？」她嘀咕道。

謝珣慌張地移開頭，把大海碗薑湯一口氣往嘴裡灌。

姜舒窈這才發現他端著的是他常用且專用的大瓷碗，有些無語。「為什麼盛薑湯也要用這麼大個碗？大晚上的，別喝太多。」

謝珣聞言鬆了口氣，馬上把碗放下，碗底撞擊木桌發出「砰」一聲，在姜舒窈看清他的神情之前，匆匆忙忙逃走了。

待到快要熄燈時，謝珣才從外面走了進來，站在老遠的地方瞧她。

說實話，姜舒窈在和謝珣互通心意之後也是有些羞澀緊張的，但是她生性不拘小節，加上和謝珣相處久了，有些親密的舉動隨手就做了出來，連自己也沒有察覺到。

她見到謝珣站在遠處不敢過來，後知後覺地才感覺到謝珣是在……害羞？

燭光昏黃，投映出搖搖晃晃的亮影。

謝珣站在遠處，依舊冷著個臉，看不清他眼神是什麼樣的。

姜舒窈看著他，忽然覺得世事奇妙，明明前幾個月還在吐槽他棺材臉，但現在再看，只覺得他日常面癱臉的時候，也是可可愛愛的。

她這才有了一種談戀愛了的實感，胃裡面麻麻脹脹的，甜甜的暖流漸漸湧入心口，像是無數蝴蝶振翅般，心情很是輕快喜悅。

「在那兒站著幹麼，不睡嗎？」

謝珣猶豫了一下，慢慢走過來。

姜舒窈側躺著，在他走過來的時候，支起上半身，情不自禁地對他綻開一個笑容。

謝珣神色淡淡，垂眸看她。他垂眸時濃密的長睫遮住眸光，在下眼瞼上投下一片陰影，配著他清冷俊美的五官來看，有一種疏離孤傲感。

幸好姜舒窈知道他的德行，並沒有誤會，笑容反而更大了，看著他這副模樣，總覺得自己拐騙了哪個道觀可憐的小道士。

她還未說話，謝珣已先一步動作，突然彎腰靠近姜舒窈。

他身上有一股沐浴後的清新水氣，動作之間帶起一股柔和的涼風，俯身時，姜舒窈的目光剛剛好落在他的頸上。

肌膚白皙，喉結分明。

謝珣目光下移，瞥了她一眼，神情更顯疏離禁慾，姜舒窈忽然覺得有點臉熱。

「我……」

她剛剛開口，謝珣卻再次靠近了一點，這一次，她感覺自己完全被他身上的清新水氣籠罩住了。

他身量高，肩寬腿長，懷抱也顯得很寬闊，這麼一靠近，她彷彿陷入了他的懷裡。

姜舒窈忽然咬住下唇，臉上瞬間通紅一片，心不受控制地狂跳。

她感覺自己腦子空白一片，問題一個接一個冒出來。怎麼回事？謝珣是要抱她嗎？還是要親她？應該是要親她吧？

就在她忐忑緊張羞澀時，謝珣忽然動了，他猛地站直身子，後退半步遠離姜舒窈——手裡拿著他睡慣了的枕頭。

「我去書房睡。」他用一種無波無瀾的刻板語調說出來，抱著枕頭，轉身就走。

所以他剛才是在拿枕頭？還是因為打算去書房睡才拿的枕頭？

一頓操作猛如虎，回頭一看二百五。氣死人了！

姜書窈咬牙道：「謝伯淵！」

謝珣側頭，鼻梁高挺，側面輪廓硬朗，神情冷淡到像是拋棄了妻子的無情負心漢。

「怎麼？」他問。

姜舒窈深吸一口氣，努力不讓自己太氣，磨著後槽牙道：「你過來。」接著見他腳步不動，沒忍住怒氣，重重拍了兩下床榻。「睡這兒！」

「無情負心漢」聽語氣不對，隨即抱著枕頭走到床前，在姜舒窈怒氣衝衝的目光掃射下，飛快地放好枕頭，脫鞋上床躺平。

「哼。」姜舒窈翻身面對牆壁，不想搭理他。

方才緊張旖旎的心情，全沒了。

謝珣有點不解。「妳生氣了？」

「沒有。」

「我去書房睡是因為我覺得天、天太熱——」

「嗯？」

「……是因為我心緒難安。」

姜舒窈沒說話了。

過了一會兒，就當姜舒窈以為謝珣快睡著了，他突然很小聲很小聲地問了一句。「今夜妳說的那句話可是真的？」

姜舒窈問：「哪句？」

「妳說妳同樣心悅我。」他的聲音更小了，再小一點就要聽不見了。

姜舒窈忽然心情就好了起來，翹著嘴角答道：「嗯。」

謝珣不說話了，聽聲音他應該是翻了個身，找找舒服的睡姿，然後便沒動靜了，應該是睡著了。

他在身側，姜舒窈一向很有安全感，同樣沈沈地睡去。

翌日，清晨醒來後身旁已沒了謝珣的身影，姜舒窈揉著太陽穴起身，喚來白芍。

白芍從外間進來，服侍姜舒窈起床。

「怎麼睡過頭了也不叫我？」姜舒窈問。

「回小姐的話，姑爺說昨夜您落水受驚，今日應多睡一會兒，讓奴婢不要打擾。」前段時間姜舒窈來了月事，白芍便知道自己誤會她懷孕了，十分失望。

「帶飯了嗎？」

「帶上了，是昨日備下的涼麵，調味料按您的吩咐另外裝到一個小碗裡。」

姜舒窈點頭，漱洗梳妝後從屋裡出來。

日頭正曬，她舉起手遮住陽光，剛好瞧見周氏從遠處過來。

她蹙著眉，神色有點憂愁，見到姜舒窈後斂起心緒，笑道：「妳不會現在才起吧？」

姜舒窈辯解道：「昨夜睡得遲了些。」

周氏點頭道：「昨日逛了小吃街，確實是有些興奮，我也很遲才睡著。」她望望這日頭，嘆道：「今早我熱得沒胃口，吃了些涼飲墊墊肚子就罷了。」

「是呢，我現在就只想吃點冰的。」姜舒窈一拍手，邀著周氏往小廚房走。「說到冰的，我有個好東西要給妳瞧瞧。」

周氏被她勾起了好奇，連忙跟上。

到了小廚房，姜舒窈指指放在桌案上的鐵器。「就是這個啦。」

周氏見這鐵器怪模怪樣的，走上前摸了摸，沒摸出個什麼名堂。

「這是？」

「攪拌機。」姜舒窈打開攪拌機，把刀片露出來給周氏看。「用於攪碎食材，因為是鐵器堅實，用來刨冰應當也是可以，不過應該很費力。」

第四十八章

早在入夏前，姜舒窈就把攪拌機的圖紙畫出來遞給了林氏。

林家世代專注行船航運，精通機械的能工巧匠很多，拿到圖紙後幾番修改，打造出了這個攪拌機。

周氏摸摸鋒利的刀片，感受到了寒氣，不由讚嘆道：「這技藝真是精巧。」

她嘆完，才轉回到話題上。「能攪碎些什麼呢？」

姜舒窈思索著，視線掃過角落的食材，眼睛一亮，快步走過去拿起一塊豆腐。

周氏疑惑道：「豆腐？豆腐如此軟嫩，還需要用刀子攪碎嗎？」

「等我演示一遍，妳便知道攪拌機的妙處了。」

姜舒窈綁起袖子，將豆腐切塊，用熱水燙熟後放入涼水降溫。

然後將冷豆腐塊、牛奶、糖、黑芝麻粉一同放入攪拌機，握住把手處開始攪拌。因為刀口鋒利，豆腐又嫩，旋轉把手時不怎麼費力，轉得很快，不一會兒她停下動作，打開蓋子一瞧，裡面的食材已全部攪拌成了細膩流動的濃稠乳狀。

周氏驚訝地問道：「咦？這樣的豆腐漿味道會好嗎？」

「不是這樣就可以吃了，得先凍一會兒。」

姜舒窈把豆腐漿倒到碗裡，蓋上蓋子，放在冰塊盆裡降溫。

放好後，她轉過來對著滿臉期待的周氏道：「好了，現在只需要等待豆腐冰淇淋凍好就行了。反正現在無事，不如聊聊妳在為何事苦惱可好？」

周氏驚訝地看向她，道：「妳怎麼知道我有心事？」

「從妳臉上看出來的。」姜舒窈猶豫了幾下，還是問道：「可是二哥……」

周氏一愣，擺擺手。「怎麼會是他。」

雖然很不合適，但姜舒窈見她這副態度，還是鬆了口氣。

「是我女兒。」周氏往旁邊木凳上坐下。「昨日我們去小吃街捧場，大嫂把府裡的孩子都叫上了，我女兒也去了。」

周氏生孩子早，女兒已經六歲了。老夫人喜歡女孩，見她可愛，便想親自教養孫女。老夫人出身好，禮儀才華樣樣出挑，周氏想著女兒若是能學到一星半點兒，也就不至於像她那般在宴會屢屢出糗、受人排擠，便應了老夫人的話。

後來因為謝琅納妾的事，周氏全心全意撲在了他的身上，與女兒越來越疏遠，到謝笙長成曉事時，竟變成了個小大人模樣，活像老夫人的年輕版。

周氏從沒見過謝笙這樣的小孩，不愛笑、不愛鬧，只愛看書和學習，哪像她在邊關時的姪子、姪女，都十三歲了還在上樹掏鳥蛋。

每次面對謝笙，周氏就覺得渾身拘謹，生怕自己舉動哪點不合規矩，惹了她嫌棄。而謝笙性格高傲，也不愛搭理周氏。

「昨日見了她，我與她更生疏了些，妳說奇怪不奇怪？明明是自己十月懷胎生下的女兒，我卻與她不太熟稔，甚至不敢多說多做，生怕在她面前丟了臉。」

周氏多年來一個人憋著，也沒人訴說心事，於是和姜舒窈細細碎碎說了很多，等到說完時，豆腐冰淇淋也差不多凍好了。

她也只是倒倒苦水，並沒期待得到什麼安慰，因此姜舒窈把碗拿出來時，她瞬間拋開了剛才的愁緒，興致勃勃地看向碗裡。

姜舒窈拿來兩個調羹。「試一試，凍得還不夠，不過可以先嚐個味道。」

調羹在細密的豆腐冰淇淋上一碰，綿密的冰淇淋立刻化開，順著鼓出一道光滑的弧度。

豆腐冰淇淋尚軟，口感介於冰淇淋和奶昔之間。

微涼的豆腐冰淇淋一入口，立刻就在舌尖化成了濃稠的乳漿狀。清爽的涼意在舌尖綻放，一股細密的甜味席捲味蕾，奶香味、黑芝麻香味，還有豆腐的清新味交融在一起，彷彿在滑嫩細膩的黑芝麻豆腐裡加入了奶油，香味濃稠醇厚。

豆腐只有豆香味，沒有絲毫的豆腥氣，配著黑芝麻一起攪拌那股香味更濃更厚，濃稠綿密再配上牛奶，味道又香又甜，口感細膩，冰冰涼涼的，清涼感從舌尖漫開，渾身上下都舒服了不少。

周氏驚喜地看向姜舒窈。「太神奇了，我還是第一次吃到這般口感和味道的吃食。」

姜舒窈道：「好吃嗎？」

「當然，香味醇厚，甜意清爽，沒人會不喜歡的。」

姜舒窈把碗推到她面前。「妳確定？」

「我確定。」周氏點頭。

「妳的女兒也應該會喜歡吧？」

周氏一愣，看向姜舒窈，不明白她的意思。

「給她端去嚐嚐如何？豆腐補益清熱、生津止渴，且凍得不算太涼，不會刺激腸胃，小孩也能吃，我相信口感、口味也是孩童喜歡的。」

聽明白她的話後，周氏十分驚訝，連忙拒絕道：「不行吧，這又不是我做的，況且我不敢……」說到這兒，忽然啞了聲，皺起眉思索。

她本就不是扭捏的人，性子衝動，直來直去，當下一拍桌子站起來。「好，本來就是妳做的，妳都這樣說了，我在這兒推來推去，磨磨蹭蹭的像個什麼樣。」

她端起瓷碗，頓了頓，做好心理準備後道：「我這就去找她。」

周氏端著瓷碗出了院，丫鬟想要上前接過，被周氏擺手拒絕。

方才說得豪氣，實際她卻心思不寧，不知道自己該不該去找女兒。

天底下哪個娘像她這般失敗的？比起娘親，親生女兒反而更喜歡大伯母。

太陽毒辣，走得慢了豆腐冰淇淋就會化掉，於是周氏腳步匆忙地往壽寧堂方向趕去。

繞過花園，正巧看到拱橋廊下坐著的身影，瘦弱纖細，端正地坐著，手上捧著本書，不是謝笙又是誰。

她忐忑地深呼吸了幾下，端著瓷碗往橋上走去。

在謝笙旁邊侍候著的丫鬟們見她來了，齊齊出聲行禮。

謝笙聞聲，側身朝後方看來。

周氏立馬在臉上端出一副溫柔慈愛的笑，可惜不太適合她，顯得有些僵硬。

謝笙沒有什麼反應，只是按照慣例叫了句「母親」。

周氏快步走過去，在她旁邊坐下，放下瓷碗。「熱嗎？吃點涼的消消暑。」

謝笙沒想到周氏是來送小食給她的，有些驚訝，蹙眉疑惑地看向她。

謝笙長相模樣隨了謝琅八分，氣質也同他一樣，清冷矜貴中透著風雅的書卷氣。

周氏這輩子最喜歡的就是這類型的人，最怕的也是這類型的人。不知道為何，她有些擔心謝笙會嫌棄，於是先說明。「這是妳三嬸做的，主料是豆腐，加了牛乳和芝麻，口感細膩，妳嚐嚐。」

謝笙抿了抿嘴，並未答話，反手將書本輕輕倒扣在石桌上，這一個動作弄得周氏更加忐忑不安了。

才六歲就如此喜歡看書，想想她六歲的時候只知道玩劍爬樹，大字都不識一個。

她試著說些關心的話。「看書費眼，妳還小，不要整日看書不歇息年紀輕輕就傷了眼。」說完就覺得自己這話似乎是在阻擾女兒看書識字，更顯得自己不學無術了，趕忙補充道：「那個什麼，當然了，妳若是喜愛看書，天天看也沒事，過得舒心最重要。」

她說完後內心無比懊惱，覺得自己今日來這一次真是失敗，試圖緩和氣氛，往書的封皮上看去。「這是看的什麼呀——」話沒說完，只見封皮上的幾個字，完全沒聽過。

更加尷尬了，周氏真是恨不得一劍劈了自己。就在她尷尬難安時，謝笙忽然抬手將瓷碗拖到面前，打破了僵滯的氣氛。

周氏見狀鬆了口氣，謝笙願意給她面子就好。

謝笙拾起調羹，攪了攪綿密的豆腐冰淇淋，從未見過的東西，讓她臉上難得露出小孩子應有的天真神情。舀一勺入口，她微微瞪大眼，遲疑了幾秒，才將嘴裡的豆腐冰淇淋吞下。清爽奶甜的味道在口中蔓延，謝笙回味了幾息，總算開口道：「很美味。」

周氏一下子就笑開了，難得在謝笙面前語速如此流暢。「那當然啦，這可是妳三嬸做的，她廚藝十分精湛，人也聰慧，點子很多。上次大嫂帶你們去的小吃街裡面的吃食，可全是她想出來的呢！」

她說完，才意識到自己好像又忘了裝作溫聲細語、端莊優雅了，懊惱地咬住唇。

正當她思考該怎麼辦時，突然聽到謝笙開口。「那您呢？」

周氏一愣。「什、什麼？」

謝笙說話慢條斯理，和稚嫩的童音不符。「我喜歡看書，三嬸喜歡下廚，那您呢？」

周氏和謝笙不親，一般都是她問一句謝笙答一句，很少有謝笙主動搭話的時候。她心裡十分驚喜，認認真真回答道：「以前我喜歡——」練武。

這話可不能說出來，女兒會嫌棄的。

周氏連忙改口道：「以前我沒什麼愛好，如今我同樣喜歡下廚，我最近一直在跟妳三嬸學做菜呢，她教了我好多，還讓我自己研究菜譜，還誇我刀功厲害……」

一開口就說了個沒完，噼哩啪啦說了一堆後才反應過來，連忙閉嘴。

謝笙是老夫人親自教養的，論京中這個年歲的姑娘誰最知書達禮，謝笙排第二，沒人敢稱第一。

即使氣氛尷尬，她也並不會露出嫌棄或是不耐的神情，只是垂眸安安靜靜地聽著，等周氏說完了，才點頭說了句。「很好。」

周氏一時語塞，不知道再說些什麼了，摳摳手掌心，思考著自己是不是該離開，別在這兒妨礙女兒乘涼看書。

就當她以為氣氛就要這麼僵持下去時，突然聽到謝笙問：「那您常下廚嗎？」

周氏抬頭，趕忙接話。「下，現在每日我都要練習廚藝，還會想些菜譜。」說到這兒，她看著女兒乖巧的面容，鬼使神差冒出來了一句話。「以後我做了好吃的，給妳端來嚐嚐如何？」

她心裡想和女兒親近，有些話脫口而出，說完後才意識到不太合適。

她連忙改口道：「我只是隨口一說——」

「好。」謝笙突然開口打斷她的話。

周氏愕然，看向謝笙。

謝笙低下頭繼續吃冰淇淋，周氏不能看清她的神情。

謝笙安安靜靜地吃冰淇淋，周氏便在旁邊支著腦袋看，越瞧越可愛，恨不得這一碗冰淇淋永遠不要吃完才好。

只可惜現實並不如她期待的那般，餘光忽然閃過一抹身影，定睛一看，竟是謝琅朝這邊走來了。

周氏猛地站起身。雖然她很想陪女兒，但是實在是不想看到謝琅，生怕最近天熱浮躁會忍不住動手打人。因此她對謝笙解釋了幾句後，便匆忙跑開。

謝琅走過來，遠遠地瞧了眼她的背影，問謝笙。「那可是妳的母親？」

謝笙吃著碗裡的冰淇淋，頭也不抬。「是。」

謝琅又問：「她剛才來找妳了？妳們母女倆聊些什麼呢？」

謝笙頓了一下，抬頭看向遠方，語氣平淡地道：「沒什麼。」

謝琅見她小大人的神情，不由得笑了出來，在她面前坐下。「妳說妳到底是隨了誰呢？既不像我，也不像妳母親，倒和妳三叔小時候很像，只不過他小時候可沒妳這麼──」

他話沒說完，謝笙打斷他。「我像母親。」

謝琅一愣，哈哈大笑。「妳可不像她。」

謝笙並未理會他的笑，依舊嚴肅。「我以前也覺得不像，近些日子倒是想明白了，我很像她。」

「小丫頭，莫要整日肅著張臉。」謝琅揉揉她的腦袋，他的視線落到謝笙面前的瓷碗。「這是何物？可是妳母親端來的？」說到這裡，他語氣有些僵硬。周氏也曾愛每日端些羹湯給他，用最笨拙的方式噓寒問暖，可如今她卻變了個人似的，一面也不願見他。

「是。」謝笙點頭。

謝琅神情一軟，嘆道：「妳母親是一直把妳放在心尖尖上的，只是她不善言辭，也學不會那些溫言細語的做派，妳可不要傷了她的心呀。」

謝笙悶聲聽著。

謝琅說完後有些傷感，又不想在女兒面前表露，轉換話題強裝愉悅道：「這吃的什麼，給爹嚐一口。」

謝笙性格很靜，靜到有些悶，哪怕是謝琅也不知道怎麼和她相處，時時冷場。於是他試圖顯得親密一些，伸手欲碰謝笙的瓷碗。

「喀——」一聲，謝笙忽然拖走瓷碗，低著頭悶聲道：「不要。」

謝琅以為她是不願和人分享糕點小孩子脾氣，還有些高興她總算像個小孩了，笑道：「好好好，我不吃、我不吃，這可是妳三嬸做的？」

謝笙沒理她，端起碗遞給丫鬟，站起身來。

她喜歡遵循禮儀規矩，從來不曾與其他小孩爭吵，尊敬長輩、善待下人，做到了連老夫人也覺得刻板了的地步。

謝琅以為她站起身來是要行禮告退，正想說話，謝笙卻先一步開口。「父親，先前那番話，誰都可以對我說，唯獨您不行。」

謝琅眨眨眼，沒有反應過來發生了什麼。

「什麼話？」

謝笙道：「您明白的。」說完，她第一次沒有行禮，無禮地轉身離開。

謝琅看著她離開的背影，坐在石椅上久久沒有動彈，冷風吹起他飄逸的寬袍，將他從愣怔中喚醒。他自嘲一笑，語氣裡再也沒了那股溫柔風流的味道，似恨似怨地對自己道：「連小孩都看得比你明白啊。」

曾幾何時，謝珣下值趕著回來是為了踩著飯點，如今卻更多是為了想早點見到姜舒窈。雖說家還是那個家，人還是那個人，但互通心意以後，總歸是不一樣的，似乎院裡的空氣都要甜蜜一些。

姜舒窈從房裡出來，剛巧見他回來，連忙向他招手。「快過來！」

她說什麼就是什麼，謝珣隨即大步跨到她跟前。

姜舒窈把他袖子扯住。「你回來得剛好，正巧幫我刨冰。」

她把謝珣引到廚房，指著攪拌機給他解釋了下原理。

謝珣聽得來了興致，仔仔細細地研究了一番鐵器。

姜舒窈在此期間將敲碎了的冰塊混合少許牛奶放進去，指揮謝珣操作。

謝珣食量大，力氣自然也不小，三下五除二就把冰塊攪碎了。

混合牛奶刨出的冰更接近於冰沙，細膩綿稠，冰晶透明瑩亮，看似細小的雪花。倒出來後在小碗裡堆成小山狀，姜舒窈在沙冰冒起的尖上放上蜜豆沙，灑上葡萄乾、榛子仁，最後澆上滿滿一勺桑葚醬。

春夏之交時，她將桑葚製成果醬封存，如今正好派上用場。桑葚醬沒有熬得太細，保留著些許的顆粒感，紅得發紫、紫得發黑，果醬在冰沙上流淌，給亮白的冰沙染上一層胭脂色。

姜舒窈等不及了，把勺遞給謝珣，打算兩人共用一碗。

謝珣有些不好意思，但又想到兩人已互通心意，又是夫妻，這樣做似乎並未有什麼不妥。他學著姜舒窈那樣在冰沙上攪一攪，冷氣瞬間撲散在臉上，十分舒爽。把果醬、果仁混合一番後，再舀一勺冰沙入口。

冰沙接觸到舌尖的時候，一下就化成了水水的細渣，奶香甜香和清爽的果香在口鼻間綻放，層次豐富，伴隨著柔和又強烈的冷意，瞬間讓人神清氣爽，熱意消散。

冰沙的口感細膩凝實，帶點嚼頭，咬起來「嘎吱」響，但不會費力，咀嚼時在嘴裡受熱化作冰水。紅豆沙、葡萄乾有軟彈結實的嚼頭，配上軟綿綿的沙冰，吃起來口感奇妙。桑葚顆粒果肉飽滿，牙齒碰觸後，漿果爆裂，汁水滿溢，酸酸甜甜的，讓本就甜香涼爽的沙冰增加了一絲野果的馨香。

謝珣再看姜舒窈時，眼神都變了。

「以往只覺得妳廚藝精湛，現在仔細一想，明明是聰慧過人。」看看這個奇形怪狀的鐵器，再吃吃這神奇美妙的沙冰，京中到底是哪來的風言風語說姜氏蠢笨的？

「不不不，你過獎了。」姜舒窈心虛得連忙否認。

謝珣嚼著嚼著想起來一件事。「對了，不是說府裡買不著冰了嗎？」昨晚睡覺都沒有放冰盆。

「對啊，買不著就自己做唄！」姜舒窈鼓著半邊臉含糊不清地說道。

謝珣懷疑自己聽錯了。「自己做？」

此時的冰是窖存的，冬日取冰放入地窖裡，鋪上稻草，再用泥土封存，夏日要用時再挖開地窖取冰。

昨日聽說沒冰了以後，姜舒窈就讓人尋來了硝石。硝石常用來製黑火藥、導火線、玻璃、火柴等，也可以因其溶水時吸熱的特性製冰。

雖說太祖皇帝是標準開掛穿越前輩，但他身分特別，也只是專注軍事工業以及改進社會制度這種大方向，並沒有把所有細節都包攬，所以時人還不知道硝石可以做冰。

謝珣看著姜舒窈那不當回事的輕鬆模樣，一時心情複雜，問道：「我可以看看妳如何製冰的嗎？」

「當然。」姜舒窈沒覺得這有什麼了不起的。

她把謝珣領到小柴房裡，小柴房背陰，空間大，正好方便做冰。角落裡放著一個大銅缸，缸裡放了罐子，兩個容器內都灌滿了水。

姜舒窈一邊演示，一邊為謝珣解釋。往稍大的那個裝水的缸內放入硝石，硝石遇水吸熱，罐內的水漸漸地就凝結成了冰。

謝珣認真地看她演示，等到奇異的夏日水結冰現象發生後，他驚訝地瞪大眼，盯著凝結出來的冰久久不語。半晌，他從驚訝中緩過來，收拾好心情，抬頭看向姜舒窈，語氣怪異。

「妳弄出了冰，只是想著做冰沙吃嗎？」

第四十九章

姜舒窈疑惑地道：「嗯，還能做什麼其他的吃？」

「……算了。」謝珣覺得自己剛才白誇讚姜舒窈了，無奈地搖搖頭，道：「妳這法子送上去，怎麼都得有賞啊。」

他拍拍姜舒窈的腦袋，看看天色。「現在宮門還未落鎖，我這就進宮見太子。」

姜舒窈對謝珣說要給她請功這事不甚在意，畢竟製冰這事在她看來沒什麼大不了的，更何況請功這事，無非就是賞點金銀、首飾，她也不缺。

但她顯然猜錯了事情的走向，謝珣空著手回來了。

本來不在意的姜舒窈被勾起了興趣，好奇謝珣和太子說了些什麼，商量出了什麼結果，於是夜晚躺在床上的時候，便提起了這事。

謝珣明白她的困惑，解釋道：「功勞還是記著比較好。」

夜晚熄了燈，姜舒窈看不清謝珣的神情，他說話的時候語氣向來平淡，此刻配著這話就有種高深莫測的感覺。

姜舒窈不解道：「這是何意？」

「只是以防萬一罷了。」

「說的好像咱們以後會惹出什麼麻煩一樣。」姜舒窈咕噥道。

謝珣輕笑一聲，翻過身看她。因為光線黑暗，謝珣面對姜舒窈時自在了不少。

「不是咱們惹麻煩，是妳。」謝珣糾正道，然後語氣染上幾分笑意。

「我？」姜舒窈不服氣了。「我能惹什麼麻煩？」

謝珣沈默了一下，道：「之前妳勸岳母開食肆，說是為了激起岳母鬥志，讓她過得舒心暢快一點，其實不盡然吧？」

姜舒窈啞了一瞬。「我當時確實是這樣想的。」

「那現在呢？」

姜舒窈沈默。

「在我看來，妳不會單單局限於開那幾家食肆和小吃街，妳想做大生意，對嗎？」

這番話讓姜舒窈有些驚訝，她莫名有些苦惱煩躁，悶聲道：「我不清楚。怎麼你說的，好像比我自己還了解我一樣？」

謝珣被她抱怨的語氣再次逗笑了，並未反駁，而是溫聲道：「沒事，慢慢想，日子還長。我之前答應過會陪妳一起的，所以無論妳怎麼想的，都不必憂慮。如今小吃街生意紅火，總歸是有些惹眼的，以後若是再做大些，恐怕麻煩就會來了。」

姜舒窈也明白這個道理。「我懂，畢竟是從別的做吃食行當的人手裡分飯吃。」

謝珣聽她語氣消沈下來，連忙改口勸慰。「我只是想著要未雨綢繆，先規劃一番而已，或許只是杞人憂天，妳不要操心太多，睡吧。」

姜舒窈挺信服謝珣的，謝珣這樣說了，她便安心了些。

話。

她盯著床頂發了會兒呆，轉頭對謝珣說了句。「謝謝。」

「不必道謝，夫妻本為一體，更何況這是我承諾過妳的。」他指的是那天告白時候說的話。

姜舒窈心頭的糾結散去，化作絲絲縷縷的蜜意和溫暖。

她伸出手，找到謝珣的手，輕輕地勾勾他的手指。

謝珣身子一僵，不敢動彈。

姜舒窈不知道他內心的劇烈波動，感覺他沒有挪開手，便勾住他的手指，閉上眼沈沈睡去。她的手指纖細柔軟，指尖溫暖滑膩如暖玉，謝珣心臟怦怦跳，待聽到她呼吸平緩後，才不那麼緊張了。

他後知後覺想起時辰不早了，得趕緊睡覺，連忙閉上眼睛，沒想到這一夜睡得比以往還要香甜。

翌日，周氏來找姜舒窈的時候，姜舒窈早把昨晚睡前的糾結拋在了腦後。

周氏今日氣色不錯，眼角眉梢都帶著輕快的笑意。

姜舒窈看了，心情也跟著愉悅了不少。「二嫂可是有什麼喜事？」

周氏搖頭笑道：「算不上喜事。」說到這兒，牽起姜舒窈的手。「弟妹，多虧了妳，若不是妳，我永遠也邁不出和阿笙親近的那一步，更想不到還能做吃食給她增進關係。她昨日答應我，讓我常常送吃食過去呢！」

她感嘆道：「我不懂詩文，不能投她所好，也不能和阿笙聊聊一般小姑娘都喜歡的衣裳、首飾，更不可能聊武藝，一直在為此犯愁。但誰能想到，我們母女能因為一碗甜食邁出了親近的第一步呢！」

姜舒窈聽她這樣說，自己也開心。「那以後妳就常常過去，無論是送吃食，還是單單的去看她一眼都行。咱們也試著每日學學做些適合小孩子吃的吃食，妳看怎麼樣？」

周氏點頭。「好！」

「那就從今日開始吧。」

摩拳擦掌的周氏一蔫，咕噥道：「我昨日才去找了她，今日又去，這不太好吧？」

姜舒窈看她一眼，不用她說什麼，周氏就感覺到了她的埋怨。

「去，今日就去。」她立刻拋開那些婆婆媽媽的顧慮，扯著姜舒窈往小廚房走，生怕她生氣。「咱們今日學些什麼？」

姜舒窈想了想，小孩子不宜吃口味重的或者味道刺激的食物，便道：「腸粉。」

「腸粉？」周氏聽這名字一愣，「『腸』這個字聽起來古古怪怪的。「莫不是豬腸、羊腸吧？」她知道姜舒窈愛用這些稀奇古怪的食材做吃食。

「當然不是。」姜舒窈解釋道：「腸粉是用大米做成的，只是因為其形似豬腸，才叫做腸粉。」

姜舒窈一邊解釋著，一邊取來昨日泡好的大米。將大米搗碎，磨成粉漿，再加入適量清水調稀，因著米漿不夠細碎，所以要用濾布篩過之後再磨一遍，直到磨出來的米漿清澈細膩後方才滿意。

在沈澱過的米漿裡加入適量鹽和花生油攪勻。取底部平坦的盤均勻抹上油，倒入適量的米漿，打一顆蛋，再撒上豬肉末、蔥花、菜葉丁，一起放入蒸籠裡蒸上個兩分鐘，待米漿逐漸凝實，變成了一張剔透細薄、晶瑩潔白的米皮後，她就將盤子拿出來了。

接下來就是調醬汁。她在小碗裡放入醬油、糖，還有一小勺自己熬製出的蠔油提鮮，加入少許溫水稀釋。

用平刀將腸粉從盤子邊一推，白嫩晶瑩的腸粉脫離，擠成了皺皺巴巴形似豬腸的長條，澆上調好的醬汁，撒上炒香的熟芝麻，腸粉就大功告成了。

剛出鍋的腸粉熱氣騰騰，霧氣帶著料汁的鮮撲面而來，外表白皙剔透，澆上醬汁後更加突顯了它雪白的色澤，醬汁淋上去以後四處滑落，給腸粉染上或深或淺的紅棕色印記，十分誘人。

「二嫂妳試試。」姜舒窈把筷子遞給周氏。

周氏道謝後接過，挾起一條腸粉觀看，腸粉極嫩，感覺一碰就會碎掉，但實際上它帶著柔糯的彈韌，在筷間顫顫巍巍的晃動。

將腸粉放入口中的那一剎那，舌尖就被軟滑細膩的口感所驚豔，暖暖的腸粉帶著醬汁的鮮、米香的醇，味道簡單卻不寡淡，而是將鮮香做到了極致。

輕輕一咬，軟軟糯糯的腸粉在齒間破開，質地細緻，還帶著一點點韌性。

內裡的肉餡蛋液提供了更多層次的味道，肉的香氣、菜的清爽、醬汁的鮮、米皮的甜融合在一起，吃上一口便有一種溫和、心中得以慰藉的感覺。

「怎麼樣？」姜舒窈問。

周氏忙點頭，把那一整條腸粉全部吃完後，才抽出空來回答。「沒想到簡單的食材和做法也能做出這種味道的吃食。」她讚道：「若是大清早來一盤，渾身上下都會充滿朝氣，精神奕奕。」

姜舒窈笑道：「那妳學會了以後早上做就可以了。」

周氏提議道：「小吃街若是賣腸粉，一定會有很多人光顧。」

姜舒窈沒往做生意上頭想，如今周氏提議，她想了下，點頭道：「這倒是可以。」小吃街多是重口的食物，清淡鮮美的不多。

說到這兒，周氏想起了自己的疑惑。「對了，為什麼小吃街只賣午飯、晚飯，而不賣早食呢？」

姜舒窈把自己的想法說給她聽。「小吃街本來就是吃個趣味，裡面的吃食不適合早膳。更何況大清早的，誰願意起個大早趕到小吃街吃飯呀？都是在家中或者路邊的早食攤子用飯。」

周氏不解道：「那就不放在小吃街販售唄，適合做早食的，就在早食攤子上賣。難道妳就只想著開條小吃街就完了嗎？」

這個問題讓姜舒窈一愣，昨日謝珣也是這樣說的，似乎大家都覺得她會想要做大一點。

姜舒窈沒有回答這個問題，周氏也沒在意，在姜舒窈的指導下重新做了一份腸粉，高高興興地往老夫人院裡去找謝笙了。

姜舒窈心中有事，便沒在院裡待著，一邊散步一邊思考以後生意的問題。

碼頭的食肆和小吃街定是要一直開下去的，但其他地方還要開些食肆嗎？

立夏後，謝笙便每日都會在拱橋上乘涼看書，所以周氏今日又在這兒碰到了她。

她給謝笙介紹了腸粉後，期待地看著她。「快嚐嚐。」

謝笙既然答應了周氏提出的常來送吃食的提議，便不會給她冷臉。

不像常常跟在姜舒窈身後拍馬屁蹭飯吃的大房雙胞胎，這是她第一次見到這般新奇的吃食。孩童的好奇心占了上風，她看一眼周氏，在她期待的目光下拿起筷子。

她吃相斯文，挾起腸粉咬了一小口，就這一小口，卻讓她眼睛驟然一亮。

腸粉咬起來軟軟糯糯的，但是滑順不會黏牙，醬汁鮮味純粹，讓米香味濃郁的腸粉帶著股清新微甜的香氣，夾在裡面的肉末和蛋液給軟嫩的腸粉增添了一絲肉香味，鮮香可口，清爽而不寡淡。

溫熱的腸粉輕輕巧巧滑入喉嚨，軟綿綿的感覺讓人有一種很暖的熨貼感。

周氏忐忑地看著她，生怕自己做的不合她口味。

謝笙小口小口地吃完一條腸粉後，才張口說話。「很美味。」

周氏頓時雀躍起來。「美味就多吃點，以後若是還想吃，就叫娘給妳做。」

這般熱情，讓謝笙有些不自在，不過她還未答話，就被周氏催著繼續吃。

「快吃快吃，涼了就不好吃了。」

謝笙抿了抿唇，還想說些什麼，最後又作罷。

腸粉美味，即使她不自在、不適應，也還是忍不住繼續吃起來，直把一盤都吃光了。

對於做飯的人來講，親手做的飯菜被人吃光，成就感是巨大的，更何況還是自己最想親近的女兒。

周氏更開心了，臉上笑意壓都壓不住。

她這份快樂很純粹，讓剛剛吃完一盤腸粉心中熨貼輕快的謝笙被感染，猶豫著，她對周氏擠出一個不算太甜美的僵硬笑意。

周氏看著她的笑，心頭�László緊的弦忽然就鬆了，終究是自己的女兒，哪至於這般擔憂忐忑？就算女兒一開始不願意親近，當娘的也要盡自己最大的努力才好啊！

她收住笑，忽然脫口而出道：「阿笙，我明日還來給妳送吃食好不好？」

她的神態依然有些忐忑緊張，眼神卻溫柔至極。

謝笙有些愣怔，沈默不語。就在周氏以為她會拒絕的時候，她忽而輕輕點頭道：「好。」

一碗腸粉，讓母女之間僵持了兩、三年的尷尬氣氛悄然消散。

散步到此路的姜舒窈停下腳步，遠遠地看著這一幕，忽然就明白了自己接下來要做的事情。

當時做生意也是一時興起，最主要的是為了讓林氏開心一些。而開食肆能夠照顧普通百姓的飲食，算是件有意義的事情，所以林氏便一門心思撲在了上頭，忘掉了亂七八糟的破事。

林氏在開食肆上找到了意義，她也一樣。開小吃街對她來說，是把現代多種多樣的豐富美食帶過來，讓平民百姓也能吃到新鮮的吃食，感受到美食帶來的快樂。

看到小吃街裡食客吃得開心、吃得熱鬧，她心裡會很有滿足感和成就感，這種感覺讓她再想多做一點，多給平民百姓的飲食環境帶來一些改變。

想通這點，她不得不在心裡面吐槽一句，謝珣真是把她的心思摸得清清楚楚，比她自己還要明白幾分。

真要說美食能帶來快樂、治癒人心，未免懸之又懸，可她就想讓更多的人吃到好吃的食物，嚐到更多的口味、品到更多的樣式。

所以謝珣猜得一點都沒錯，她一定要將生意做得更好，做得更大！

確定了自己未來的奮鬥目標後，姜舒窈做的第一件事就是給謝珣說自己的想法。

謝珣早就料到了她會這般想，並無意外，而是反問道：「想好了要怎麼做嗎？」

姜舒窈搖頭。「不知道，慢慢琢磨唄！現在最緊要的是先把小吃街做好。」

謝珣贊同道：「正是如此。」

「那我估計以後會常常出府了，你不介意吧？」

謝珣笑道：「妳怎麼老是問這些問題？妳知道我不會介意的。」

姜舒窈安心了，有謝珣在後面給她保駕護航，她便可以放心大膽地做自己想做的事了。

從天正熱到暑熱的尾巴，這段時間姜舒窈改進了小吃街食物口味，增加了新的吃食，同時還和林氏不斷交流想法，確認下一步的行動。

而小吃街從開張當日起，一天比一天生意紅火。

裡面賣的吃食味道美味，但價格卻不算太貴，若是手裡拮据，也能尋到味美價廉又管飽的吃食。無論是一開始心有顧慮不敢掏錢的食客，抑或是只是嚐個新鮮，沒抱有太大期待的食客，都被小吃街裡的美食和氛圍征服了，一到了晚間，人流湧動，連刻意拓寬了的小吃街也顯得狹窄了。

講究的食客會進店或者上二樓，不講究的往店面前擺著的木凳上一坐，吹著涼風，和陌生食客坐一起搭個話，就愛吃個熱鬧。

姜舒窈自從對生意上心以後，基本上隔幾日都會過來看一看。而以往每日都來巡視的林氏身子漸重，人多吵鬧的地方姜舒窈不讓她多來，林氏只好把手下兩個得用的管事安排在小吃街街頭的客棧裡長期住著，讓他們一切聽從姜舒窈的安排。

小吃街才開張了十幾日，街道裡面已經擺不下桌椅了，幸好林氏有先見之明，把整條街都買下了，包括街頭街尾的鋪面，所以如今在街頭街尾都能看到小吃街擺出來的木凳、木椅。

姜舒窈從人群中穿過，她生得明豔大方，梳著婦人髻，穿著打扮一看就是家境闊綽的夫人，食客們忍不住朝她投來目光。

但這裡是林家的地盤，地痞流氓一律不敢過來，所以對她來說，在小吃街行走過往很是安全，不必擔憂有人騷擾。而她身後跟著管家，食客只當她是林家哪房的夫人，並未往襄陽伯府家的大小姐頭上想。

有些嘴饞的老饕每日都會過來，一來二去就知道姜舒窈了，他們坐在街邊的長凳上等飯，熱情地和姜舒窈打招呼。

一開始姜舒窈還不適應，現在已經習慣了，朝他們點頭示意。

「味道還行嗎？」她看著一桌臉生的食客，問道。

這群食客是來京城跑貨的商人，還是經人介紹才知道這條小吃街的，他們人至中年，錢賺夠了，就好一口吃的，如今到了這條小吃街，可算是吃了個痛快。

「掌櫃的謙虛啦，我跑南走北，吃過的吃食不少，有這份新意、有這般味道的吃食，我還是頭一回享用到。這若不行，我可不知道要上哪兒尋美味嘍！」

姜舒窈聞言笑道：「那就好。」

她繼續往前走，忽然察覺有點不對勁。人來人往的小吃街中似乎混入了幾個奇怪的人，都說相由心生，這幾個人縮頭縮腦，眼神躲閃的探頭探腦，一看就是有問題。

姜舒窈側頭對管事吩咐了一句，他連忙答應，讓林家請來的打手悄悄跟上。

姜舒窈每家店裡都轉了轉，翻一翻前幾日的帳本，計算營業情況，忽然在一家賣涼麵的店停了下來。

「你說這兒的吃食能好吃嗎？」一位錦衣公子對旁邊的同伴嘀嘀咕咕道：「我瞧著不像

什麼美味的。」

「我也覺得，你看這店面，也太窄了點吧。」

他們小聲議論著，樓梯上走下來兩人對他們招招手。「可以上來了，騰出空桌了。」

他們不情不願地往那邊走去，一邊走一邊說：「我還是第一次吃飯要等位置的，哪怕是八珍齋也沒有讓我等過位置。」

「我倒要看看有多好吃。」

「也不知他倆怎麼想的，好不容易從書院出來一趟，不去酒樓，跑這兒來用飯。」

姜舒窈也跟著他們一起上了樓，只因剛才在樓梯上往下喊人的兩人實在是太眼熟了，不是大房的謝曄和謝皓又是誰？

不知為什麼，她總感覺兩人是因為這裡是林家開的小吃街才會呼朋喚友過來吃喝。平民百姓對小吃街的吃食很滿意，也不知道吃慣了精細珍饈的公子哥兒們如何評價，若是他們不滿意，豈不是讓謝曄、謝皓丟了面子？

第五十章

涼麵食肆的掌櫃跟著上了樓，詢問姜舒窈有何吩咐。

姜舒窈讓他隔出一個小桌，坐下以後，那邊的公子哥兒們已經點了一大堆了。

「怎麼都是涼麵？沒有肉嗎？」

小二解釋道：「客官您要是想吃肉，附近有烤串、炸串、滷菜、炸雞等等，我這就把菜單拿過來，您在這兒點單，我們會讓人去附近食肆買了送過來的。」

這倒是新奇，大家對視一眼，本來想仔仔細細挑剔一番，但此刻再挑剔便顯得刻薄了，只得點頭應好。不過一拿過來後，眾人就傻眼了。

這菜單也太多了，厚厚一大疊，種類繁多，關鍵是每樣都沒吃過。

「葷腥類的都在這兒，後面幾頁是冷飲，有冰粉、果茶、冰飯等等，您慢慢挑。」

這下真是一點可挑剔的地方都沒了，剛才挑剔得最厲害的錦衣公子清清嗓子，道：「嗯，看來還是費了一番心思琢磨的，只是品類多了，就不知道能不能兼顧味道。」

謝晧不耐煩了。「行了，你不想吃就算了，別在這兒東挑西挑的。」

對方一副不跟他計較的模樣。「我就是說說而已，哪來那麼大火氣？」

氣氛有點僵，謝曄出面緩和道：「先點菜吧。我推薦炸串，你們誰要？嗯，還有烤羊肉串也可以來一點，算了，就把這張菜單上的烤串都給我們來一遍。」

小二記完後退下，剩下一桌子人尷尬地等著，沒人吱聲。

謝晧沈不住氣，悄聲對謝曄道：「哼……明明是帶他們來好地方，一群人不情不願的，真是的。」

謝曄面色如常，並不氣惱。「何必多費口舌？等到上菜以後，剛才的爭論自有分曉。」

先上的是涼麵，涼麵蒸熟後晾涼，豆芽墊底，淋上醬油、紅油、醋、蒜水等調料，撒上鹽、花椒、香蔥，最後放上黃瓜絲即可。

瓷碗裡裝著滿滿一大碗淡黃色的涼麵，嫩白的蒜泥，棕色的甜醬油，亮澤的紅油，還有青青綠綠的黃瓜絲和蔥花，色彩簡單卻不單調。涼麵聞起來味道豐富誘人，酸、甜、麻、辣、香，即使在沒什麼胃口的夏季也能勾起食慾。

眾人沈默地動筷，用筷子拌勻以後，柔韌的涼麵均勻裹上醬汁，根根泛著紅油的微微亮光。挾起一大筷子放入嘴裡，先接觸到的是全然一新的涼爽感受，而後甜醬油的鮮甜、紅油的辣香、花椒的麻、蒜泥的生辛、醋的酸香全數席捲舌尖，瞬間喚醒味蕾，讓因為炎熱而食慾不振的一行人胃口大開。

涼麵勁道耐嚼，根根分明。特製的紅油辣而不燥，比起辣，更多的是香，辣意不過是香味的陪襯，配合著用紅糖、八角、桂皮、甘草等香料熬製過的甜醬油，吃起來辣中透著香，香中又有微微的回甘。

除了麵，多餘的配菜就只有黃瓜絲和豆芽，但就是這簡簡單單的味道才足夠清爽，柔韌的麵條中夾雜著清脆的豆芽，咬起來喀嚓作響。

豆芽帶著微苦微甜，黃瓜絲清香水嫩，瞬間刮去了涼麵紅油中那一絲絲油氣，只剩酸辣鮮香。不似熱湯麵需等待、小心，捲起一大筷子入口，大口大口地嚼著，他們被苦夏折磨已久的胃口在此時終於得到拯救。

就在此時，冰飯上來了。瓷白的碗裡堆著色彩豐富的配料，糯米白皙飽滿，銀耳透明軟綿，紅棗片、葡萄乾、芋圓、西瓜、花生碎、蜜餞堆疊在一起，色彩繽紛，水中浮著晶瑩澄澈的冰塊，甜香味夾雜著冷氣撲面而來。

「這米飯怎麼泡在冷水裡？居然還放入了蜜餞！」剛才挑剔的那位錦衣公子再次開口，不過在吃過涼麵後，這次語氣充滿感嘆與驚奇。

等他吃一口，頓時就知道原因了。水果的清香、蜜餞的甜膩融入冰水中，化作了恰到好處的微甜。糯米此時算不得主食，而是一道甜品，軟糯清甜，被冰水浸泡得顆顆飽滿，冰涼彈牙，米香清幽，在涼麵後頭食用，暑熱頓消。

這下錦衣公子什麼話也說不出來了，安安靜靜閉嘴等吃。

等到烤串上來時，眾人更是被這炭烤出來的濃郁香辣味驚豔。剛才還覺得夏日該吃些涼的、飲些冰的，現在又覺得還是要大口吃肉最好。

辣的、鹹的、滋滋冒油的，渾身上下都精神了，這才叫痛快！

一群人吃得酣暢淋漓時，聽到隔壁有人高聲談論小吃街。由於講究食不言，所以他們全都豎著耳朵聽了個遍，結果大家就憋不住話了。

「他們剛才可是說這裡是林家開的？」

「林家？可是襄陽伯府的那個林家，那這裡豈不是……」

大家紛紛轉頭看向謝曄和謝晧。「這裡，莫不是姜大小姐的那個林家吧？」

姜舒窈當年有多潑悍，謝珣那個受害者不清楚，他們這些同齡人卻是一清二楚。自從那年落水事件發生以後，這群人只要聽到宴會有女人在就會繞著走。

八卦是人類的天性，他們也不能免俗，一提到姜舒窈便又開始憤憤不平，感慨謝珣時運不濟，驚才絕豔的探花郎到頭來娶了個草包。

謝曄、謝晧聽得難受，正要出口相爭，剛剛最嘴碎的錦衣公子先開口了。「我們現在是在天底下最快樂的地方，別逼我揍你！」

在林家的地盤說人家女兒的壞話，以後還想不想來吃飯了？

眾人最怕這個嘴上厲害的同窗，不情不願閉嘴，反正把林家和姜大分開看就是。

一行人皆未把這些美食和姜舒窈掛鉤。

謝曄見狀，無奈道：「這些吃食，不，準確的來說，這一條街的吃食，都是我三嬸琢磨出來的。」

大家聞言一愣，隨及爆發出一陣哄笑。

「幽默，真幽默。」

「這一條街的吃食這麼多，一個人琢磨豈不是要到猴年馬月才能琢磨出來，你可不要糊弄我們。」

他們說著說著，忽然頓住。

姜舒窈從屏風後走了出來，眼神掃過他們。記起當年她的潑悍，吃串的、喝湯的全部一抖，紛紛往角落裡面縮去。

謝晧和謝曄沒想到姜舒窈在這裡，還被她聽到同窗議論自己，訕訕道：「三嬸。」

「味道怎麼樣？合口味嗎？」姜舒窈問。

眾人吶吶點頭。「好，很好。」

「那就好，看來口味上面是沒有大問題的。」她放心了。平民百姓和嘴刁的公子哥兒都喜歡才能算合格。

她說完，轉身下樓，剛走到樓梯口，謝珣忽然從樓梯下面上來。

因為姜舒窈改變甚大，書院學子看出她還要反應時間，但只消看到謝珣的背影，就能立刻認出他是自己崇拜了多年的謝三郎。

看到謝珣的冷臉，他們心中不免感嘆：唉，一對怨偶——咦？

冷面的謝珣快步走到姜舒窈面前，低頭，臉上忽而綻放出雨後天晴般的笑容。「聽人說妳在這兒，我就來了。今天看得怎麼樣？累不累？口味上還有需要改進的地方嗎？」

姜舒窈搖頭。「應當是沒有了。」

謝珣無奈。「都說了，妳的廚藝精湛，何必擔心不合食客口味？」

「哪有，前幾次改良口味後，大家都說好一些。」

謝珣雖然怕她勞累，但見她這副在廚藝上精益求精、力求進步的模樣，覺得她渾身都在發光似的。他的眼神變得更加柔軟，語氣也溫柔得不像話。「我知道妳喜歡琢磨吃食，喜歡精進廚藝，但是還是不要累著自己了。」

姜舒窈點頭，邁步下樓梯。謝珣在後面跟著，伸臂虛扶，生怕她踩滑了摔著。

書院眾人目瞪口呆地看著面前的一幕。

他們是瞎了嗎？謝三公子怎麼會這樣對待姜大，說好的不情願呢？說好的怨偶呢？這明明就是一對恩愛的璧人啊！

更可怕的是，謝曄、謝皓可能撒謊，但是謝三郎是絕對不會撒謊的。所以，他們吃的這些吃食，果真是姜大琢磨出來的嗎？

謝皓看著他們一個個呆若木雞、難以置信的神情和通紅的臉，搖頭感嘆道：「臉是不是火辣辣地痛啊？唉！當日我也是這般感受啊。」

姜舒窈出了門以後，還未走出幾步，就聽到附近爆發出了一陣爭吵的聲音。她和謝珣對視一眼，順著人流往那邊走過去。

剛走到人群邊緣，管事就氣喘吁吁地跑了過來。「大小姐，有人鬧事。」

姜舒窈心中早有不好的猜測，對此並未驚訝，冷靜問：「怎麼回事？你慢慢說。」

「是這樣的，小姐讓我派人跟上那幾個行事鬼祟的人，我手下的人自然照做。可那幾人並未打探秘方或者是挖走廚子，而是找了家店分頭坐下來點了菜，其中一個人吃了一半，忽然就吐了，說這吃食不乾淨，接著其餘兩個也跟著吐了，紛紛指責吃食有問題，跟小二爭執了起來。」管事氣憤道：「沒想到，竟有潑皮無賴敢來林家的地盤上撒野，我們已經把他們送去報官了。」

姜舒窈往爭執的人群裡瞧了眼，嘆道：「這裡不是船廠，四周站的、看的都是平民百姓，你們這樣直接扭送報官，可能服眾？」

「這……」管事也是第一次經營吃食行當，猶豫道：「咱們的人已經澄清了，吃食是否乾淨，見了官自有分曉。」

謝珣在旁邊看著，插話道：「還有這家店，一連吐了三個人，鬧了事，即使是被冤枉的，今晚生意也會變差，甚至可能影響到接下來幾日整條街的生意。」

說到這裡，管事也很氣。「可不是？真噁心人！若是光明正大的搶生意或是謀算爭奪也就罷了，非得弄些下作的手段出來噁心人，要說損害多大也不至於，就是噁心，可要是時不時的來一趟，煩也得煩死。」

「前些日子怎麼沒事，今日卻混入了地痞流氓？」姜舒窈對這些背後的利益爭奪不太清楚。

既然要開小吃街，林家自然有調查過各商家的背景，管事答道：「前些日子各家都在看笑話，以為咱們這小吃街不成氣候，且雖然食肆多，也只是給普通百姓吃的，能有什麼威脅？沒想到最近時日，食客越來越多，不論平民還是富人都會過來嚐鮮，平素裡愛去酒樓的食客去酒樓的次數越來越少，都來咱們這邊吃，明明不是做一路生意的，卻擋了他們的道，自然有人急了。」

謝珣怎麼也是做官的，對這些事情了解不少。「這幾人送到官府，最多挨幾下板子，關個幾日就出來了，不過雖然損不了什麼生意，但噁心人卻是可以的。」

「正是。咱們林家背靠襄陽伯府，但其他酒樓背後也有人，並不比咱們這兒差。唉，咱們也是生意人，自然知道搶人飯碗不厚道，若是有人要擠進船運生意，林家也會有動作的，但……但誰也沒想到那些達官貴人或是好弄風雅的書生會來這兒用飯啊！」管事苦惱地皺著眉，深覺這事不會就這麼簡簡單單了事，此後必有大動作。

「只可惜了貴妃娘娘自從入宮以後就發誓再也不插手林家的生意了，否則咱們也不會這麼憋屈，定要威懾一番那些想要伸手的人。」

姜舒窈聽他這麼說，不禁跟著一起苦惱。「那怎麼辦才好？若是娘在這兒，一定會知道如何處理。」

謝珣站在旁邊，清了清嗓子。「咳。」

姜舒窈回頭，莫名其妙地看了他一眼。

謝珣感覺到她的視線，又強調了一下存在感。「咳。」

姜舒窈吩咐道：「讓人給姑爺盛杯水來。」

「我不喝水。」謝珣也不端著了，直接說：「林家背後是襄陽伯府，無法與京城其餘酒樓背後的權貴抗衡，但妳不一樣。」

「我？」姜舒窈看著他，驚訝道：「你不會想說是謝國公府吧？」

「自然不是。」謝珣有些無語，他可沒那麼大口氣，便解釋道：「是太子殿下。」

「太、太子？」姜舒窈瞠目結舌。

「是，前有製冰之法，後有美食勾人，我相信太子會幫這個忙的。」謝珣笑道：「今晚先讓他們關著，明日我去見太子，只要遞出了這個意思，以後還想使人來鬧事就得多掂量掂量了。」

姜舒窈點頭，心中的石頭落下，看向仍停留在食肆門口議論的食客，犯了愁。「那這邊怎麼辦呢？」

管事恭敬道：「我們已經澄清過了，告訴大家官府自會還我們公道。」

即使姜舒窈不懂生意經，也知道這樣並不能讓食客安心，反而會覺得林家以勢欺人。「這可不行，得讓他們今天就徹底打消疑慮，這樣就算以後再有人來鬧事，食客也不會懷疑是咱們吃食不乾淨。」

管事啞然，撓撓頭。「這……」

姜舒窈道：「你去附近食攤借個有爐的推車來，他們不是說咱們食肆不乾淨嗎？那咱們就向他們展示料理過程，讓他們親眼看看有多乾淨。」

管事吩咐下去，眾人幹事麻利，很快就安排妥當。

這家食肆的廚娘孫娘子是林家的家生子，她早早地就嫁做了人婦，丈夫貪吃好賭，輸了錢就對她拳打腳踢，有時連兒子都打，一年到頭，她身上就沒有一天沒傷過。林氏決定要開小吃街後，回了林家主房一次，碰巧看到她滿臉傷痕一瘸一拐路過。

其餘人見怪不怪，林氏卻因著自己在婚事裡受的委屈，對夫妻之間妻子受欺負的事格外不平，立刻把她要了過來。孫娘子因為丈夫挑剔，下酒菜不好吃或者是一日兩餐不滿意，又是一頓拳打腳踢，她怕挨打，在做飯上格外認真，久而久之練就了一手好廚藝，對火候把控特別在行。

當時林氏寫信給姜舒窈說到此事，姜舒窈便提議讓她學做炒飯。

炒飯聽上去簡單，想要做好可不簡單。從蒸飯到炒米飯，每一步都有講究。米飯要顆顆分開，不能黏連，蛋液要儘量包裹住米粒，在保證米飯翻炒出香味的同時，還不能讓外層的蛋液炒老炒焦，無論是對火候的把控還是對翻炒的力道都有嚴格要求。

孫娘子性子畏縮，當初林氏讓她來食肆當廚娘，她第一反應就是拒絕。後來林氏再三強調不用讓她拋頭露面，又保證她的賭徒丈夫不敢再對她動手，且當廚娘月錢足，可以供她孩子去書院，孫娘子才勉強答應。如今她嚐到了這份活計的甜頭，每日縮在小廚房安安心心炒飯。

只是這份安心，到今晚被打破了。

「不是說我不用拋頭露面嗎？」她驚詫地道。

管事不懂她的疑慮。「這算是什麼拋頭露面？不過去人前露個臉，做頓飯而已。再說了，妳又不是什麼大家閨秀，談什麼拋頭露面？妳沒見大小姐都在外面站著嗎？」

孫娘子只是不敢見人罷了，以往丈夫總尋這個由頭對她拳打腳踢，如今雖是離開了丈夫的魔爪，她依舊對此感到畏懼。

管事便好生勸了她一番，最後道：「夫人待妳不薄，小姐更是放心大膽地將手藝教給了妳，現在正是用到妳的時候，妳難道連這也要推拒嗎？」

他的話說到了孫娘子心裡去了，孫娘子一咬牙。「好，我去。」

食攤推到了大堂門口，街道外密密麻麻湧了堆看熱鬧的人。

管事將今日那幾人吃的盤子端出來。「這是那幾人吃的，大家可以看到這剩下的半盤皆是點的蛋炒飯。」他指指孫娘子。「這是咱們食肆的廚娘，接下來就由她當場炒一鍋蛋炒飯，大家可以看看食材、用具和咱們這樣的炒飯法子炒出來的飯，是否真不乾淨到吃了半盤就讓人吐出來。」

這熱鬧倒是很新鮮，食客們頓時議論紛紛。

「炒飯？看上去挺簡單的，我瞧其他食肆的吃食做法都很不簡單，但這炒飯一看就是容易的。」

「是啊，無非就是米飯和蛋，能有多好吃，就算是乾淨，也沒什麼吃頭。」

孫娘子感覺所有人的目光投往這邊來，更加緊張了。她似乎又想起了曾經做飯時的恐慌，做不好就要挨打。

她這樣想著，手也開始抖起來。圍過來的人越來越多，她有種忍不住後退的衝動。

忽然，一雙溫暖的手覆在了她的肩上。「妳沒事吧？」

孫娘子轉頭，對上了姜舒窈漂亮的眼睛。

「妳很害怕嗎？」姜舒窈問。

孫娘子何曾與貴人如此近過，連忙低頭。「不敢。」

姜舒窈無奈地輕笑。「什麼敢不敢的？妳若是害怕，那就不必強行撐著，咱們另想法子好了。我知道妳家裡那些事，我能理解。」

孫娘子一顫，驚訝地抬頭。她一個下人，從未想過自己家那些糟心事會污了大小姐的耳朵。而大小姐不僅聽說了、記住了，還如此溫柔地勸慰她、體諒她。

她幾度張口欲言，又不知道說什麼，只能紅著臉垂下頭。

——未完，待續，請看文創風892《佳窈送上門》3（完）

2020年10月出版

娘子不給吃豆腐

文創風 887～889

爽朗果決的賣油娘，
遇見勤快機靈的豆腐郎，
打磨樸實幸福的日常……

家長里短，幸福雋永／秋水痕

天生神力卻要裝成弱不禁風是一種怎樣的體驗？
韓梅香扮嬌滴滴的小家碧玉，憋了十多年。
大概是上輩子燒好香，出生在有田有油坊的好人家，
父母怕一身力氣的她被街坊說閒話，更擔心未來婆家嫌棄，
叮嚀她躲在深閨讀書繡花，幫著操持家務就好。
爹疼娘愛的梅香，無憂無慮的過日子，等著出嫁。
怎知爹爹意外亡故，留下孤兒寡母，和惹人覬覦的家產，
娘親天天以淚洗面，弟弟妹妹又尚年幼，
為了家人，梅香挺身而出，逼退覬覦她家產的惡親戚，
種田種地又榨油，天天扛菜扛油上集市賣，
一掃過去嬌氣形象，儼然成了家中頂梁柱。
因故退親後，梅香過得自在舒心，對於婚事更是一點都不著急。
直到大黃灣的豆腐郎黃茂林老在她跟前獻殷勤……
明明他才是賣豆腐的，梅香怎麼覺得被吃豆腐的人是自己啊？

佳窈送上門 2

國家圖書館出版品預行編目資料

佳窈送上門 / 春水煎茶著. --
初版. -- 臺北市 : 狗屋, 2020.10
冊 ; 公分. --（文創風）
ISBN 978-986-509-148-4（第2冊：平裝）. --

857.7 109012753

著作者 春水煎茶
編輯 林俐君
校對 沈毓萍
發行所 狗屋出版社有限公司
地址 台北市104中山區龍江路71巷15號1樓
電話 02-2776-5889～0
發行字號 局版台業字845號
法律顧問 蕭雄淋律師
總經銷 知遠文化事業有限公司
電話 02-2664-8800
初版 2020年10月
國際書碼 ISBN-13 978-986-509-148-4

本著作物由北京晉江原創網絡科技有限公司授權出版

定價260元
狗屋劃撥帳號：19001626
網址：love.doghouse.com.tw E-mail：love@doghouse.com.tw